Emily Lewis ist das Pseudonym, unter dem die Autorin Farina Eden Liebesromane für jugendliche Leser schreibt.
1977 in Berlin geboren, zog sie im Alter von 14 Jahren nach Süddeutschland. Nach dem Abitur studierte sie Deutsch und Englisch und arbeitet heute an einer Realschule in Baden-Württemberg, wo sie mit Mann und Tochter lebt. Wenn sie nicht gerade Geschichten schreibt, widmet sie sich ihrem zweiten Hobby – dem Schlagzeugspielen.

Emily Lewis

Weihnachtsküsse & Schneegestöber

Oetinger Taschenbuch

Mehr von Emily Lewis bei Oetinger Taschenbuch:

Heartbeat. Loving you – große Gefühle zwischen Buchdeckeln!

FSC
www.fsc.org
MIX
Papier aus verantwortungsvollen Quellen
FSC® C014496

1. Auflage 2019

Text: Farina Eden
Covergestaltung: ZERO Werbeagentur GmbH, München
Coverabbildung: Composing aus Motiven von shutterstock.com
Druck: GGP Media GmbH, Karl-Marx-Straße 24, 07381 Pößneck
978-3-8415-0622-1

www.oetinger-taschenbuch.de

Kapitel 1

Vanessa, Freitag, 13. Oktober, Gegenwart

Kurz nach neun am Morgen bog Vanessa in die Stradbrook Avenue ein. Sie sah sofort, dass ihr Bruder in Schwierigkeiten steckte. Vigo stand mitten auf der Straße, raufte sich verzweifelt die Haare und starrte zu dem Fenster hinauf, aus dem gerade seine Klamotten heraussegelten.

Vanessa parkte ihr Auto, schloss die Augen und atmete ein paarmal tief ein und aus. Die Frage, warum Vigo sie gebeten hatte, eine leere Reisetasche mitzubringen, war beantwortet. Ihre Schläfen begannen zu pochen. Obwohl sie sich fest vorgenommen hatte, ruhig zu bleiben, beschleunigte sich ihr Herzschlag. Sie war gerade auf dem Weg zum Bäcker gewesen, als Vigos Anruf sie erreichte, was bedeutete, dass sie noch nicht einmal gefrühstückt hatte. Nicht zu fassen, dass er sich für dieses Drama ausgerechnet ihren 18. Geburtstag ausgesucht hatte.

Wenn man wie sie an einem Dreizehnten geboren wurde, fiel der eigene Geburtstag regelmäßig auch auf einen Freitag. Bisher hatte Vanessa damit nie ein Problem gehabt, denn sie hatte schon vor langer Zeit den Entschluss gefasst, dass sie nur einen einzigen Katastrophentag in ihrem Leben zulassen würde – und dieser war längst an den Tag vergeben, an dem ihre Eltern bei einem tödlichen Autounfall verunglückt waren. Damals war sie fünf Jahre alt gewesen und hatte fast drei Monate gebraucht, um wieder aus ihrer Schockstarre zu erwachen.

Nun hatte also ausgerechnet ihr Bruder Vigo beschlossen, diese Entscheidung mit Füßen zu treten und den diesjährigen Freitag den Dreizehnten in ein Fiasko zu verwandeln.

»Lou, lass es mich bitte erklären!«, hörte sie Vigo rufen.

»Verpiss dich aus meinem Leben!«, brüllte Malou zurück und knallte das Fenster zu. Vigo ließ sich auf den Rasen fallen und vergrub seinen Kopf in den Händen. Wie ein Häufchen Elend saß er in dem hübschen Vorgarten, umgeben von seinen Shirts, Hosen, Socken und Shorts.

»Wolken im Paradies?«, fragte Vanessa, als sie aus dem Auto ausstieg.

»Hey«, sagte er matt und richtete sich auf. »Danke, dass du mich holst.« Er lief zu Vanessa und nahm sie in den Arm. »Herzlichen Glückwunsch, kleiner Käfer.«

Anstelle einer Antwort seufzte sie. Noch im Auto war sie sich sicher gewesen, dass sie ihm den Kopf abreißen würde, doch das brachte sie nun nicht mehr fertig, denn Vigo sah furchtbar aus.

Wortlos drückte Vanessa ihm die Reisetasche in die Hand, und sie begannen damit, seine Klamotten zusammenzuklauben. Nachdem sie den letzten Pulli aufgehoben hatte, klappte plötzlich die Haustür, und Malou kam heraus. Ohne Vigo auch nur eines Blickes zu würdigen, lief sie auf Vanessa zu und umarmte sie.

»Tut mir leid, dass das ausgerechnet heute passieren musste. Ich hab dich wirklich lieb, Süße, aber das mit deinem Bruder und mir ist vorbei. Trotzdem: Hier ist dein Geschenk. Happy Birthday, Liebes!«

»Danke«, murmelte Vanessa und sah betreten an Malou vorbei zu Vigo, der mit hängenden Schultern zum Auto lief. »Das renkt sich doch sicher wieder ein, oder?«

Malou schüttelte den Kopf, und Vanessa sah die Tränen in ihren Augen. »Diesmal nicht.«

Vanessa hätte sie gern gefragt, was vorgefallen war, doch auf einmal hatte sie einen Kloß im Hals, also bedankte sie sich rasch für das Geschenk und half dann Vigo dabei, die Tasche im Auto zu verstauen.

Sie lenkte ihren Wagen schweigend aus der Stradbrook Avenue, dann hielt sie es nicht mehr aus. »Was hast du angestellt, Vig?«

»Woher willst du wissen, dass es meine Schuld ist?«, schnaubte er ungehalten.

»Du hast ihr ›Lass es mich erklären‹ zugerufen, also hast du es verbockt«, gab Vanessa zurück. Er zuckte zusammen und sah aus dem Seitenfenster.

»Jetzt red schon!«

»Ich habe sie angelogen, und sie hat es herausgefunden«, gab er zu.

»Worum ging es denn? Du willst doch nicht wirklich die letzten fünf Jahre einfach wegwerfen?«

»Von Wollen kann keine Rede sein. Ist ja nicht so, als würde Malou mir eine Wahl lassen.«

Vanessa sah ihren Bruder von der Seite an und trommelte ungeduldig auf dem Lenkrad herum. »Lässt du die Katze noch aus dem Sack, oder muss ich mir selbst zusammenreimen, was passiert ist?«

»Ich habe ihr erzählt, ich wäre mit Ethan unterwegs.«

»Aber?«

»Aber … aber was wohl?«, giftete er. »Ich habe mich mit Megan getroffen«, murmelte er mit gesenktem Kopf.

»Du hast was?«, rief Vanessa und trat mit voller Wucht auf die Bremse. Sie stemmte sich mit beiden Armen gegen das Lenkrad, Vigo wurde in seinen Sicherheitsgurt geschleudert, doch das war ihr egal.

»*Megan?* Die dir seit Wochen hinterhersteigt und die dich damit angeblich so nervt? Wie kannst du nur so dämlich sein?«, bombardierte sie ihn mit Fragen, während sie den Motor abstellte. »Lou ist die toleranteste, lustigste und liebevollste Frau, die es gibt. Außerdem ist sie das schönste Wesen unter der Sonne, und sie hat bei jeder deiner Scheißaktionen zu dir gehalten. Vor weniger als vier Wochen hast du mir noch erklärt, dass du mit ihr alt …«

»Hör auf«, unterbrach Vigo sie. »Das weiß ich alles selbst.«

»Dann sag mir, warum!«

Anstelle einer Antwort zuckte er mit den Schultern und starrte stur geradeaus. Sein zusammengekniffener Mund war ein deutliches Zeichen. Heute würde sie nichts mehr aus ihm herauskriegen.

Als sie wenig später aus dem Auto stiegen, war Vanessa jede Lust auf ihren Geburtstag vergangen – und das, obwohl sie längst wusste, welches großartige Geschenk sie erwarten würde. Sie schielte zu ihrem Bruder und schüttelte den Kopf. Nie hätte sie gedacht, dass seine Beziehung in die Brüche gehen könnte. Seit mehr als fünf Jahren waren er und Malou unzertrennlich, Vanessa hatte schon beinahe damit gerechnet, dass sie demnächst entweder Nachwuchs oder ihre Verlobung bekannt geben würden.

»Grandma hat den Frühstückstisch gedeckt«, unterbrach Vig ihre trüben Gedanken und deutete mit einem verkniffenen Lächeln auf den hell erleuchteten Erker ihres Hauses.

Der warme Schein von Kerzenlicht flackerte durch die halbhohen Gardinen, und Vanessa sah, dass ihre Grandma um den runden Esstisch herumhuschte, vermutlich sortierte sie gerade mit geschickten Handgriffen Blumen in der Vase oder rückte Geschirr zurecht.

Sie musste unwillkürlich lächeln und spürte, wie sich eine wohlige Wärme in ihr ausbreitete. Nach dem Unfall ihrer Eltern hatte Grandma es irgendwie geschafft, sie und Vigo wieder glücklich zu machen – und das, obwohl Katrina am Tod ihrer Tochter und ihres Schwiegersohnes selbst fast zerbrochen wäre. Oft genug hatte Vanessa gehört, wie sie sich nach einem ereignisreichen Tag – Ruhe würde nur zu Grübeleien führen, sagte sie immer – in den Schlaf geweint hatte.

Vanessa steckte den Schlüssel ins Schloss, kam allerdings nicht mehr zum Aufschließen. Übermütig und mit einem breiten Lächeln im Gesicht riss Grandma die Tür auf.

»Da bist du ja endlich. Wie lange kann es denn dauern, Frühstückscroissants zu holen?« Sie zog Vanessa an sich und drückte sie so fest, dass ihr die Luft wegblieb. »Happy Birthday, meine süße Nessie«, flüsterte sie und wiegte ihre Enkelin hin und her, als wäre sie gerade fünf geworden.

»Grandma, wann hörst du endlich auf, mich Nessie zu nennen? Ich bin doch kein Kind mehr!«

»Nie. Finde dich damit ab«, antwortete Katrina und hielt sie eine Armeslänge von sich. »Sieh dich nur an! Du bist eine bildschöne junge Frau geworden, Nessie!«

Grandma wischte sich verstohlen die Tränen aus den Augen, und Vanessa ahnte, woran sie dachte. Sie wusste, dass sie heute genauso aussah wie ihre Mutter Victoria vor zwanzig Jahren: Ihre langen dunkelbraunen Haare fielen ihr in weichen Wellen über die Schultern, und für ihr schmales Gesicht schienen die dunklen Augen fast ein wenig zu groß geraten, was durch ihre kräftigen Augenbrauen noch betont wurde. Der einzige Unterschied, den Vanessa zwischen sich und den Bildern ihrer Mutter ausmachen konnte, war die Augenfarbe, denn die ihrer Mutter waren grün gewesen. Wenn Vanessa heute in Grandmas dunkelbraune Augen sah, war sie dankbar dafür, wenigstens diese kleine Winzigkeit von ihr zu haben.

Einer spontanen Eingebung folgend, umarmte sie ihre Grandma noch einmal. »Ich danke dir für alles, Grandma. Ich weiß nicht, was ohne dich aus mir geworden wäre.«

»Aber ich«, gluckste Vigo hinter ihrem Rücken. »Du würdest noch heute in deinem Kinderbett auf dem Rücken liegen und erklären, dass du nie wieder aufstehen wirst.«

In Vigos Blick lag die gleiche Liebe und Dankbarkeit, die auch Vanessa fühlte, wenn sie ihre Grandma ansah.

Sie schmunzelte und dachte daran zurück, wie er ihr vor knapp dreizehn Jahren den Spitznamen »Käfer« verpasst hatte. Nach dem Tod ihrer Eltern hatte sie tagelang apathisch auf dem Bett gelegen. Vigo hatte es irgendwann nicht mehr ausgehalten und ihr erklärt, dass sie ewig so tun könnte, als wäre sie ein Käfer, der auf dem Rücken liegt und sich nicht von allein umdrehen kann – er würde immer und immer wieder kommen, um sie auf die Füße zu stellen. Und genau das hatte er getan. Mit seinen gerade einmal acht Jahren hatte er seine fünfjährige Schwester aus dem Bett gehoben und hingestellt, als wäre sie eine Puppe. Mehrfach hatte sich Vanessa anschließend wieder aufs Bett plumpsen lassen, nur um zu testen, wie ernst es ihm war, und er hatte sie so oft aus dem Bett geholt, bis er ganz verschwitzt war. Schließlich hatten sie sich lachend und weinend in den Armen gelegen, und Vigo hatte ihr zugeflüstert, dass er immer auf sie aufpassen würde. Als Vanessa zehn wurde, hatte er ihr ein Tagebuch zum Geburtstag geschenkt. »Ich zeichne, wenn ich traurig bin. Du hast gar nichts«, hatte er gemurmelt und ihr das leere Büchlein in die Hände gedrückt. Aus dem einstigen Tagebuch war inzwischen ein Blog geworden, ihrem allerersten Eintrag hatte sie den Titel *A Thing called Death* verpasst.

Einen Monat lang schrieb sie über den Tod ihrer Eltern, über die Momente, in denen sie sie am meisten vermisste, und über die schönen, skurrilen und witzigen Erinnerungen, die sie mit ihnen verband.

In kürzester Zeit hatte Vanessa eine ansehnliche Zahl Stammleser gewonnen, die eigene Erfahrungen in Kommentaren schilderten, Bilder oder Gedichte schickten und sich so austauschten.

Nach den ersten vier Wochen hatte Vanessa beschlossen, den Blog in etwas abgeänderter Form weiterzuführen. Sie gab ihren Lesern am Ende jedes Monats eine Woche lang Zeit, um neue Ideen vorzuschlagen und aus den Vorschlägen das Thema für den nächsten Monat auszuwählen.

Der Oktober trug das Thema *A Thing called Adoption,* und während Vanessa Fakten zum Thema recherchierte und den Leitartikel dazu schrieb, berichteten sowohl kinderlose Eltern von ihrer Hoffnung auf ein Adoptivkind als auch Adoptierte, die auf der Suche nach ihren Wurzeln waren. Die Wahl für den nächsten Monat stand zwar noch aus, doch aus dem Adoptionsthema heraus hatte eine Leserin *A Thing called Trust* vorgeschlagen – ein spannendes Thema und durchaus aktuell, wie ihr Vig und Lou gerade bewiesen hatten.

»Was zum …!«, gellte Grandmas Stimme plötzlich aus dem Flur und riss Vanessa aus ihren Gedanken. »Was hat die Tasche hier verloren? Ich wäre fast im hohen Bogen drübergeflogen – mitsamt der Kaffeekanne! Vigo, Vanessa, antreten! Erklären!«

»Vig hat sich aufgeführt wie ein Trottel, und Malou hat ihn rausgeworfen«, antwortete Vanessa, ohne darüber nachzudenken, ob er überhaupt darüber sprechen wollte.

»Verstehe«, gab Grandma zurück. »Darüber sprechen wir beim Frühstück«, rief sie, stellte die Kaffeekanne auf den Tisch und nahm Vanessa die Tüte mit den Croissants ab.

»Danke, du Hexe«, zischte Vigo, nachdem Grandma in der Küche verschwunden war. »Vielleicht mal auf die Idee gekommen, dass ich das nicht an die große Glocke hängen wollte?«

»Dachtest du, du könntest das vor ihr geheim halten?«, fragte Vanessa grinsend, doch sie erkannte sofort, dass sie besser die Klappe gehalten hätte.

»Spar dir dein doofes Grinsen«, giftete er. Sein Gesichtsausdruck ließ keinen Zweifel daran, dass sie zu weit gegangen war. Sie hätte es ihm überlassen müssen, Grandma alles zu beichten.

»Übrigens ist dein Volltrottel Joshua kein bisschen besser. Ich empfehle dir einen Blick in meine Insta-Story mit den Aufnahmen aus dem Pub, in dem ich gestern war. Sieh genau hin.« Vigos Stimme klang gehässig, und Vanessas Herz raste plötzlich.

»Wovon zum Teufel sprichst du?«, fragte sie und griff nach Vigos Oberarm.

»Tut mir leid. Ich wollte dir das heute eigentlich nicht sagen, aber nachdem du gerade zur Hexe mutiert bist, ist es einfach mit mir durchgegangen.«

Von einer Sekunde auf die andere hatte sich Vigos Gesichtsausdruck verändert. Die Wut war gewichen und hatte seinem Ich-beschütze-dich-Blick Platz gemacht.

Vanessa kramte ihr Handy aus der Tasche und rief die Storyline ihres Bruders auf. Die Kamera schwenkte durch den Raum, blieb an einem hübschen, aber seelenlosen weiblichen Gesicht hängen, das der Kamera – und damit Vigo – viel zu nahe kam.

»Megan! Diese Schnalle kann Malou nicht das Wasser reichen. Was findest du nur an der?«, fragte sie, doch ihr Bruder zuckte nur niedergeschlagen die Schultern.

»Schau genauer hin«, flüsterte er zurück.

Vanessa brauchte mehrere Anläufe, bevor sie verstand, wovon er sprach. In einer der Sitzecken im Hintergrund erhob sich ein Pärchen. Der Kerl zog das Mädchen hoch und versuchte verzweifelt, sein Gesicht hinter seiner Hand zu verstecken, was sinnlos war, denn natürlich erkannte Vanessa die Cap, die sie Joshua zu Weihnachten geschenkt hatte.

»Er hat mich gesehen und ist sofort mit dieser Tussi geflüchtet. Vermutlich hoffte er, ich würde ihn nicht erkennen. Es tut mir ehrlich leid, kleiner Käfer.«

Vanessa nickte mechanisch, drehte sich um und setzte

sich an den gedeckten Frühstückstisch. Der Appetit war ihr gründlich vergangen, und sie starrte angestrengt an ihrem Bruder vorbei aus dem Fenster.

Das durfte doch nicht wahr sein! Sie hatte es jahrelang geschafft, nicht daran zu glauben, dass Freitag der Dreizehnte Unglück bedeuten könnte. Und nun war es ausgerechnet ihr Bruder, der ihr unmissverständlich klarmachte, dass sie damit komplett falschgelegen hatte: Ihre Lieblings-Fast-Schwägerin hatte Vig in die Wüste geschickt, und Joshua, ihr erster fester Freund, hatte sich mit irgendeiner Tussi vergnügt, anstatt mit ihr ihren 18. Geburtstag zu feiern. Vanessa schüttelte angewidert den Kopf, als sie daran dachte, wie wehleidig Joshua ihr gestern eine fiebrige Grippe vorgespielt und sie ihm völlig arglos Medikamente aus der Apotheke geholt hatte. Sie hatte mit all ihren Freunden in ihren Geburtstag hineingefeiert und jedem, der danach fragte, erklärt, wie dreckig es Joshua ging und dass er total unglücklich darüber wäre, das Bett hüten zu müssen, statt auf ihrer Party zu sein. Was war sie nur für eine Idiotin! Von wegen nie wieder Unglückstage. Das hier kam einem Unglückstag verdächtig nahe.

Vanessa schluckte gegen die Tränen an, die sich gerade ihren Weg bahnen wollten, und schalt sich selbst immer wieder ein dummes Naivchen. Sie hatte schon seit einiger Zeit gespürt, dass sich die Dinge zwischen ihr und Josh verändert hatten, doch sie hatte ihre Zweifel immer wieder beiseitegeschoben und sich eingeredet, dass er es ihr mit Sicherheit sagen würde, wenn er diese Beziehung nicht mehr wollte. Sie hatte sich geirrt. Josh war offensichtlich ein feiger Mistkerl, der es lieber ihrem Bruder überließ, ihr die Wahrheit beizubringen. Kein Wunder, dass er sich heute noch nicht bei ihr gemeldet hatte.

Kurz entschlossen griff sie nach ihrem Handy. Sie würde ihm zuvorkommen. Hastig tippte sie eine Nachricht:

Ich weiß Bescheid. Bleib mir bloß vom Hals.

Sie wartete auf die zwei kleinen Häkchen, die ihr zeigten, dass Joshua ihre Nachricht gelesen hatte. Dann blockierte sie ihn und schaltete ihr Handy aus.

»So«, hob Grandma an, stellte die Croissants und eine Schale mit frischem Obstsalat auf den Tisch und setzte sich, »und jetzt erzählt ihr mir der Reihe nach, was hier eigentlich los ist.«

Vanessa sah ihren Bruder an, und beide nickten ergeben. Grandma würde ihnen ohnehin keine Ruhe lassen, bis sie redeten, also konnten sie genauso gut gleich damit anfangen.

Nachdem Vanessa und ihr Bruder ihre Grandma in Kurzfassung auf den neuesten Stand gebracht hatten, nahm diese sich Zeit für ihre Antwort. Erst füllte sie ihre Kaffeetasse, rührte frische Schlagsahne und Zucker unter und trank einige Schlucke. Sie sah aufmerksam zwischen Vanessa und Vigo hin und her.

»Ich fange bei dir an, Nessie, denn das geht schneller: Kerle wie Josh gibt es wie Sterne am Himmel – nur dass dieser Idiot nicht ganz so helle leuchtet, was?« Katrina gluckste über ihr kleines Wortspiel, und Vanessa nutzte ihre Redepause, um nachzuhaken.

»Kerle wie Josh? Du hast mir nie gesagt, dass du nichts von ihm hältst.«

»Wozu auch? Meine Ablehnung hätte dich nur dazu gebracht, ihn flammend zu verteidigen. Nutzlos. Er ist der Typ Mensch, der Frauen neben sich gern kleinhält, damit er selbst ein bisschen größer wirkt. Glaub mir, ich weiß, wovon ich rede. Mein Exmann gehörte genau zu dieser Sorte Mensch. Wie du weißt, habe ich ihn zum Teufel gejagt, und sieh dir an, wie glücklich ich heute bin!« Grandma deutete mit beiden Händen an sich herab und strahlte übers ganze Gesicht.

Vanessa wusste, dass sie ihren Mann – lange bevor sie oder Vigo auf der Welt waren – vor die Tür gesetzt hatte. Ihre einzige Erklärung war gewesen, dass sie ihn und sein Gemaule nicht mehr ertragen hätte. Und ja, Katrina sah glücklich aus. Sie strahlte Gelassenheit aus, und wenn man ihr gewinnendes Lächeln sah, würde man nie davon ausgehen, dass sie ihre eigene Tochter hatte zu Grabe tragen müssen. Abgesehen davon war sie in Vanessas Augen nach Malou die schönste Frau, die es gab. Sie hatte sich nie die Mühe gemacht, ihre weißen Haare zu färben. In wilden Locken hingen sie ihr bis über die Schultern, und sie dachte nicht daran, sie zu bändigen oder gar zu kürzen. Sie trug eine schwarze, runde Brille, die ihr etwas Jugendliches gab und die das warme Braun ihrer Augen betonte. Außerdem hatte

Katrina ein Händchen für Stil. Sie kleidete sich leger, meist in Jeans und Blusen, deren Ärmel sie gern hochschlug. Was bei anderen Frauen ihres Alters lächerlich aussah, verlieh ihr eine unaufgeregte Eleganz.

»Danke, Grandma«, sagte Vanessa. »Du hast vermutlich recht. Aber Vig hat mir die Wahrheit gerade erst um die Ohren gehauen.«

Sie starrte ihren Bruder aus zusammengekniffenen Augen an und griff dann doch nach einem Croissant. Der kurze Vortrag ihrer Grandma hatte ausgereicht, um sie etwas zu besänftigen – oder zumindest, um ihren Appetit zurückkehren zu lassen. Natürlich tat es weh, hintergangen worden zu sein. Aber Josh war es ganz sicher nicht wert, auf dieses fantastische Frühstück zu verzichten.

»Und jetzt zu dir.« Grandma wandte sich langsam zu ihrem Enkel um. »Du erkennst also, dass Josh ein Idiot ist, siehst aber nicht, was du selbst Malou antust?«

Vigo rutschte auf seinem Stuhl hin und her und vermied es, ihr in die Augen zu sehen.

»Ich höre?«, bohrte sie.

Vigo setzte sich aufrecht hin und zog seine Schultern zurück, als würde er sich kampfbereit machen. »Ich weiß, dass du Malou ins Herz geschlossen hast. Aber ich werde das hier und heute nicht mit euch besprechen. Ich bring das wieder in Ordnung.«

Vanessa sah zu ihrer Großmutter und stellte überrascht fest, dass sie tatsächlich dabei war, nachzugeben.

»In Ordnung«, sagte sie. »Sie wird es dir nicht leicht machen, Vigo. Für dich und für mich hoffe ich, dass du das wieder hinkriegst. So. Jetzt haben wir uns genug um eure Liebesangelegenheiten gekümmert. Vanessa«, sie drehte sich zu ihr, »mach endlich deine Karte auf!«

Vanessa wusste genau, was jetzt kam, trotzdem begann ihr Herz zu rasen. Schon seit Wochen grübelte sie darüber nach, ob sie bei der Entscheidung bleiben sollte, die sie bereits vor Monaten getroffen hatte, oder ob sie sich nicht doch ein aufregenderes Reiseziel aussuchen sollte.

Sie griff nach dem großen Umschlag, den Grandma gegen die Blumenvase gelehnt hatte, und öffnete ihn feierlich. Längst wusste sie, welche Zeilen darauf stehen würden: Ihr Bruder hatte die gleichen an seinem 18. Geburtstag zu lesen bekommen.

Vanessa war das Nesthäkchen der Familie und damit das letzte von Katrinas Enkelkindern, das dieses Geschenk erhalten würde.

Ohne die Karte aufzuklappen, murmelte sie die Worte, die sich Grandma vom Dalai Lama geliehen hatte:

Besuche einmal im Jahr einen Ort, den du noch nicht kennst.

Darunter stand noch ein:

Und in diesem Jahr nimm deine Grandma mit!

»Falls du noch nicht weißt, wohin unsere Reise gehen soll, Liebes, dann habe ich hier ein kleines Hilfsmittel für dich.« Sie erhob sich, lief zur Kommode im Flur, holte den großen Globus und stellte ihn Vanessa vor die Nase.

»Einfach drehen, Augen schließen und mit dem Finger drauftippen.«

»Grandma, ich weiß genau, wohin ich will.« Vanessa erhob sich, lief um den Tisch und zog Katrina vom Stuhl. »Danke für dieses Wahnsinnsgeschenk. Seit ich das Foto zum ersten Mal gesehen habe, wollte ich an diesen Ort.«

Das Foto, das sie meinte, war auf der Hochzeitsreise ihrer Eltern entstanden. Die beiden saßen in einem Stocherkahn, der von einer jungen Frau, vermutlich einer Studentin, angestoßen wurde. Ihre Mutter hatte den Kopf an die Schulter ihres Vaters gelehnt, und es war nicht zu übersehen, wie verliebt sie waren. Am unteren Bildrand stand Victoria & Noah Tremblay, *Stocherkahnfahrt auf der Cam, Cambridge, Juli 1993*.

»Du weißt aber schon, dass ich deine Gedanken nicht hören kann, Nessie? Von welchem Foto sprichst du, und wohin soll unsere Reise gehen?«

Vanessa klatschte aufgeregt in die Hände. »Das von deinem Nachttisch, Grandma. Mit Mama und Papa in Cambridge.«

Kaum hatte Vanessa die Worte ausgesprochen, veränderte sich die Mimik ihrer Großmutter. Sie presste ihre Lippen fest aufeinander, und ihre Augen verengten sich. »Jeder andere Ort, Vanessa – aber nicht dieser!«

Ohne ein weiteres Wort der Erklärung erhob sie sich und lief in die Küche. Vanessas Magen verkrampfte sich. Hatte sie etwas Falsches gesagt? Sie warf Vigo einen fragenden Blick zu, doch seine Miene verriet ihr, dass auch er nicht verstand, was in Katrina gefahren war.

»Grandma, warte!«, rief Vanessa und lief ihr hinterher. »Was ist denn los?«

Anstelle einer Antwort begann Katrina damit, die völlig saubere Arbeitsplatte in der Küche abzuwischen. Dann drehte sie sich abrupt zu ihrer Enkelin um.

»Du hast die Möglichkeit, die ganze Welt zu sehen, und alles, was dir einfällt, ist Cambridge? Dein Bruder ist mit mir quer durch Thailand gereist!.«

Katrina schnaufte. Sie war tatsächlich wütend. Vanessa hatte keine Ahnung, warum.

»Und ich möchte Cambridge sehen!«, rief sie aufgebracht. »Mama und Papa sehen so glücklich aus auf diesem Foto. Wenn ich da wäre, würde ich mich ihnen irgendwie näher fühlen, kannst du das nicht …«

Katrina schlug mit der flachen Hand auf die Küchenanrichte. »Cambridge ist ausgeschlossen – und damit basta!«

Vanessa öffnete den Mund, um zu antworten, doch der Blick in Katrinas wütendes Gesicht ließ sie verstummen. Noch nie hatte sie ihre Grandma so außer sich erlebt. Selbst dann nicht, als sie mit vierzehn wegen Rauchens auf dem Schulgelände einen Verweis erhalten hatte.

»Das ist wirklich dein letztes Wort?«, fragte Vanessa leise, und ihre Stimme brach, denn sie ahnte, was die Antwort ihrer Grandma sein würde.

»Ja, das ist mein letztes Wort.«

Vanessa nickte einmal kurz. Ihre Hände begannen vor Wut zu zittern, ebenso ihre Lippen. Sie lief zurück an den Frühstückstisch und griff nach ihrer Geburtstagskarte.

»Einen Ort, den ich nicht kenne?«, schrie Vanessa nun fast. »Du hättest *außer Cambridge* ergänzen sollen!«

Vor den Augen ihrer Großmutter und unter dem entsetzten Blick ihres Bruders zerriss sie die Geburtstagskarte in winzige Schnipsel, die sie achtlos auf den Wohnzimmerteppich warf. In Tränen aufgelöst rannte sie die Treppen hoch, vorbei an ihrem Zimmer und weiter hinauf in die Dachkammer.

Dort bewahrte Grandma alle Sachen ihrer Tochter auf, und genau das brauchte Vanessa in diesem Augenblick: Erinnerungsstücke an ihre Eltern. Sie schloss die Kammer hinter sich ab, rutschte an der Tür hinunter und ließ ihren Tränen freien Lauf.

Ihr Geburtstag hatte sich in einen Albtraum verwandelt. Es ging längst nicht mehr nur darum, dass ihre Beziehung zu Joshua vorbei war oder dass Malou und Vigo sich getrennt hatten. Grandma und sie hatten sich auf eine Art und Weise gestritten, wie Vanessa es noch nie zuvor erlebt hatte, und sie hatte keine Ahnung, woran das lag.

Kapitel 2

Vanessa, Freitag, 13. Oktober, Gegenwart

Vanessa brauchte fast zehn Minuten, bis sie sich wieder im Griff hatte und ihre Tränen versiegt waren. Sie putzte sich die Nase, wischte sich mit den flachen Händen über das Gesicht und öffnete die alte Holztruhe, die neben dem Fenster der Dachkammer stand.

Sie zog sich einen kleinen Hocker neben die Truhe, setzte sich und griff nach einem Lederetui. Vorsichtig strich sie über die eingeprägten Buchstaben *Glückwunsch zum Examen, Vicky*. Es war nicht nötig, das Etui zu öffnen, Vanessa wusste, was sich darin befand. Zu besonderen Anlässen hatte sie immer mal wieder mit dem schweren Füller ihrer Mutter geschrieben. Doch da weder sie noch Vigo sich dazu hatten durchringen können, den Füller im Alltag zu benutzen, war die Tinte inzwischen eingetrocknet.

Der Reihe nach zog Vanessa Gegenstände aus der Truhe, die sie an ihre Eltern erinnerten: eine knallbunte Wollmütze mit Bommel, die Victoria ihrem Mann während eines kurzen Anflugs von Handarbeitsbegeisterung gestrickt hatte, alte Schulfotos, die ihren Vater mit langen Haaren und ihre Mutter mit Zahnspange zeigten, selbst geschriebene Briefe und Karten ihrer Mutter an Grandma und die unzähligen Comics, die ihr Vater, solange Vanessa denken konnte, auf jeden Fetzen Papier gekritzelt hatte, den er in die Finger bekam.

Vigo hatte sein Zeichentalent geerbt, doch er nutzte es nicht, was Vanessa für eine große Verschwendung hielt.

Sie nahm sich für jede einzelne Seite der Comics Zeit und las sogar die Sprechblasen zu den Zeichnungen. Noah Tremblay hatte eine Comicheldin erschaffen, die an Tollpatschigkeit nicht zu überbieten war und der er den treffenden Namen *Clumsy Crumpet* verpasst hatte.

Vanessa grinste, als sie nach der nächsten Zeichnung griff. Darauf war Clumsy Crumpet wild fluchend mitten im Sturz von einem Hoteldach zu sehen. Vigo hatte dieses Bild geliebt, und Vanessa erinnerte sich noch gut daran, wie ihre Mutter ihn dazu ermutigt hatte, sich eigene *Clumsy Crumpet*-Abenteuer auszudenken. Seine Zeichnungen hatten damals schon bewiesen, dass er seinem Vater in Sachen Talent in nichts nachstand.

Vanessa legte den Comic zur Seite und griff wieder in die Truhe. Doch statt einer weiteren *Clumsy Crumpet*-Folge hielt sie nun eine Postkarte in der Hand, die zwischen die Bilder gerutscht sein musste.

Das vergilbte Foto auf der Vorderseite zeigte ein riesiges Anwesen, das sich möglicherweise irgendwo in Großbritannien befinden könnte – zumindest ließ der akkurat getrimmte Rasen diesen Schluss zu. Sie drehte die Postkarte um, und das Abbild der jungen Königin Elisabeth auf der Briefmarke bestätigte ihre Vermutung: Die Karte war in Großbritannien abgeschickt worden. Auf der Rückseite standen nur wenige Worte: *One Day, Kathy, my Foxy Lady* und dazu *November* 1967 und eine Unterschrift, die sie als *Edward Stringer* entzifferte.

Edward Stringer? Sie hatte keine Ahnung, wer das sein sollte. Nicht dass Vanessa das beste Namensgedächtnis hatte, doch sie war sich sicher, diesen Namen noch nie zuvor gehört zu haben. Sie konnte sich auch nicht daran erinnern, dass Katrina je erzählt hatte, dass ihr Spitzname Kathy gewesen war. Doch an wen sollte die Karte sonst gerichtet sein?

Statt zurück in die Truhe legte Vanessa die Karte neben sich auf den Fußboden und wühlte sich weiter durch die Vergangenheit ihrer Eltern. Als sie bei deren Hochzeitsalbum angekommen war, riss ein Klopfen an der verschlossenen Tür sie aus ihren Gedanken.

»Nessie, mach die Tür auf«, bat Grandma.

Vanessa rang mit sich. Einerseits war sie wütend auf ihre Großmutter und darauf, dass sie ihr ohne jede Erklärung das Reiseziel Cambridge verboten hatte. Andererseits kannte Vanessa sie gut genug, um zu wissen, dass diese Reaktion einen triftigen Grund haben musste.

Vanessa entschied sich dennoch für die trotzige Variante. »Geh weg«, rief sie, ohne sich vom Fleck zu rühren.

»Nein, lass mich rein. Zwing deine alte Grandma nicht

dazu, den Zweitschlüssel suchen zu müssen. Das gehört sich nicht!«

Seufzend schob Vanessa die Postkarte in ihre Gesäßtasche, rappelte sich auf und öffnete die Tür. Katrina trat ein und warf einen kurzen Blick durch den Raum. Sie setzte sich auf den Hocker, schloss die Truhe und klopfte auf den Deckel, um Vanessa zu verstehen zu geben, dass sie sich setzen sollte.

»Es tut mir leid«, sagte Katrina und griff nach Vanessas Hand. »Selbstverständlich fahren wir nach Cambridge, wenn das dein Wunsch ist.«

»Äh«, gab Vanessa verblüfft zurück, denn ihr fiel beim besten Willen nicht ein, wie sie auf den plötzlichen Meinungsumschwung ihrer Grandma reagieren sollte. Katrina strich liebevoll über ihren Handrücken und wartete geduldig, bis sie sich wieder gefangen hatte.

»Tut mir leid, dass ich die Karte zerrissen habe.«

»Verständlich«, sagte Katrina schlicht. »Die Abmachung war ganz klar: Wir reisen zu zweit, das Ziel bestimmst du. Ich hätte dich nicht so vor den Kopf stoßen sollen.«

»Was hast du denn für ein Problem mit Cambridge?«

Katrina wich ihrem Blick aus und zuckte mit den Schultern. »Zu viele schmerzhafte Erinnerungen an Victoria«, antwortete sie, doch Vanessa hatte das Gefühl, dass das noch nicht die ganze Wahrheit war.

»Das ist alles?«

»Aber ja. Und ich will dich gleich darauf vorbereiten, dass

die Reise ein bisschen anders wird als das, was ich mir für uns beide vorgestellt hatte.«

»Wie meinst du das?«

»Euer 18. Geburtstag ist für mich etwas Besonderes, wie du weißt. Quasi das letzte große gemeinsame Erlebnis, bevor ihr …« Grandma stockte und schluckte. »Bevor ihr ins Leben hinausgeht.«

»Aber das wird es doch auch, wenn wir nach Europa fahren.«

»Ich würde dir gern zustimmen, aber das wäre nicht ehrlich. Du weißt es vielleicht nicht, aber ich habe viele Freunde aus früheren Zeiten. Und wenn ich schon einmal da bin, würde ich sie sehr gern wiedersehen.«

»Aber das ist doch großartig, Grandma!«, rief Vanessa.

Katrina seufzte. »Ich weiß nicht. Die Reise sollte eine ganz besondere Großmutter-Enkel-Zeit werden. Nur für uns zwei, verstehst du? Genau das werde ich dort aber nicht einhalten können. Zwei meiner ältesten Freundinnen leben in Cambridge. Die wären tödlich beleidigt, wenn ich sie nicht besuchte. Dazu kommen ehemalige Teamkameraden aus meinen aktiven Lacrosse-Zeiten, von denen einige mit ihren Ehemännern nach Europa gingen und die nun in und um London verstreut leben. Es wird vermutlich darauf hinauslaufen, dass du immer wieder auf dich allein gestellt sein wirst, weil ich von diesen lieben, aber durchaus auch sehr aufdringlichen Menschen in Beschlag genommen werde.«

Vanessa wusste beim besten Willen nicht, warum sich ihre Grandma darum sorgte. »Ich bin doch kein Kind mehr. Wenn du alte Freunde besuchen möchtest, dann tu das. Mir fällt ganz sicher etwas ein, womit ich die Tage fülle, an denen du verplant bist.«

Katrina legte ihren Kopf schief und sah Vanessa eindringlich an. »Sicher?«, fragte sie noch mal.

Vanessa lachte. »Ganz sicher. Rund um die Uhr mit dir Händchen halten wäre jetzt ohnehin nicht so ganz mein Ding gewesen, Grandma.«

»Ich weiß«, kicherte Katrina. »Also gut, abgemacht. Und jetzt komm raus hier.«

Vanessa griff nach dem Hochzeitsalbum ihrer Eltern und erhob sich.

»Was willst du damit?«, fragte ihre Grandma.

»Ach, ich hab da so eine Idee für die Dezemberausgabe meines Blogs.«

Katrina zog skeptisch ihre Augenbrauen hoch. »Gib nicht zu viel von deinem Privatleben preis, Nessie.«

»Keine Sorge, das habe ich nicht vor. Die Idee ist auch noch nicht ganz spruchreif. Ich muss noch ein bisschen daran feilen.«

Vanessa und ihre Grandma liefen zurück zu Vigo, der noch immer am Esstisch saß und in sein Handy versunken war. Als sie sich neben ihn setzte, packte er es hastig wieder ein, als hätte er etwas zu verbergen.

»Vor mir brauchst du es nicht zu verstecken«, sagte Vanessa. »Was immer du mit deinen Frauen vorhast – ich werde dich sicher nicht verurteilen.«

»Mit meinen Frauen?«, schnaubte Vigo. »Von wegen. Es gibt nur eine, und der muss ich irgendwie klarmachen, dass ich nicht der Vollidiot bin, für den sie mich seit gestern hält.«

»Da werden ein paar Nachrichten vermutlich nicht ausreichen«, antwortete Grandma und setzte sich ebenfalls an den Tisch.

»Können wir dieses Thema bitte lassen? Was ist mit euch? Alles wieder in Ordnung?«

Vanessa und Katrina nickten gleichzeitig.

»Cambridge steht, ich werde mich noch an diesem Wochenende an die Planung machen. Zu blöd, dass ich morgen noch arbeiten muss. Ich würde viel lieber gleich damit beginnen, ein hübsches, verschlafenes Cottage für uns zu finden. Grandma, können wir Weihnachten dort verbringen?«

»Ich weiß nicht, Nessie. Wir haben immerhin schon Mitte Oktober. Dürfte nicht mehr ganz leicht sein, so kurzfristig noch eine Bleibe für die Weihnachtsfeiertage zu finden.«

»Das schaffe ich schon«, rief Vanessa überzeugt und lächelte zwischen Großmutter und Bruder hin und her.

Als sich Vanessa am nächsten Morgen auf den Weg in die Bibliothek machte, war ihre Laune am Boden. Dabei konnte sie sich eigentlich nicht beschweren, denn nach dem chaotischen Geburtstagsmorgen war der Rest des gestrigen Tages entspannt verlaufen.

Doch sosehr sie versuchte, daran zu glauben, dass sie ohne Joshua besser dran war – sie musste zugeben, dass sein Vertrauensbruch ihr zu schaffen machte. Sie beide hatten immerhin eine zweijährige Beziehung hinter sich, und er war ihr erster richtiger Freund gewesen.

Die Tränen, die gestern nicht kommen wollten, kündigten sich ausgerechnet in dem Moment an, in dem sie vor der Bibliothek aus dem Auto stieg. Also kroch sie zurück auf den Fahrersitz und verriegelte die Tür von innen. Sie ließ ihren Kopf aufs Lenkrad sinken, und im nächsten Augenblick strömten ihr die Tränen über das Gesicht.

Joshua war ein Idiot, und sie wollte ihn nie wiedersehen. Gleichzeitig wünschte sie sich, dass alles, was sich vorgestern Abend in diesem Pub abgespielt hatte, völlig harmlos gewesen war.

Abrupt setzte Vanessa sich auf und starrte durch die Frontscheibe. »Und dann?«, fragte sie sich selbst laut und schüttelte angewidert den Kopf. Selbst wenn das Treffen zwischen Josh und diesem Mädchen harmlos gewesen war – er hatte sie eiskalt angelogen. Vermutlich war tatsächlich nichts gelaufen, immerhin hatten die beiden fluchtartig die Kneipe verlassen, und es war davon auszugehen, dass das ungeplante Aufeinandertreffen mit Vigo ihm das Date gründlich versaut hatte. Doch das änderte nichts an der Tatsache, dass Josh dieses Treffen von langer Hand vorbereitet und sich sogar so krank gestellt hatte, dass sie noch zur Apotheke gerannt war. Das hätte er wohl kaum getan, wenn er nichts zu verbergen gehabt hätte.

Vanessa spürte, wie sich ihre Trauer in Wut verwandelte. Dieser Mistkerl hatte nicht eine einzige ihrer Tränen verdient. Sie putzte sich die Nase und straffte ihre Schultern. Der Zeitpunkt dieser Heulattacke hätte nicht ungünstiger sein können. Ihre Schicht in der Bibliothek begann in fünf Minuten.

Ein Blick in den Rückspiegel verriet ihr, dass sie genau so aussah, wie sie sich fühlte: mies. Ihre Augen waren vom Heulen gerötet und ihre Lider geschwollen. Bevor sie auf ihre Kollegen traf, musste sie dringend einen Abstecher in Richtung Toilette machen.

Für den Vormittag stand wie jeden Samstag *Nessie's Lesestunde* auf dem Programm. Sie selbst hatte diese besondere Vorlesezeit für die Jüngsten vorgeschlagen, und die Idee war bei ihrer Chefin Penelopé und den Kindern großartig angekommen. Aber sie konnte wohl kaum völlig verheult vor den Kleinen sitzen.

Also ging sie erst Richtung WC, nahm Papierhandtücher aus dem Spender, hielt sie unter kaltes Wasser und drückte sie auf ihre geschlossenen Augen. Nachdem die Schwellung etwas zurückgegangen war, zog sie einen Concealer aus dem Rucksack, deckte die Augenringe notdürftig ab und legte etwas Puder nach.

Erst dann ging sie durch den Lesesaal, der so kurz nach der Öffnung noch wie ausgestorben war. Als sie die Tür zum Mitarbeiterraum öffnete, zuckte sie zusammen.

»Überraschung!«, riefen ihre Kollegen und bliesen in

knallbunte Papiertröten. Ihre Chefin kam ihr entgegen und umarmte sie herzlich.

»Alles Liebe zum Geburtstag!« Sie zog Vanessa zum Tisch, auf dem eine riesige Schokoladentorte mit 18 Kerzen stand.

»Schneid sie an, ich kann nicht mehr länger dafür garantieren, dass die Meute hier nicht einfach darüber herfällt.«

Vanessa lachte. Dann beugte sie sich über den Tisch, schloss die Augen und blies die Kerzen aus. Noch gestern Morgen hätte sie sich etwas Theatralisches wie die große Liebe, die für immer und ewig halten sollte, gewünscht. Aber ihr momentanes Bauchgefühl gab ihr klar und deutlich zu verstehen, dass die große Liebe etwas für naive Träumer war, denn sie dauerte genau so lange, bis irgendein feiger Trottel dachte, er könnte sie einfach so belügen und eine Hexe vorbeikam, die ihr eben diesen Trottel ausspannte. Also schenkte sie sich das Wünschen gleich ganz.

Das wilde Geplapper ihrer Kollegen, von denen einige nur gekommen waren, um ihr nachträglich zum Geburtstag zu gratulieren, lenkte Vanessa ab, und nachdem sie ein riesiges Stück Schokokuchen gegessen hatte, fühlte sie sich endgültig wieder gut genug, um die Lesestunde für die Kinder vorzubereiten.

Während sie die Sitzsäcke in den Lesesaal schleppte, dachte sie daran, dass sie in zwei Monaten endlich den Ort sehen würde, an dem ihre Eltern am glücklichsten gewesen waren – zumindest nahm sie das aufgrund ihrer strahlenden

Gesichter auf den Fotos an. Überhaupt würde Vanessa zum ersten Mal in ihrem Leben nach Europa fliegen. Alle bisherigen Urlaube hatte sie zusammen mit Vigo und Grandma in Kanada oder den USA verbracht.

Nachdem alles für die Kinder vorbereitet war, atmete Vanessa tief ein. Sie liebte den Geruch von Büchern, der sie umhüllte, sobald sie über die Schwelle der Pembina Trail Bibliothek trat. Ursprünglich wollte sie in dem riesigen Glaskasten der Millennium Bibliothek arbeiten, doch Katrina hatte sie davon überzeugt, dass die kleinere Außenstelle der bessere Ort sein würde. Gemeinsam hatten sie sich beide Gebäude angesehen, und natürlich hatte Grandma recht behalten.

Katrina Clarke hatte lange als Literaturprofessorin an der Universität von Winnipeg unterrichtet. Vanessa war davon überzeugt, dass sie die Liebe zu Büchern von ihr haben musste. Inzwischen arbeitete sie seit drei Monaten hier und konnte sich keinen besseren Nebenjob vorstellen, wenn sie von ihrem eigenen Blog einmal absah.

Sie stellte sich ein Wasserglas bereit, legte das Buch zurecht, das sie sich für die heutige Lesestunde ausgesucht hatte, und da noch etwas Zeit war, bis die Kinder kamen, gesellte sie sich zu Penelopé an die Bücherrückgabe.

»Wie war dein großer Tag?«, fragte Penelopé, während sie Vanessa Bücher zuschob, die sie auf einen klapprigen Wagen legte, um sie später in die Regale zu sortieren. »Du siehst ziemlich mitgenommen aus. Wohl zu lange gefeiert, was?«

»Die Party war ganz schön.«

»Dein 18. Geburtstag war *ganz schön*?« Penelopé zog ihre Augenbrauen hoch und sah sie skeptisch an. »Ist das alles?«

»Na ja – abgesehen davon, dass sich Josh entschieden hat, meiner Geburtstagsparty fernzubleiben, um mit einer anderen auszugehen.«

»Das ist scheiße«, sagte Penelopé unumwunden. Dann blickte sie zur Tür und sagte nur »Oh!«.

Vanessa folgte ihrem Blick und ließ das Buch sinken, zu dem sie gerade gegriffen hatte. Ihr Herz machte einen Satz. Sie konnte beim besten Willen nicht einschätzen, ob vor Schreck oder doch vor Freude. Ihr Herz schlug gegen ihren Brustkorb, und die Wut, die sie zuvor mit den nassen Papierhandtüchern die Toilette hinuntergespült hatte, war augenblicklich wieder da.

Vor ihr stand Josh und sah sie zerknirscht an.

»Hey, Vanessa«, sagte er leise. »Können wir reden?«

»Nein. Ich arbeite, wie du siehst.«

»Bitte«, bettelte er, und an Penelopé gewandt fügte er hinzu: »Dauert nicht lange, versprochen.«

Penelopé zuckte mit den Schultern. Vanessa atmete durch, trat hinter dem Büchertresen hervor und lief nach draußen.

»Was willst du noch?«

»Mich entschuldigen. Es tut mir leid, Vanessa, ehrlich!«

Vanessa kreuzte die Arme vor der Brust und sah ihn sekundenlang an. »Was genau tut dir denn leid?«, fragte sie, denn Josh hatte bisher ja noch nicht einmal ausgesprochen, was zwischen ihnen stand.

»Na, du weißt schon …«, sagte er vage.

Vanessa dachte nicht daran, es ihm einfach zu machen. Sie zog fragend ihre Augenbrauen hoch und schwieg beharrlich.

»Ich meine, dass ich nicht auf deiner Geburtstagsfeier war. Ich habe mich mit Leyla getroffen, aber da war nichts, ehrlich. Sie ist nur eine gute Freundin, mehr nicht. Sie hatte Kummer und …«

»Du willst mich also auch noch verarschen?«, unterbrach Vanessa ihn mit ruhiger Stimme.

»Was?«

»Wir sind seit zwei Jahren ein Paar, und du willst mir allen Ernstes erklären, dass du eine gute Freundin hast, die plötzlich aus dem Nichts auftaucht, die du vorher noch nie erwähnt hast und mit der du lieber einen trinken gehst, anstatt mit mir in meinen 18. Geburtstag hineinzufeiern?«

»Ich …«, hob Josh an.

»Ich …«, äffte Vanessa ihn gehässig nach. »Ich bin ein Idiot, der auf ziemlich miese Weise seine Freundin in die Wüste geschickt hat und der jetzt zu feige ist, dazu zu stehen. Wolltest du das sagen? Tu mir einen Gefallen, Josh: Dreh dich einfach um und geh! Ich will dich nicht mehr sehen. Ich will deine Entschuldigungen nicht. Ich will auch nicht, dass wir Freunde werden. Kümmere dich um Leyla und ihr Seelenheil, aber lass mich in Ruhe.«

Vanessas Herz raste, und ihr Mund war trocken, doch in diesem Augenblick fühlte sie eine Erleichterung, die sie selbst nicht ganz begriff. Es schien fast so, als hätte auch sie schon lange zuvor mit dieser Beziehung abgeschlossen. Wie sonst ließ sich erklären, dass sie vor ihm so ruhig bleiben konnte und nicht wie ein Häufchen Elend zusammenbrach?

Ohne auf eine Antwort zu warten, ließ sie Josh stehen. Sie drückte die Glastür zum Gebäude auf, und als sie ihr Spiegelbild darin sah, fasste sie einen Entschluss. Ohne zu zögern, holte sie ihr Handy hervor, rief ihren Friseur an und vereinbarte einen Termin für den Nachmittag. Schon seit Monaten hatte sie überlegt, ihre langen Haare auf Boblänge zu kürzen, doch Josh hatte ihr immer wieder damit in den Ohren gelegen, dass Frauen lange Haare bräuchten. ›Frauen brauchen vor allem keine Idioten‹, dachte Vanessa trotzig, und der Gedanke daran, sich von ihrer langen Mähne zu trennen, zauberte ein winziges Lächeln in ihr Gesicht.

Als Vanessa nach der Arbeit in der Bibliothek und dem anschließenden Friseurbesuch nach Hause kam, wartete Katrina bereits ungeduldig auf sie.

»Wo warst du denn so … Oh, verstehe. Dreh dich mal um!«

Vanessa drehte sich langsam um ihre eigene Achse.

»Ich wollte das schon lange tun«, erklärte Vanessa.

In diesem Moment betrat auch Vigo das Wohnzimmer und pfiff anerkennend durch die Zähne.

»Wow, kleiner Käfer! Jetzt werden meine Jungs noch öfters vorbeikommen«, seufzte er dann. »Die liegen mir sowieso schon immer damit in den Ohren, dass ich dich mitbringen soll. So, wie du jetzt aussiehst, wird dieses Gejammer sicher nicht weniger werden.«

»Spinner«, kommentierte Vanessa, doch sie freute sich riesig über das Kompliment ihres großen Bruders. Es war genau die Art von Anerkennung, die ihr nun guttat, denn ganz so einfach, wie sie sich das vorgestellt hatte, war der Friseurbesuch dann doch nicht gewesen, und sie selbst musste sich nach jahrelanger Wallemähne erst an ihren neuen Look gewöhnen.

Nachdem sie alle drei zusammen gegessen hatten, erklärte Vanessa, dass sie sich an den Laptop hängen wollte, um nach Unterkünften in Cambridge zu suchen. Sie stieg die Treppe hoch und warf einen Blick durch die geöffnete Tür von Vigos Zimmer. Anders als in Zeiten, in denen er noch hier gewohnt hatte, war es aufgeräumt, was Vanessa dazu brachte, hineinzugehen. Sie trat an den Schreibtisch, auf dem eine begonnene Zeichnung und verschiedene Stifte lagen.

»Hey, was machst du da?«, rief Vigo, der hinter ihr ins Zimmer kam.

»Nichts«, antwortete Vanessa. »Ich war nur überrascht, weil du den Raum noch gar nicht in ein riesiges Chaos verwandelt hast, dabei bist du doch schon über 24 Stunden hier. Du zeichnest wieder?«, fragte sie und griff nach dem Blatt. Die Frau darauf sah ein bisschen aus wie Clumsy Crumpet und dann auch wieder nicht. Sie trug das Superheldenkostüm mit den zwei ›C‹, und auch die Farben stimmten. Doch Vig hatte der alten Clumsy Crumpet ein neues Gesicht gegeben, und das sah irgendwie aus wie Malous.

»Lass das liegen«, knurrte er.

Vanessa lächelte ihren Bruder an. Sie kommentierte weder seinen ungehaltenen Ton noch sein Bild. Stattdessen sagte sie nur »cool« und lenkte das Gespräch dann auf ein anderes Thema. »Mal was ganz anderes: Sagt dir der Name Edward Stringer etwas?«

»Noch nie gehört. Warum?«, wollte Vigo wissen.

»Ach, nichts weiter«, sagte sie. Dann huschte sie hinaus und machte es sich mit ihrem Laptop auf dem Schoß auf dem Bett gemütlich. Bevor sie sich in ihre Urlaubsplanung vertiefte, zog sie die alte Postkarte noch einmal hervor und dachte darüber nach, ob es sinnvoll wäre, ihre Grandma einfach nach Edward Stringer zu fragen, doch irgendetwas hielt sie davon ab. Die heftige Reaktion auf ihren Urlaubswunsch hatte sie mehr als nur verblüfft. Es gab offenbar einige Dinge im Leben ihrer Großmutter, von denen sie keine Ahnung hatte.

Vanessa griff nach dem Hochzeitsalbum ihrer Eltern, das auf dem Schreibtisch lag.

Die Idee, die ihr seit gestern im Kopf herumspukte, gefiel ihr immer besser. Mithilfe des Albums würde sie die Orte finden, die ihre Eltern während ihrer Hochzeitsreise besucht hatten. Vor der exakt gleichen Kulisse wollte sie genau so posieren, wie es einst ihre Eltern getan hatten. Die Bilder würde sie einander gegenüberstellen und um ihre eigenen

Erlebnisse in Cambridge ergänzen – eine Art Reisetagebuch, das sie gleichzeitig ihren Eltern näherbringen würde. Mit ein wenig Glück würde sie ganz nebenbei auch noch dieses traumhaft schöne Anwesen auf Grandmas alter Postkarte finden und herauskriegen, was es mit diesem ominösen Edward Stringer auf sich hatte.

Im Dezember jährte sich der Tod ihrer Eltern zum 13. Mal. Ihre Follower wussten, dass dieser Monat für Vanessa ein besonderer war, und würden Verständnis dafür haben, dass ihre Rubrik *A Thing called …* erst im Januar weiterlaufen würde.

Vanessa hatte schon ein Logo im Kopf: ein Schuh, unter oder neben dem der Schriftzug *In my parents' shoes* stehen sollte. Vigo würde es sicher für sie zeichnen.

Den Rest des Abends und den folgenden Sonntagmorgen verbrachte Vanessa damit, nach einem hübschen Cottage zu suchen, doch sie hatte kein Glück. Es schien fast so, als wäre die ganze Welt in diesem Jahr auf die Idee gekommen, in Cambridge und Umgebung Weihnachtsurlaub zu machen.

Am Ende hatte sie sogar nach Hotels gesucht, obwohl sie diese Art von Unterbringung kategorisch ablehnte. Aber auch dieser Versuch war erfolglos geblieben. Die wenigen Zimmer, die noch frei waren, hatten dermaßen utopische Preise, dass Vanessa lieber ein Jahr später fliegen würde, als ihre Grandma einen solchen Preis zahlen zu lassen.

Doch die Reise um ein Jahr zu verschieben, würde schwierig werden. Zwar könnten sie rechtzeitig buchen und würden sicher auch etwas finden. Allerdings würde sie dann vermutlich mitten im Studium stecken.

Nach dem Examen im Sommer hatte sie sich mit ihrer Bewerbung zu viel Zeit gelassen und war nicht mehr in diesem Wintersemester untergekommen. Glücklicherweise hatte Grandma entspannt auf ihre Schluderei reagiert. Einzige Bedingung für das halbe Jahr Auszeit, das sie nun zwangsweise nehmen musste, war, dass sie sich für diese Zeit einen Job suchte. Die Arbeit in der Bibliothek hatte sie darin bestärkt, dass Literaturwissenschaften genau das richtige Studienfach für sie sein würde, und sie konnte sich keinen besseren Ort vorstellen als die Winnipeg University. Hier war Grandma als Literaturprofessorin erfolgreich gewesen, und hier wollte auch Vanessa studieren.

Die Nachmittagssonne schien durch Vanessas Fenster und blendete sie. Stundenlang hatte sie auf den Bildschirm gestarrt, und ihre Augen brannten. Sie griff nach ihrem Buch, machte sich in der Küche einen Kaffee und setzte sich dann in einen dicken Pulli eingemummelt in den Garten.

»Was machst du denn für ein Gesicht, Käfer?«, fragte Vigo, der ebenfalls mit einem Kaffee bewaffnet auf die Terrasse hinaustrat. »Du siehst aus, wie ich mich fühle. Kummer wegen Josh?«

»Nein, die Sache zwischen uns ist ein für alle Mal beendet. Es geht um die Reise. Ich finde einfach keine Bleibe für uns, und das ist so frustrierend. Ich war sicher, dass es kein

Problem sein dürfte, aber Grandma hat recht. Wir sind wohl einfach zu spät dran.«

»Hast du *Airbnb* versucht?«, fragte Vigo.

»Doch nicht für Grandma!«, antwortete Vanessa. Sie hatte für einen kurzen Moment ebenfalls an diese Variante gedacht, den Gedanken jedoch wieder verworfen. »Ich kann mir nicht vorstellen, dass sie in einer fremden Wohnung Ferien machen will.«

»Wieso denn nicht? Wir sind mit dem Rucksack quer durch Asien gezogen, und die Absteigen, in denen wir dabei manchmal unterkamen, waren wirklich gewöhnungsbedürftig – um nicht zu sagen widerlich. Ich glaube nicht, dass Grandma damit ein Problem hat.«

Der Vorschlag ihres Bruders gab Vanessa wieder Auftrieb. Sie rief ihm ein »Danke« zu und lief zurück ins Haus.

Zwei weitere Stunden wühlte sich Vanessa durch Angebote. Mal waren die Preise zu hoch, dann wieder passte das Datum nicht, und die Wohnungen waren entweder nur vor oder nach Weihnachten zu mieten.

Sie wollte den Laptop gerade wieder ausschalten, als sie über eine Anzeige stolperte, die sie zum Lachen brachte:

*»2-Männer-Studenten-*WG *ab Mitte Dezember über Weihnachten und Silvester zu vermieten. Da uns am Ende des Jahres wieder einmal saubere Shirts und Socken ausgehen, bleibt uns nichts weiter übrig, als mit unseren Wäschebergen zu Mama nach Hause zu fahren. Während die Klamotten gewaschen, getrocknet und gebügelt werden, darfst du dich gern in unserer* WG *einnisten.«*

Vanessa klickte sich durch die Bilder und war angenehm überrascht. Das Klischee, mit dem die Studenten hier spielten, passte ganz und gar nicht zu den Fotos. Die Wohnung war aufgeräumt, hatte eine geräumige Wohnküche und lag offenbar mitten im Zentrum von Cambridge.

Um auf Nummer sicher zu gehen, verlor Vanessa keine Zeit und griff zum Telefon. Am anderen Ende der Leitung meldete sich ein Finley Chapman und plapperte munter drauflos. Innerhalb von zwanzig Minuten wurden Vanessa und er sich einig. Grandma und sie würden am 15. Dezember anreisen und bis zum 7. Januar bleiben. Den Wohnungsschlüssel würde Finley bei seinem Chef im *The Punter* hinterlegen, einem Pub, in dem er hinter dem Tresen jobbte und der sich schräg gegenüber der Wohnung befand.

Als Vanessa auflegte, war sie euphorisch. Sie sprang die Treppe hinunter, lief zu Vigo in den Garten und umarmte ihn.

»Du bist der Beste«, rief sie überschwänglich.

»Ja …«, gab er überrascht zurück. »Und warum das?«

»Es hat geklappt. Wir werden Weihnachten und Silvester in Cambridge verbringen.«

»Großartig!«, antwortete Vigo und wandte sich erneut seinem Skizzenblock zu.

»Seit wann zeichnest du denn wieder?«

»Hab ja jetzt Zeit.«

»Und was wird das?«

»Das geht dich nichts an, Käfer. Ist sowieso nicht gut. Aber es lenkt mich wenigstens ab.«

Vanessa strich ihrem Bruder liebevoll über den Arm und warf einen Blick über seine Schulter. Von wegen nicht gut! Die Szene, die er gerade gezeichnet hatte, kam ihr nur allzu bekannt vor. Die neue Clumsy Crumpet mit dem Gesicht von Malou stand zornig am Fenster und warf Kleidungsstücke in den Vorgarten. Vor dem Fenster saß eine Gestalt im Gras, die das Gesicht in ihren Händen vergraben hatte.

»Das ist privat, Käfer, okay? Ich lese ja auch nicht in deinem Tagebuch.«

»Entschuldige, Vig«, murmelte sie leise. »Sag mal, könntest du mir einen Gefallen tun?«

»Was denn nun schon wieder?«

»Ich bräuchte ein Logo für mein Blog.«

Vanessa erklärte ihrem Bruder, was sie sich überlegt hatte, und nachdem er murrend zugestimmt hatte, verzog sie sich. Vigo zeichnete also wieder. Offenbar hatte ihr Bruder ein Ventil für seinen Liebeskummer gefunden. Er war dabei, seine und Malous Geschichte in einen Comic zu verwandeln – Vanessa musste zugeben, dass sie gern das Ende gelesen hätte.

Bevor sie in ihr Zimmer zurücklief, um die Flüge für den Weihnachtsurlaub zu buchen, machte sie einen Abstecher zu Katrina, die im Wohnzimmer saß und in ein Buch vertieft war.

»Ich habe tatsächlich eine Unterkunft gefunden.«

»Großartig, Nessie. Trägst du das Reisedatum in den Kalender ein, bitte? Dann brauchen wir jetzt nur noch die passenden Flüge, und unserer Tour steht nichts mehr im Weg.«

Vanessa blieb lächelnd im Türrahmen stehen und überlegte, ob sie nicht doch nach der Postkarte fragen sollte.

»Ist noch was, Nessie?«

»Grandma!«, rief Vanessa mit gespielter Empörung. »Ich habe dir schon hundertmal gesagt, du sollst mich nicht Nessie nennen. Sonst überlege ich mir demnächst auch einfach einen Spitznamen für dich. Kathy vielleicht …«

Vanessa machte ein möglichst unschuldiges Gesicht. Ihre Großmutter starrte sie an und zog die Augenbrauen zusammen, als würde sie grübeln oder darauf warten, dass Vanessa noch etwas sagte. Dann lachte sie plötzlich und machte eine wegwerfende Handbewegung.

»Ich bin ein bisschen zu alt für Spitznamen, findest du nicht? Jetzt sieh lieber zu, dass du unsere Flüge buchst. Meine Kreditkarte ist im Geldbeutel auf der Kommode. Mach du das einfach für mich, ja?«

Vanessa nickte und gab ihr einen Kuss auf die Wange. Während sie sich in ihrem Zimmer wieder an den Laptop setzte, grübelte sie darüber nach, was es wohl mit dieser geheimnisvollen Postkarte auf sich hatte – dieser Sache wollte sie auf jeden Fall auf den Grund gehen.

Wenn sie mit ihrer Vermutung richtiglag, hatte es im Leben ihrer Grandma irgendwann einmal einen Edward gegeben, und Vanessa war überzeugt, dass der von Bedeutung gewesen sein musste, denn er hatte sie liebevoll Kathy genannt und ihr einen geheimnisvollen Hinweis auf etwas gegeben, das er und sie einmal miteinander teilen wollten – zumindest verstand Vanessa das *one day* genau so. Womöglich war ja er der Grund dafür, dass Grandma anfangs partout nicht nach Cambridge wollte?

Sie hackte den Namen Edward Stringer in den PC und googelte eine Weile, doch keine der Personen, die sie daraufhin im Netz fand, schien zu passen. Die Menschen, die sie fand, passten nicht zu einem gestandenen Mann, der heute im Alter ihrer Großmutter sein müsste. Der Nachname Stringer brachte Vanessa immerhin ein kleines Stück weiter, denn sie fand heraus, dass es sich dabei um einen gängigen britischen Nachnamen handelte. Die Vermutung, die sie bereits aufgrund der königlichen Briefmarke angestellt hatte, schien also richtig zu sein.

Vanessa schob die zusammengefaltete Postkarte in eine Seitentasche ihres Geldbeutels und schloss sorgfältig den Reißverschluss.

Kapitel 3

Katrina, August 1967

Papa hatte weder ihr noch Maman vorher Bescheid gesagt, sondern einfach entschieden – mit dem Ergebnis, dass Maman nun im Wohnzimmer auf und ab lief und lamentierte, dass der Zeitpunkt nicht schlechter hätte sein können.

Leonard Vallée sah seine Tochter an, riss die Augen auf, wackelte mit dem Kopf, bewegte stumm die Lippen und äffte so seine Frau Sandrine nach, als käme die Schimpftirade nicht aus ihrem, sondern aus seinem Mund. Dann rollte er die Augen theatralisch zur Decke und unterbrach sie.

»Sandi, ma chérie, wir hatten das doch besprochen. Ich habe in deinem Beisein die Papiere ausgefüllt.«

»Das kommt trotzdem alles viel zu plötzlich. Ich habe Verpflichtungen …«

»Die du absagen kannst«, unterbrach er sanft. »Hast du vergessen, dass die Gastprofessur in Cambridge deine Idee war? Du wolltest für eine Weile aus Winnipeg verschwinden und etwas Neues erleben. Du hast mir den Floh ins Ohr gesetzt, ich könnte meine Vorlesungen genauso gut vor den Studenten dort halten. Jetzt habe ich den Job. Wie sieht das denn aus, wenn ich wieder absage?«

»Ist ja schon gut«, seufzte Sandrine Vallée, »es geht auf einmal nur so schnell. Was wird aus unserer Wohnung hier? Und wo wohnen wir dort? Wir haben nichts besprochen.«

»Aber es wird doch bereits alles für uns vorbereitet. Die ersten Tage oder Wochen verbringen wir im *Royal Inn*, dort ist eine zauberhafte Suite mit zwei Schlafräumen, einem Arbeitszimmer und einem Bad für uns reserviert. Vor Ort können du und Katrina dann ganz in Ruhe nach einer hübschen Wohnung für uns suchen, falls wir das überhaupt wollen. Wenn nicht, bleiben wir eben in der Hotelsuite. Und hier wird Isabelle wöchentlich nach dem Rechten sehen.«

Katrina sah zwischen ihren Eltern hin und her. Wie immer machte sich Maman Sorgen, und wie immer schaffte Papa es, diese Sorgen zu zerstreuen.

Das Jahr in Cambridge würde Katrina eine Art Gnadenfrist verschaffen – Zeit, um ihrer Mutter klarzumachen, dass sie ihren Traum nicht aufgeben würde. Schon seit Wochen polterte Maman, dass Katrinas Idee, englische Literaturwissenschaften zu studieren, nichts weiter als dumme Flausen wären und etwas, das sie in ihrem Leben als Ehefrau und Mutter wohl kaum weiterbringen würde.

Katrina liebte ihre Eltern, doch Leonard und Sandrine Vallée waren das Gegenteil von *normal*. Ihr Papa versorgte die Familie, Maman war Hausfrau, solange Katrina sich zurückerinnern konnte. Das war selbstverständlich vollkommen normal. Doch während in vielen Familien die Männer noch versuchten, ihren Frauen und Töchtern jede

Emanzipation auszureden, um sie zu Hause zu halten, war es im Hause Vallée schon immer umgekehrt gewesen: Papa hatte sie mit Büchern überhäuft und mit spannenden Geschichten über seine Arbeit als Professor der Geologie zu Bett gebracht, Maman hingegen redete ihr stets ein, dass gutes Benehmen für eine Frau weit wichtiger wäre als all das unnütze Wissen.

»Was soll das Mädchen mit all den Informationen über die Entstehungsgeschichte der Erde, wenn sie ihrem Mann am Ende des Tages nicht einmal ein vernünftiges Essen bereiten kann?«, fragte Sandrine immer wieder.

Anfangs hatte Katrina ihrer Maman noch entgegengehalten, dass sie durchaus auch beides schaffen könnte – kochen lernen und Literaturwissenschaft studieren. Außerdem hatte sie nicht vor, einen Mann zu heiraten, der nicht in der Lage war, selbst zu kochen.

Doch alles Argumentieren half nicht, und irgendwann hatte Katrina diesen Kampf gegen Windmühlen aufgegeben. Nichts konnte Sandrines Meinung in dieser Sache ändern.

»Ich hab noch etwas für dich«, unterbrach Leonard die Gedanken seiner Tochter. Er lief in den Flur, öffnete mit einem Klacken die Schnappverschlüsse seines Aktenkoffers und kam mit einem in Leder gebundenen Buch in Händen zurück ins Wohnzimmer.

»Was ist das?«, fragte Katrina und griff danach.

»Ein leeres Buch.«

»Was soll sie denn mit einem leeren Buch, Leonard?«,

mischte sich Sandrine in das Gespräch. Katrinas Papa ließ sich nicht beirren, sah seine Tochter ruhig an und lächelte.

»Du sollst es füllen, Katrina. Mit allem, was du in Cambridge erlebst. Ich bin mir sicher, dass du am Ende des Jahres genau weißt, was du mit deinem Leben anstellen willst, ma petite.«

Katrina strich über das weiche Leder und ließ die Blätter an ihrer Daumenspitze entlanggleiten. »Danke, Papa«, sagte sie, und ihr Herzschlag beschleunigte sich. Das nächste Jahr würde ganz wunderbar werden – dessen war sie sich sicher. Dass sie längst wusste, was sie aus ihrem Leben machen wollte, behielt sie vorerst für sich.

Kapitel 4

Vanessa, Freitag, 15. Dezember, Gegenwart

Vanessa und ihre Großmutter landeten am Vormittag des 15. Dezember in Heathrow. Da die gesamte Reiseplanung Vanessas Aufgabe gewesen war, hatte sie bereits von Winnipeg aus die Tickets für den Coach vom Flughafen nach Cambridge gebucht.

In der Gepäckhalle warf Katrina einen besorgten Blick auf die Uhr. »Sagtest du nicht, dass der Bus nach Cambridge um 11.30 Uhr abfährt?«

»Doch. Wir haben noch zwanzig Minuten. Ich hoffe nur, dass wir das schaffen.« Ungeduldig lief sie entlang des Gepäckbandes auf und ab. Die anderen Reisenden, die mit ihnen im Flugzeug gesessen hatten, waren längst mit ihren Koffern verschwunden.

Vanessa knetete nervös ihre Finger. Sie wusste, dass andauernd Koffer verloren gingen oder versehentlich in die falsche Richtung flogen, doch bisher waren sie von einem solchen Chaos immer verschont geblieben. Wieder blickte Vanessa auf die Uhr. »Nur noch fünfzehn Minuten.«

Sie hatte den Satz gerade ausgesprochen, als das Band vor ihnen plötzlich zum Stehen kam.

»Das ist kein gutes Zeichen«, murmelte Katrina. »Ich befürchte, unsere Koffer kommen nicht mehr.«

Das musste ein schlechter Scherz sein! Seit Vanessa klar geworden war, dass dieses besondere Geburtstagsgeschenk auch auf sie zukommen würde, hatte sie sich ausgemalt, wie ihre Reise ablaufen sollte. In den letzten drei Wochen hatte sie eine regelrechte To-do-Liste in ihrem Kopf erstellt. Die Suche nach ihren Koffern hatte allerdings nicht darauf gestanden. »Und nun?«

»Wir trennen uns«, entschied Katrina. »Ich werde hier die Verlustanzeige aufgeben und alle Formalitäten erledigen, und du siehst zu, dass du den Bus noch bekommst. Du hast uns doch in diesem Pub angekündigt, oder?«

»Ja. Der Chef vom *The Punter* erwartet uns zwischen zwei und drei zur Schlüsselübergabe. Keine Ahnung, wie er reagiert, wenn wir nicht auftauchen.«

»Ein Grund mehr, dass du jetzt losfährst. Sobald du im Bus sitzt, schickst du mir die genaue Adresse noch mal aufs Handy, dann komme ich nach.«

»Und was ist mit deinem Busticket?«, fragte Vanessa.

»Darum wird sich die Fluggesellschaft kümmern müssen. Immerhin ist es deren Schuld, dass wir nun ohne Koffer dastehen. Du gehst den Schlüssel holen und wartest in der Wohnung auf mich. Vielleicht findest du ja einen Supermarkt, dann könntest du schon mal eine Kleinigkeit fürs Abendessen einkaufen.«

Vanessa sah ihre Grandma skeptisch an. »Sicher?«, fragte

sie mit klopfendem Herzen, wohl wissend, dass sie nicht um ihre Grandma besorgt war, sondern eher um sich selbst. Da stand sie nun auf einem fremden Flughafen, in einem ihr fremden Land – mehr noch: auf einem fremden Kontinent. Und statt in ein großes Abenteuer zu starten, begann ihre Reise mit einem großen Chaos.

Katrina schmunzelte und zwinkerte ihr zu. »Das schaffst du schon, Nessie. Außerdem hast du für den Notfall dein Handy dabei. Wenn der Weg vom Busbahnhof bis zur Wohnung zu weit ist, nimm dir ein Taxi.«

Sie drückte Vanessa zwei Fünfzigpfundnoten in die Hand und sah auf die Uhr. »Und jetzt Abmarsch! Der Coach wartet nicht.«

Keine zehn Minuten später saß Vanessa allein und nur mit einem kleinen Rucksack ausgestattet im Bus. Die zweieinhalb Stunden Fahrt nutzte sie dazu, um den Weg vom Busbahnhof bis zum *The Punter* herauszufinden. Beruhigt stellte sie fest, dass die Strecke mit nur etwa 20 Minuten angegeben war. Da sie kein schweres Gepäck dabeihatte, würde sie den Weg zu Fuß gehen und gleich nach einem Supermarkt Ausschau halten.

Nach etwa einer halben Stunde meldete sich Katrina. Am Abend fuhr noch ein Bus nach Cambridge, die Fluggesellschaft hatte ihr ein Ticket besorgt. Die Koffer waren wohl versehentlich in Winnipeg stehen geblieben, würden mit der nächsten Maschine mitgehen und ihnen dann von einem Kurierservice gebracht werden.

Vanessa war beruhigt, und nachdem sie sich einige Zeit lang die Nase an der Scheibe platt gedrückt hatte, überwog die Müdigkeit irgendwann über ihre Neugier und sie schlief ein.

Am Busbahnhof Cambridge zog sie ihr Handy aus der Tasche, gab den Straßennamen *Pound Hill*, den Finley Chapman ihr vor Wochen am Telefon genannt hatte, in ihr Navi ein und lief los.

Obwohl Weihnachten vor der Tür stand, war das Wetter eher frühlingshaft. Immer wieder schob sich die Sonne durch die Wolken, und bei dem halbstündigen Fußmarsch zum Pub wurde ihr so warm, dass sie sogar ihre Jacke öffnen konnte.

Vanessa atmete tief ein und aus und lächelte. Sie freute sich darauf, diese Stadt zu erkunden, denn schon jetzt war sie begeistert von dem, was sie sah. Die alten, ehrwürdigen Gebäude katapultierten Vanessa in ein anderes Jahrtausend, sie hatte das Gefühl, sich in einer Filmkulisse zu bewegen, zwischen die sich glitzernd und träge der Fluss Cam schlängelte.

Als sie die ersten Stocherkähne sah, ballte Vanessa vor Aufregung die Hände zu Fäusten. Die Menschen darin hatten wärmende Decken über die Beine gelegt, und Punter in blau-weiß gestreiften Hemden und dazu passenden Strohhüten mit blauem Band stießen die Boote mit schmalen Holzpfählen an.

Kurz darauf stand Vanessa vor dem Pub. Der *The Punter*

war ein strahlend weißes Haus mit hellblauen Fensterrahmen, und der Besitzer, der sich als Marc Chester vorstellte, ein dickbäuchiger, imposanter Riese, der sicher seine zwei Meter Körpergröße hatte. Er begrüßte Vanessa freundlich in der schönsten Stadt der Welt und fragte, ob sie nicht eigentlich mit ihrer Großmutter kommen wollte.

Vanessa schilderte kurz, in welchem Schlamassel sie ohne ihre Koffer steckten, und Marc ließ es sich nicht nehmen, ihr die Adresse und eine Wegbeschreibung zum nächstgelegenen Supermarkt aufzuschreiben, damit sie sich zumindest mit den nötigsten Toilettenartikeln versorgen konnten. Lächelnd fügte er hinzu, dass er Vanessa und ihre Grandma in den folgenden Tagen zum Essen erwarte – es wäre schließlich oberste Touristenpflicht, den besten Pub der Stadt zu testen.

»Danke, Marc«, sagte Vanessa, lächelte und lief zur Tür. Der imposante Mann hatte es in wenigen Minuten geschafft, dass sie sich in dieser fremden Stadt willkommen fühlte.

»Gern geschehen. Eine Frage noch …«

Die Türklinke in der Hand haltend, wandte sich Vanessa noch einmal um. »Ja?«

»Hast du in den Tagen vor deinem Abflug noch mal mit den Jungs aus der WG telefoniert?«

»Nein, warum?«, fragte Vanessa überrascht.

Marc zog die Augenbrauen hoch, und Vanessa hatte keine Ahnung, was dieser Blick zu bedeuten hatte. »Stimmt etwas nicht?«, fragte sie.

Der bullige Pubbesitzer winkte fröhlich ab. »Alles bestens.«

Finley Chapman hatte nicht übertrieben: Die WG, die in den nächsten Wochen ihr Zuhause sein würde, lag tatsächlich direkt schräg gegenüber des Pubs. Obwohl Vanessa neugierig auf die Wohnung war, lief sie zuerst zum Supermarkt. Sie entschied sich für Spaghetti Bolognese zum Abendessen und besorgte neben den Zutaten dafür auch Toilettenartikel, Süßigkeiten und zwei Flaschen Wein.

Voller Spannung betrat sie kurz darauf endlich die WG. Sie blieb in der Tür stehen und tastete nach einem Lichtschalter. Sie wollte sich gerade in Ruhe umsehen, doch in diesem Augenblick schlug irgendwo im Innern der Wohnung eine Tür zu.

Vor Schreck ließ Vanessa die Einkaufstüten fallen, und in der nächsten Sekunde hörte sie eine fremde Stimme aus einem Nebenraum. »Na, Alter, was hast du diesmal vergessen?«

Kurz darauf stand ihr ein vielleicht zwanzigjähriger Kerl gegenüber, dessen verstrubbelte Haare aussahen, als wäre er gerade erst aufgestanden. Überrascht zog er seine linke, gepiercte Augenbraue in die Höhe und gab ein erstauntes »Oh« von sich.

Vanessas Hände waren plötzlich eiskalt. Ihr erster Gedanke war, sofort kehrtzumachen und aus der Wohnung zu flüchten, doch sie schaffte es nicht, sich auch nur einen Millimeter zu rühren. Stattdessen musterte sie den jungen Mann schweigend, und als sie bemerkte, dass auch er sie ganz unverhohlen anstarrte, wich sie einen Schritt zurück.

»Und du bist …?«, fragte er. Wäre die Situation nicht so bedrohlich – immerhin stand sie in einer Wohnung, die eigentlich leer sein sollte, einem völlig Fremden gegenüber –, würde er ihr gefallen. Seine Haare hingen ihm wirr und lockig bis zum Kinn, seine Augen waren von einem stechenden Grün, und er war fast zwei Köpfe größer als sie.

»Vanessa Tremblay aus Winnipeg«, antwortete sie hölzern.

Statt sich selbst vorzustellen, zischte er ein »Das ist ein verdammter Witz« und presste die Lippen aufeinander.

Vanessa schluckte, und weil ihr nichts anderes einfiel, redete sie einfach drauflos. »Bist du Finley Chapman? Wir haben vor Wochen telefoniert. Ich dachte, die Wohnung wäre leer, wenn wir kommen.«

»Mein Name ist Trevor Rutherford. Finley und ich wohnen hier zusammen. Und ich dreh dem Scheißkerl den Hals rum!«

Vanessa riss erschrocken ihre Augen auf. Dieser Trevor war offenbar stocksauer auf seinen Mitbewohner, doch das war sicher nicht ihre Schuld. Sie atmete durch, straffte die Schultern und nahm einen neuen Anlauf.

»Ich denke, hier ist irgendetwas schiefgelaufen. Ich habe schon im Oktober mit Finley telefoniert, und wir haben die Wohnung über Weihnachten und Silvester gemietet.«

»Wir?«, unterbrach Trevor.

»Meine Grandma und ich.«

Er gab ein ungläubiges Zischen von sich. »Deine Grandma?«

»Ja. Sie kommt später. Dummerweise sind unsere Koffer verloren gegangen, und sie musste das noch am Flughafen klären. Wir waren aber mit Marc Chester im *The Punter* zur Schlüsselübergabe verabredet, darum bin ich vorgefahren.«

Trevor hob die Hand und gab Vanessa ziemlich unhöflich zu verstehen, dass sie leise sein sollte. Mit der anderen Hand griff er in die Hosentasche, zog sein Handy heraus, tippte darauf herum, hielt es sich ans Ohr und wartete. Kurz darauf pfefferte er das Telefon auf das Sideboard im Flur.

»Finley nimmt nicht ab – er wird wissen, warum. Ich hatte ihm gesagt, dass ich dieses Jahr doch nicht über Weihnachten nach Hause fahre. Deine Grandma und du werden eine andere Unterkunft finden müssen.«

Vanessa horchte auf. Sollte das ein Witz sein? Sie hatte zwölf Stunden Flug, eine lange Busfahrt, einen Fußmarsch und einen Einkauf hinter sich, und jetzt erklärte dieser Kerl ihr, dass die Vermietung der Wohnung schiefgegangen war?

Trevor verschränkte die Arme vor der Brust und sah sie von oben herab an. Vanessa platzte der Kragen.

»Jetzt hör mal gut zu, Trevor Rutherford. Finley hat uns die WG über *Airbnb* untervermietet. Damit hat dein Mitbewohner einen Vertrag abgeschlossen.« Vanessa spürte, wie ihr das Blut ins Gesicht schoss. Sie hatte keine Ahnung von solchen Dingen und war sich ganz und gar nicht sicher, ob sie im Recht war oder nicht. Aber sie dachte nicht daran, jetzt klein beizugeben. »Was immer da zwischen dir und deinem Freund schieflief«, fuhr sie fort, »ist wohl kaum unser Fehler. Und ganz sicher wirst du mich und meine Grandma nach der langen Anreise jetzt nicht einfach vor die Tür setzen!«

Trevors Gesichtsausdruck veränderte sich. Amüsiert zog er seine Augenbrauen hoch und grinste breit. »Dir ist aber schon klar, dass ich zwei Köpfe größer bin als du?«

»Ehm – hä?«

Er trat zwei Schritte auf Vanessa zu, und ehe sie überhaupt reagieren konnte, griff er sie an der Hüfte und warf sie sich über die Schulter, als wäre sie eine Puppe. Vanessa war so überrascht, dass sie zunächst gar nicht reagierte. Dann begann sie zu strampeln und trommelte auf Trevors Rücken herum.

»Spinnst du? Lass mich runter!«

»Ich wollte dir nur zu verstehen geben, dass ich dich einfach wie einen Rucksack über die Schulter werfen und vor der Haustür abstellen könnte, wenn mir danach wäre.«

Fast schon vorsichtig stellte er sie wieder auf den Boden und trat zwei Schritte zurück. »Das wäre ja dann geklärt.«

Vanessas Herz raste so schnell, dass sie sicher war, dass Trevor ihre Adern pulsieren sehen konnte. Völlig verdattert starrte sie ihn an und wusste nicht, ob sie lachen, ihn anbrüllen oder einfach aus der Wohnung verschwinden sollte.

Offenbar spiegelte sich das Gefühlschaos in ihrem Gesicht wider, denn in diesem Moment brach Trevor in schallendes Gelächter aus. »Keine Sorge, Vanessa Tremblay. Ich bin Engländer, ich habe Manieren. Obdachlose Kanadier kurz vor Weihnachten vor die Tür setzen ist ganz sicher nicht die feine englische Art.«

»Ach, und mich einfach über die Schulter werfen ist fein und englisch?«, fauchte Vanessa.

Trevor lachte auf. »Mein Großvater hätte mir die Hölle heißgemacht, wenn er das gerade gesehen hätte. Englische Gastfreundschaft beinhaltet ja eigentlich Tee, Scones und Clotted Cream. Aber du hast dich so aufgeplustert und sahst dabei irgendwie niedlich aus. Da kam mir das ganz spontan in den Sinn.«

Er grinste rotzfrech, und Vanessa bemerkte, dass sich dabei ein Grübchen auf seiner linken Wange bildete. Sie wollte kontern, doch sein verstecktes Kompliment ließ sie verstummen. Anstatt wütend auf ihn loszugehen, lief sie vermutlich gerade knallrot an wie ein Schulmädchen.

Er war definitiv zu weit gegangen. Das wusste er, und das wusste sie. Andererseits war dieser Schulterwurf in jedem Fall etwas, das man später seinen Enkeln erzählen würde, wenn sie danach fragten, wie Oma und Opa sich kennengelernt hatten. Vanessa presste die Lippen aufeinander. Was war das denn für ein dämlicher Gedanke? Sie schüttelte kaum merklich den Kopf, um ihre seltsame Fantasie wieder loszuwerden, und griff nach den Einkaufstüten.

»Was hast du da denn drin?«, fragte Trevor.

»Abendessen«, gab sie kurzatmig zurück, denn ihr Puls

hatte sich noch immer nicht beruhigt. »Ich wollte Spaghetti kochen.«

»Großartig. Ich stehe auf Pasta. Ich darf mitessen, ihr dürft hierbleiben – wie klingt das?«

Vanessa lächelte und nickte. Ihr Puls beruhigte sich, und endlich fand sie auch ihre Stimme wieder. »Zu großzügig, danke.«

Trevor nahm ihr die Tüten ab und lief voraus. Am Ende des Flurs befand sich die gemütliche Wohnküche, die Vanessa schon auf den Fotos im Netz bewundert hatte.

»Das hier ist sozusagen das Herzstück der Wohnung. Wir haben leider kein Wohnzimmer, deswegen findet das gemeinsame WG-Leben hier statt.«

Er stellte die Tüten auf den großen Esstisch in der Mitte des Raumes, griff wie selbstverständlich nach Vanessas Hand und zog sie hinter sich her.

»Den Flur hast du ja schon gesehen. Hier links ist das Bad.« Er stieß die Tür auf, und sie trat einen Schritt in den Raum hinein. Dabei zog sie unauffällig ihre Hand wieder aus seiner und atmete erleichtert auf.

Er schien keinerlei Berührungsängste zu haben und wirkte unverkrampft und entspannt. Das konnte Vanessa von sich und ihrem Puls leider nicht sagen. Unauffällig schob sie ihre Hand in die Hosentasche, um zu verhindern, dass er noch mal danach greifen würde. Ob sie wollte oder nicht: Trevor machte sie nervös.

Vanessa sah sich in dem kleinen Bad um. Die Fliesen

waren zwar etwas in die Jahre gekommen, doch mit Toilette, Dusche, Badewanne und Waschbecken gab es alles, was sie benötigten. Außerdem waren die Armaturen sauber – was wollte sie mehr?

»Der nächste Raum ist meiner. Bett, Schreibtisch, Schrank und ein Zugang zu unserem winzigen Balkon. Ich hab niemanden erwartet und nicht aufgeräumt, darum darfst du da jetzt auch nicht reinschauen.« Er machte eine kurze Pause und sagte dann: »Finley hat euch eingeladen, also schlaft ihr hier.« Er deutete auf die gegenüberliegende Tür und ließ Vanessa den Vortritt. Finleys Zimmer war groß und gemütlich eingerichtet: Auch hier gab es einen Zugang zu einem kleinen Balkon. Ein alter Holzsekretär stand als Schreibtisch neben der Balkontür, ein dazu passender Schrank rechts an der Wand. Gegenüber war ein Ledersessel direkt auf einen überdimensional großen Bildschirm ausgerichtet, der an einem beweglichen Schwenkarm befestigt war. Ein Sofa stand links neben der Zimmertür, und an den Wänden hingen Fotos verschiedener Großstädte. Doch das Wichtigste fehlte.

»Finley hat nicht zufällig erwähnt, wo wir schlafen sollen?« Vanessa drehte sich zu Trevor um, aber der zuckte nur mit den Schultern.

»Das Sofa ist ausziehbar, so viel weiß ich.«

»Ein Ausziehsofa?« Sie konnte den Schock in ihrer Stimme kaum unterdrücken. »Grandma ist Ende sechzig Sie kann doch keine vier Wochen auf einer Ausziehcouch übernachten!«

»Das tut mir leid, aber fürs Erste lässt sich das leider nicht ändern. Ich gebe dir gern Finleys Nummer – du wirst dich bei ihm beschweren müssen.«

Vanessa kaute grübelnd auf ihrer Unterlippe. Ein Anruf bei Finley würde ihnen auch nicht weiterhelfen, denn er war schlicht und einfach nicht da. Was sollte er aus der Ferne schon für sie tun? An diesem ersten Wochenende würden sie mit dem Ausziehsofa klarkommen müssen. Sie konnte nur hoffen, dass Vigo mit seiner Behauptung, Grandma hätte in Asien grausige Unterkünfte ausgehalten, richtiglag.

Als Vanessa wieder aufsah, bemerkte sie Trevors betretene Miene. »Ich würde mein Zimmer ja aufräumen und vorübergehend mein Bett zur Verfügung stellen. Aber ich fürchte, das ist noch älter und klappriger als Finleys Sofa.«

Vanessa rang sich ein Lächeln ab. Das Bedauern in seiner Stimme klang ehrlich, und sein Angebot gab ihr immerhin die Gewissheit, dass er nicht mehr vorhatte, sie vor die Tür zu setzen. Er zeigte ihr noch, wie sie Finleys monströsen Fernseher zum Laufen bringen konnte, und verzog sich dann mit dem Hinweis, dass er noch ein wenig an seiner Semesterarbeit schreiben wollte, die er nach Weihnachten abgeben musste.

Allein in Finleys Zimmer, öffnete Vanessa das Fenster und warf einen Blick hinaus. Die Aussicht war an sich nicht außergewöhnlich, sie gab den Blick auf den *The Punter* und die umliegenden Häuschen frei.

Einen Moment lang genoss Vanessa die klare Luft, dann

schloss sie das Fenster wieder und machte sich an Finleys Ausziehsofa zu schaffen. Nachdem beide Seiten ausgeklappt waren, ließ sie sich erschöpft daraufplumpsen und schloss die Augen.

Ein Klopfen an der Tür ließ Vanessa hochschrecken. Sie brauchte einige Sekunden, dann fiel ihr wieder ein, wo sie war. Inzwischen war es dunkel im Zimmer, was bedeutete, dass sie tatsächlich eingeschlafen sein musste.

»Alles okay?«, hörte sie Trevors Stimme vor der Tür, und schon beschleunigte sich ihr Puls wieder. Richtig. Trevor. Der gut aussehende Student, der nicht daran dachte, sein Zimmer für sie und Grandma zu räumen. Und wenn sie ehrlich war, freute sie sich darüber. Zwar hatte sie sich nach der Sache mit Josh vorgenommen, erst einmal die Finger von Männern zu lassen, doch das bedeutete natürlich nicht, dass sie plötzlich blind war. Ihr Kopf brachte auf den Punkt, was ihr Puls längst bemerkt hatte: Trevor war genau ihr Typ, und die Vorstellung, ihm hier immer wieder über den Weg zu laufen, gefiel ihr, ganz gleich, was sie sich vorgenommen hatte.

»Ja. Bin wohl eingeschlafen«, rief sie durch die Tür zurück.

Vanessa warf einen Blick auf ihr Handy. Katrina hatte geschrieben. Inzwischen saß sie im Bus, würde aber sicher noch anderthalb Stunden brauchen, bis sie bei ihnen aufschlug. Sie schrieb außerdem, dass sie sich die Wartezeit in einem hübschen kleinen Pub vertrieben hätte, in dem sie auch schon zu Abend gegessen hatte.

Um sie auf die Umstände vorzubereiten, schrieb Vanessa ihr in kurzen Worten, dass bei der Buchung etwas schiefgegangen war und sie die Wohnung nun doch nicht für sich allein hätten. Dann warf sie das Handy aufs Sofa, öffnete die Zimmertür und trat auf den Flur. »Hast wohl Hunger, was?«

Trevor schob sich eine Haarsträhne aus dem Gesicht. »Ertappt«, grinste er. »Bin fertig für heute und dachte, ich helfe dir ein bisschen beim Kochen. Mit mir hättest du einen ganz großartigen Assistenten.«

Sie liefen in die Küche, wo Trevor aus den Schränken holte, was sie für Spaghetti benötigten.

»Na gut, du großartiger Assistent. Wie wäre es dann mit Nudelwasser aufsetzen, während ich die Zwiebeln schneide?«

»Was ist mit deiner Grandma?«, fragte er und ließ Wasser in einen großen Topf laufen.

»Bei ihr wird es spät, und sie hat schon gegessen.«

»Weiß sie schon, dass ich noch da bin?«

Vanessa nickte.

»Und?«

»Keine Ahnung. Mein Handy liegt im Zimmer.«

Trevor gab die Spaghetti ins kochende Wasser, holte sich einen Joghurt aus dem Kühlschrank und setzte sich an den Küchentisch, während Vanessa sich an die Soße machte.

Eine Weile unterhielten sie sich über Unverfängliches. Vanessa erfuhr, dass Trevor einundzwanzig war, Journalistik studierte und walisische Vorfahren hatte.

»Die Nudeln sind gar«, sagte er plötzlich unvermittelt.

»Noch nicht«, antwortete sie.

»Woher weißt du das? Willst du mir etwa erzählen, dass jemand, der mit achtzehn noch seine Grandma zum Urlaubmachen braucht, Ahnung vom Kochen hat?«

Vanessa drehte sich langsam um und wollte gerade etwas erwidern, doch sein überhebliches Grinsen brachte sie auf eine ganz andere Idee.

»Sie sind gar, wenn sie kleben bleiben«, sagte sie betont ruhig, fischte mit einer Gabel eine einzelne Nudel aus dem Topf und pustete darauf.

Noch bevor sie richtig zielen konnte, hatte Trevor erraten, was sie plante.

»Das wagst …«

Weiter kam er nicht, denn in der nächsten Sekunde warf Vanessa ihm die Nudel mitten ins Gesicht.

»Du hattest recht«, antwortete Vanessa und konnte ihr Lachen kaum noch unterdrücken, denn die lange Nudel hing quer über Trevors Nase. »Sie klebt, also ist sie al dente.« Lauernd sah sie ihn an und wartete auf seine Reaktion, doch sein Gesicht zeigte zunächst gar keine Regung. Stattdessen fuhr er seelenruhig mit dem Löffel in seinen Joghurt und hielt ihn vor sich, ohne ihn in den Mund zu schieben.

»Ich nehme deine Kriegserklärung an«, brummte er. Mit der rechten Hand hielt er noch immer den vollen Joghurtlöffel. Als er mit dem linken Finger nach der Löffelspitze griff, erkannte Vanessa, was er vorhatte. Lachend hob sie die Hände vor ihr Gesicht, gab einen spitzen Schrei von sich und ging in die Hocke. Die erste Joghurtladung verfehlte sie und klatschte gegen den Spaghettitopf.

»Nicht. Wir sind quitt!«, rief sie, in der Hoffnung, dass er sie verschonen würde. Doch Trevor dachte nicht daran.

»Sieh mich an!«, forderte er sie auf, und Vanessa linste zwischen ihren Fingern hindurch. Die Spaghetti hing ihm noch immer quer über Wange und Nase. »Siehst du das?«, fragte er und deutete darauf. »In meinem Gesicht klebt was. In deinem nicht. Wie können wir da quitt sein?«

»Dein Schulterwurf!«, erinnerte sie ihn, und er hielt tatsächlich inne und überlegte.

»Hm, also gut«, gab er nach und reichte ihr die Hand.

Vanessa hockte noch immer vor dem Herd und sah lachend zu ihm auf. Sie kannte ihn kaum, hatte also keine Ahnung, ob das wirklich ein Friedensangebot war. Trotzdem griff sie nach seiner Hand. Welche Wahl blieb ihr auch? Sie war zwischen ihm und dem Kochblock in ihrem Rücken gefangen.

Trevor zog sie nach oben. Seine gepiercte Braue war hochgezogen, und ein Blick in seine Augen reichte, um Vanessa zu zeigen, dass er sie ausgetrickst hatte. Er zog sie näher zu sich heran und drückte ihr den vollen Joghurtlöffel auf die Nasenspitze.

»JETZT sind wir quitt«, sagte er und grinste zufrieden. »Ich würde dir ja dein süßes Näschen ablecken, aber da wir uns gerade mal zwei Stunden kennen, wäre das wohl etwas zu viel des Guten.« Er sah sie an, und als der Joghurt von ihrer

Nase tropfte und auf den Küchenboden klatschte, brach er in schallendes Gelächter aus.

Vanessa hätte gern etwas erwidert, doch sie bekam kein Wort heraus. Die Situation war völlig absurd und sein Lachen dermaßen ansteckend, dass sie nicht anders konnte: Sie lachte, bis ihr die Tränen liefen.

Es dauerte einige Zeit, bis sie sich beruhigt hatten. Dann griff Trevor nach einem Küchentuch, trat einen Schritt auf sie zu.

»Halt still«, sagte er und wischte ihr behutsam den Joghurt aus dem Gesicht.

Vanessas Herz raste. Sie schaffte es nicht, ihm in die Augen zu sehen, denn sie befürchtete, dass er ihre Nervosität sofort erkennen würde. Zu allem Überfluss schien er die Situation auch noch zu genießen, denn er ließ sich viel zu viel Zeit damit, die Joghurtreste aus ihrem Gesicht zu entfernen.

»So viel war das doch gar nicht«, murmelte sie.

»Ich bin eben sorgfältig«, antwortete Trevor und ging auf Abstand. »Das hier ist in jedem Fall besser, als Weihnachten bei meinem Alten und seiner achtundzwanzigjährigen Schnepfe zu verbringen«, sagte er, warf das Papiertuch in den Müll und deckte immer noch grinsend den Tisch.

Kapitel 5

Vanessa, Samstag 16. Dezember, Gegenwart

Am nächsten Morgen erwachte Vanessa gegen neun Uhr. Das Zimmer war leer, was bedeutete, dass ihre Grandma bereits aufgestanden war. Vanessas Kopf schmerzte, sie fühlte sich völlig gerädert, was allerdings weniger an dem Ausziehsofa lag – das hatte sich zumindest für ihr Kreuz als unproblematisch herausgestellt –, sondern vielmehr an dem Wein, den sie nach Grandmas Ankunft noch alle gemeinsam getrunken hatten.

Aufgrund seiner spitzen Bemerkungen hinsichtlich der Reise mit ihrer Grandma hatte sie befürchtet, dass Trevor sich ablehnend ihr gegenüber verhalten würde, doch das Gegenteil war der Fall gewesen. Nachdem Katrina gegen halb elf endlich angekommen war, hatten sie sich noch eine ganze Weile zu dritt unterhalten, und am Ende des Abends waren die beiden Flaschen, die Vanessa gekauft hatte, leer gewesen.

Vanessa machte einen kurzen Abstecher ins Bad und schlurfte dann in die Küche, wo sie ihre Grandma Zeitung lesend antraf.

»Morgen.«

»Gut geschlafen, Nessie?«

»Mhm«, brummte sie zurück und sah sich um.

»Hier«, sagte Katrina, die offenbar wusste, wonach ihre Enkelin suchte. Sie nahm ihre Zeitung aus dem Weg und schob Vanessa eine dampfende Tasse Milchkaffee über den Tisch. Vanessa trank in kleinen Schlucken, und ihre Lebensgeister erwachten langsam.

»Trevor war zwar als Mitbewohner nicht eingeplant, er scheint aber ganz in Ordnung zu sein, findest du nicht?«

»Hm«, antwortete Vanessa zurückhaltend, denn sie konnte ihrer Großmutter ja kaum gleich am ersten Morgen gestehen, dass sie ihn mehr als nur in Ordnung fand.

»Er hat uns sogar frisches Brot geholt«, erklärte Katrina und deutete auf die Anrichte, auf der ein Laib Brot lag.

»Ich helfe dir beim Tischdecken«, bot Vanessa an, die sich nach der gestrigen Kochaktion bereits ganz gut in der Küche zurechtfand. Sie griff nach drei Tellern, doch ihre Grandma hielt sie zurück.

»Wir sind nur zwei, unser werter Mitbewohner verbringt den Vormittag in der Bibliothek und muss anschließend arbeiten.«

»Ach so«, murmelte sie und konnte nicht verhindern, dass ihre Stimme enttäuscht klang. Grandma warf ihr einen kurzen Blick über die Zeitung zu, und Vanessa wechselte schnell das Thema. »Wie hast du geschlafen?«

»Frag lieber nicht.«

»So schlimm?«

»Mein Kreuz macht das einfach nicht mehr mit. Ich muss mir dringend etwas einfallen lassen.«

Die gequälte Miene ihrer Grandma machte Vanessa nervös. Dachte sie etwa daran, doch noch eine andere Unterkunft zu suchen? Was, wenn das wirklich gelang? Ihr Herz begann zu rasen. Noch konnte sie Trevor zwar nicht richtig einschätzen, doch die Anziehung, die er auf sie ausübte, war enorm. Sie hatte keinen blassen Schimmer, was sie von ihm halten sollte – aber genau das gefiel ihr. Er war unberechenbar. In einer Sekunde fauchte er sie an, dass sie und Grandma nicht bleiben könnten, in der nächsten ging er auf Tuchfühlung, warf sie über die Schulter oder wischte ihr fast schon zärtlich Joghurt aus dem Gesicht, den er ihr selbst dorthin geklatscht hatte. Er zog sie damit auf, dass sie in ihrem Alter noch mit ihrer Grandma reiste, nur um kurze Zeit danach mit ihr und eben dieser Grandma bei zwei Flaschen Wein zu versacken. Wenn Trevor sie nicht gerade provozierte, schien er sie necken zu wollen, und das Knistern zwischen ihnen war schon beinahe greifbar.

Vanessa seufzte leise. Ihr Kopf warnte sie vor diesem gut aussehenden Kerl, doch das Kribbeln in ihrem Magen gab ihr deutlich zu verstehen, dass ihr Bauch längst entschieden hatte. Die Chancen standen also gut, dass sie sich an Trevor Rutherford ganz fürchterlich die Finger verbrennen würde.

Andererseits: Sie war achtzehn und gerade von ihrem Exfreund vorgeführt worden. Sie schuldete nichts und niemandem irgendetwas. Es ging schlichtweg keinen etwas an, an wem sie sich die Finger verbrannte. Nach zwei Jahren fester Beziehung voller Liebesschwüre und naiver Treue war sie auf die Nase gefallen, vielleicht war es jetzt an der Zeit, die Dinge einfach kopflos zu genießen.

Die Klarheit ihrer Gedanken überraschte Vanessa: Von dem Moment an, in dem sie gestern die Wohnung betreten hatte, wollte sie, dass Trevor Teil ihres verrückten vierwöchigen Cambridge-Abenteuers wurde. Und ganz sicher wollte sie sich heute noch keine Gedanken darum machen, wie eine solche Geschichte wohl ausgehen könnte.

»Vielleicht quartieren wir uns doch besser bei Georgina ein«, unterbrach Grandma ihre Gedanken. »Ich meine, einen Versuch wäre es wert, denn dieses Schlafsofa ist so durchgelegen, dass ich in der Nacht das Gefühl hatte, mein Hintern hängt im Erdgeschoss.«

Vanessa lachte auf. »Du meinst, wir sollen bei einer deiner Freundinnen übernachten?«

Sie ballte ihre Hände zu Fäusten und spürte, wie sich ihre Fingernägel in die Handinnenflächen bohrten. Das Zittern in ihrer Stimme war nicht zu überhören. Fanden sie dort eine Bleibe, wäre Trevor schneller wieder aus ihrem Leben verschwunden, als er gekommen war, und genau das wollte sie nun nicht mehr.

Glücklicherweise interpretierte Katrina ihre geschockte Reaktion gänzlich anders.

»Ich verstehe schon, dass du deinen Geburtstagsurlaub nicht mit zwei Oldies unter einem Dach verbringen willst.«

Katrina schüttelte sich, als würde sie Ekel überkommen. »Gruselige Vorstellung«, seufzte sie dann lachend. »Wenn mir das in deinem Alter jemand vorgeschlagen hätte, wäre ich vermutlich schreiend davongelaufen.«

Vanessa sah ihre Grandma verständnislos an. »Also doch keine neue Unterkunft?«

»Na ja, zunächst müsste ich ja erst mal herausfinden, ob ich überhaupt bei Georgie unterkommen kann. Sollte das klappen, könntest du selbstverständlich auch hierbleiben, wenn du möchtest. Trevor sagte ja gestern, dass er viel für die Uni tun muss, so kurz vor seinem Abschluss. Vermutlich werdet ihr euch kaum sehen, und falls doch: Ich halte ihn für einen Gentleman – wenn auch für einen schlitzohrigen. Du bist ohnehin aus dem Alter raus, in dem ich dir deinen Umgang vorschreiben könnte. Und er scheint doch ganz anständig zu sein.«

Erleichtert atmete Vanessa aus und lächelte. Typisch für Grandma, dass sie jemanden wie Trevor in ihr Herz schloss, während ein höflicher, aber zurückhaltender Joshua es in zwei Jahren nicht geschafft hatte, Nähe zu ihr aufzubauen.

»Ach, und Nessie: Unsere Koffer sollen heute irgendwann zwischen zwei und sechs gebracht werden.«

Vanessa ließ die Schultern sinken. »Na großartig, geht's noch ein bisschen ungenauer? Ich wollte heute eigentlich mit dir ziel- und planlos durch die Stadt streifen und entdecken, was uns vor die Nase kommt. Ein bisschen bummeln, irgendwo gemütlich essen – so was eben.«

»Das kannst du doch auch allein. Was hältst du davon: Nach dem Frühstück laufen wir eine Runde. Und während ich am Nachmittag hier auf unsere Koffer warte und mich bei meinen Freundinnen melde, gehst du allein auf Streifzug.«

»Wir können auch gemeinsam warten. Dann setze ich mich in Ruhe an meinen neuen Blogeintrag.«

Katrina schüttelte energisch den Kopf. »Kommt gar nicht infrage. Schreiben kannst du auch abends. Außerdem brauchst du doch dafür sicher erst das WLAN-Passwort, damit du online gehen kannst. Und du bist nicht hier, um in der Wohnung zu hocken.«

Entgegen ihrer ursprünglichen Idee, einmal durch ganz Cambridge zu laufen oder zumindest die Innenstadt zu Fuß zu erkunden, schnappte sich Vanessa am Nachmittag das Fotoalbum ihrer Eltern, dazu ihr Notebook, Block und Stift und verließ die Wohnung, nur, um gegenüber im *The Punter* einzukehren.

Hier konnte sie in aller Ruhe mit ihrer Recherche beginnen.

Sie betrat den Pub, der abgesehen von wenigen Gästen leer war. Auch von Marc war weit und breit nichts zu sehen. Also setzte sie sich ans Fenster, zog ihr Notebook hervor, wählte sich ins WLAN ein und begann damit, die schönsten Bilder aus dem Hochzeitsalbum mit ihrem Handy abzufotografieren. Als sie damit fertig war, knipste sie auch das Foto auf der Postkarte von Edward Stringer. Ihr Plan sah vor, die

Bilder aufs Notebook zu ziehen und dann eine Bildersuche zu starten, um die entsprechenden Orte zu finden.

»Stalkst du mich etwa?«

Vanessa zuckte erschrocken zusammen. Sie erkannte Trevors Stimme sofort, hatte allerdings nicht damit gerechnet, sie vor heute Abend zu hören.

»Wie kommst du darauf?«, fragte sie und bemühte sich um einen möglichst unbekümmerten Tonfall.

»Du sitzt ausgerechnet in dem Pub, in dem ich arbeite.« Er hatte wieder sein überhebliches Grinsen aufgesetzt, seine linke Augenbraue stand steil nach oben, und das kleine Grübchen auf seiner linken Wange verriet, dass er sich amüsierte und auf einen Schlagabtausch mit Vanessa freute. Wie selbstverständlich rutschte er in die gegenüberliegende Sitzbank und sah Vanessa herausfordernd an.

Sie entschied sich für eine Ladung Spott. »Natürlich, du schönster aller Männer! Als Grandma mir heute Morgen sagte, dass du den ganzen Tag unterwegs sein würdest, brach meine kleine Welt in tausend Scherben. Ich bin Bloggerin und habe meine Quellen und meine Spione – auch hier in Europa. Und die haben mir geflüstert, dass du in Marcs Pub arbeitest.«

»Okay, eins zu null für dich. Du wusstest gar nicht, wo ich arbeite, ich hatte es nicht erwähnt.«

»Was du nicht sagst, oh du mein Traumprinz.«

»Du bist ganz schön frech für jemanden, dem ich Asyl gewähre«, konterte Trevor.

»Und du ganz schön großkotzig für jemanden, der die Kunden wie Könige behandeln sollte! Wäre es wohl zu viel verlangt, mir einen leckeren Tee zu bringen? Irgendwas Weihnachtliches vielleicht?«

»Kommt sofort, Prinzessin«, antwortete Trevor, deutete einen Knicks an und streckte ihr dann die Zunge raus, als wäre er ein Schuljunge. Sie begriff, was er ihr sagen wollte: Sie war zwar hier Gast, und natürlich bediente er sie. Doch eine königliche Vorzugsbehandlung durch ihn konnte sie sich abschminken.

Kurze Zeit später kam er mit einer dampfenden Tasse Tee zurück, die ein köstliches Zimt- und Anisaroma verströmte.

»Ich habe dich gegoogelt, Vanessa Tremblay aus Winnipeg«, sagte Trevor und nahm ihr gegenüber Platz.

Verwundert sah sich Vanessa im Gastraum um. Hatte er denn nichts zu tun? Nicht dass sie seine Nähe und die Neckereien nicht genoss, aber sie würde mit ihren Recherchen nicht weit kommen, wenn er bei ihr sitzen blieb.

»Ich muss dich enttäuschen, die drei sind Stammgäste und wollen nur ihr Bier, sonst brauchen die nichts.«

Vanessa fühlte sich ertappt. Sie wandte sich ihrer Tasse zu, griff nach der Zuckerdose und rührte Kandiskristalle in ihren Tee.

»Willst du nicht wissen, was ich über dich herausgefunden habe?«

»Nicht wirklich«, gab sie zurück. Sie warf ihm einen gelangweilten Blick zu, doch er schüttelte nur den Kopf.

»Ganz schlechter Versuch, mich von deinem Desinteresse zu überzeugen.« Er griff nach ihrer Hand, beugte sich über den Tisch und war ihrem Gesicht plötzlich näher, als es ihrem Puls guttat.

»Vanessa Tremblay, bildhübsch, blitzgescheit und witzig – zumindest lassen deine Artikel diesen Schluss zu –, aber leider auch ein männerhassendes Weibsbild, das davon überzeugt ist, dass unsereins die Untreue angeboren ist.«

»Du hast dich also durch meinen *A Thing called Trust*-Artikel geackert und glaubst nun, dass du mich kennst?«

»Ja«, antwortete Trevor, verschränkte die Arme vor der Brust und kniff die Augen zusammen, als wollte er so in ihren Verstand schauen. »Du hast es doch selbst geschrieben: Jeder Kerl, der seiner Partnerin etwas von einer angeblich guten Freundin erzählen will, lügt.«

»Davon bin ich überzeugt, ja.«

»Warum?«, fragte Trevor. »Und kein Wischiwaschi, bitte. Ich will das wirklich wissen. Warum sollten Freundschaften zwischen Mann und Frau nicht klappen?«

»Alles Erfahrungswerte.«

Trevors skeptischer Gesichtsausdruck machte ihr klar, dass er nicht überzeugt war, und sie beschloss in diesem Moment, ehrlich zu sein.

»Mein Ex Josh konnte bei meinem 18. Geburtstag nicht dabei sein, weil er sich um den Kummer einer angeblichen Freundin kümmern musste.«

»Vielleicht war sie ja depressiv, und er hatte Angst, dass sie sich etwas antut?«, schlug Trevor vor.

»Klar. Deswegen musste er mir auch eine schwere Grippe vorspielen und mich zur Apotheke hetzen. Ach, und hab ich erwähnt, dass er dieses Mädchen in den zwei Jahren unserer Beziehung nicht ein einziges Mal erwähnt hatte?«

»Na schön, dann bist du offenbar an einen Idioten geraten. Aber das lässt sich wohl kaum auf alle Männer übertragen.«

»Mein Bruder ist kein Idiot. Er ist mein Held, seit ich auf der Welt bin. Malou und er waren fünf Jahre zusammen, und er hat genau die gleiche Nummer mit ihr abgezogen. Hat ihr erzählt, er wäre mit einem Kumpel unterwegs, doch stattdessen hat er sich mit einer anderen Frau getroffen. Vermutlich fühlte er sich geschmeichelt, weil sie scharf auf ihn war. Was immer du jetzt sagst, wird meine Überzeugung nicht ändern: Männer und Frauen können nicht befreundet sein. Das geht einfach nicht. Am Ende können sie sich entweder nicht ausstehen, oder es steht irgendeine Anziehung zwischen ihnen. Ein Kribbeln im Bauch, Eifersucht, Liebe, Sex – was auch immer.«

»So ein Blödsinn«, sagte Trevor kopfschüttelnd. Dann deutete er auf die Dinge, die sie vor sich ausgebreitet hatte. »Was machst du da eigentlich?«

Dankbar über den Themenwechsel, erklärte Vanessa ihm mit wenigen Worten, was sie sich für ihren *In my parents' shoes*-Blogbeitrag überlegt hatte.

»Darf ich mal sehen?«, fragte er.

Sie reichte ihm das Album, und er blätterte zügig durch die Seiten. »Kriegen wir hin«, sagte er schließlich und klappte das Album zu.

»Äh – wir?«

»Ja. Ich helfe dir. Du willst die Motive deiner Eltern nachstellen, habe ich das richtig verstanden?«

Vanessa nickte.

»Coole Idee.« Er machte eine Pause und griff nach ihrer Hand. Sein durchdringender Blick kroch in jede Faser ihres Körpers und elektrisierte sie. Natürlich! Trevor hatte ihren Blog gelesen. Er wusste vom Tod ihrer Eltern, dies war vermutlich seine Art, ihr sein Mitgefühl zu zeigen.

»Allerdings sind da einige Pärchenbilder dabei«, fuhr er fort. »Ohne männlichen Begleiter wird das nichts, also stelle ich mich zur Verfügung. Einige Orte kenne ich, die anderen finden wir mit etwas Rechercheaufwand sicher auch. Für irgendwas muss mein Journalistikstudium ja gut sein.«

Er griff nach der alten Postkarte, die unter ihrem Notebook hervorblitzte. »Und was hat es damit auf sich?«, fragte er und drehte die Karte in seiner Hand.

»*One day, Kathy, my foxy Lady. Edward Stringer*«, las er laut vor. »Bedeutet – was?«

»Das versuche ich herauszufinden.«

»Die ist echt alt.«

»Hm«, stimmte Vanessa zu. »Kathy steht für Grandma, denke ich, also vermute ich, dass die Karte aus der Zeit vor ihrer Ehe stammt. Fragen kann ich sie dummerweise nicht.«

Sie erzählte ihm, was es mit der Großmutter-Enkel-Reise auf sich hatte und wie Katrina auf ihr Wunschziel reagiert hatte. »Ich denke, sie verheimlicht etwas, und bin mir fast sicher, dass Edward Stringer dabei eine wichtige Rolle spielt. Aber nachdem sie so wütend geworden ist, bin ich davon überzeugt, dass sie mir Fragen nach ihm nicht beantworten wird.«

Trevor trommelte mit den Fingern auf den Tisch, und seine Augen funkelten. »Das wird spannend.« Er stand auf und blickte an ihr vorbei. »Bin gleich bei dir, Gary«, rief er einem Gast zu und wandte sich noch einmal an Vanessa.

»Das grenzt an echten Investigativjournalismus, da würde ich zu gern mitmischen, wenn du mich lässt.«

Er setzte einen bettelnden Hundeblick auf, und Vanessa musste unwillkürlich lachen.

»In Ordnung«, stimmte sie zu, denn mal abgesehen davon, dass sie sich darauf freute, Zeit mit Trevor zu verbringen, würde es mit seiner Ortskenntnis sicher sehr viel schneller gehen, all die Plätze zu finden, die sie fotografieren wollte.

»Aber ich mache das natürlich nicht ganz uneigennützig.« Er grinste anzüglich, beugte sich zu ihr hinunter und kam ganz dicht an ihr Ohr heran.

»Ich werde dir beweisen, dass du mit deiner Behauptung falschliegst. Freundschaft zwischen Mann und Frau IST möglich. Wirst schon sehen: Am Ende deines Urlaubs hier sind du und ich *best buddies*, und dein männerfeindliches Bild ist Geschichte.«

»Wenn du meinst«, sagte sie nur und gab sich alle Mühe, sich ihre wahren Gedanken nicht anmerken zu lassen: Sein Versuch, sich rein platonisch mit ihr anzufreunden, war schon jetzt zum Scheitern verurteilt. Sie stand auf ihn – so einfach war das. Er war klug und witzig, überraschte sie mit einer Spontaneität, die sie bisher bei noch niemandem erlebt hatte, und sah dazu auch noch unfassbar gut aus. So sehr, wie er im Moment davon überzeugt war, dass sie beide *best buddies* werden konnten, so sehr war Vanessa davon überzeugt, dass sie bei der erstbesten Gelegenheit, sofern sich denn eine ergab, schwach werden würde. Im Moment bestand also eher die Gefahr, dass sie sich bis zum Ende des Urlaubs in diesen Kerl verguckte und mit dem Herzschmerz ihres Lebens zurück nach Winnipeg flog – doch diesen deprimierenden Gedanken schob sie schnell wieder beiseite.

Sie würde seine Nähe genießen, so viel war sicher. Noch dazu wollte er sie bei der Fotoaktion für ihren Blog und der Suche nach Edward Stringer unterstützen. Diese Hilfe konnte sie mehr als brauchen.

Nachdem Vanessa ihren Tee ausgetrunken hatte, gab sie ihr Recherchevorhaben auf, denn sie konnte sich in Trevors Nähe nicht mehr konzentrieren. Die Zahl der Gäste stieg, und er hatte alle Hände voll zu tun, doch immer wieder wandte sie sich verstohlen nach ihm um, und immer wieder erwischte er sie dabei, wie sie ihm nachsah. Mit klopfendem

Herzen packte sie schließlich ihren Kram zusammen, nickte ihm kurz zu und verließ den Pub.

Zurück in der Wohnung, stellte sie als Erstes fest, dass die Koffer inzwischen angekommen waren. Sie hängte ihre Jacke an die Garderobe und hörte die Stimme ihrer Grandma aus der Küche. Die einzelnen Gesprächsfetzen reichten aus, um zu verstehen, worum es in dem Telefonat ging.

»… sicher, dass es dir nichts ausmacht, Georgie? … Na gut. Ja, danke. Ich würde ja sagen, du rettest mir damit den Hintern, aber es ist eher das Kreuz.«

Katrina lachte kehlig, dann war einen Augenblick Stille. Vanessa wollte gerade die Küchentür aufstoßen, als ihre Grandma weitersprach.

»Nein, unsere Reise hat nichts mit ihm zu tun. Das Ziel hat Nessie ganz allein ausgesucht, und sie weiß nichts von seiner Existenz. Glaub mir, ich war nicht sonderlich begeistert … Nein, will ich nicht. Das ist ein halbes Jahrhundert her, und ich wäre dir dankbar, wenn wir das Thema ein für alle Mal lassen könnten, Georgie.«

Mit der Hand an der Türklinke hielt Vanessa inne. Sie unterdrückte den Drang, auf der Stelle umzukehren, um Trevor im Pub zu erzählen, was sie gerade gehört hatte. Stattdessen rief sie noch aus dem Flur: »Ich bin zurück, Grandma!«

»Komm in die Küche, es gibt Neuigkeiten.«

Katrina berichtete, dass Georgina sie schon heute Abend gegen halb neun abholen würde. Sie schrieb ihrer Enkelin die Adresse auf und schlug vor, dass sie sich im regelmäßigen

Wechsel entweder bei ihrer Freundin oder bei Trevor zum Frühstück treffen und dort jeweils den Tagesplan besprechen könnten.

»Das klingt wunderbar, Grandma«, stimmte Vanessa zu. Am liebsten hätte sie laut gelacht vor Erleichterung. Sie würde genügend Zeit mit ihrer Grandma verbringen und wäre trotz allem in Trevors Nähe – und nicht nur das: In dieser Wohnung waren sie ab heute Abend allein. Der Gedanke daran trieb Vanessas Puls in die Höhe, ohne dass sie es verhindern konnte.

»Warum grinst du denn so verklärt?«, fragte Grandma.

»Verklärt? Quatsch. Ich bin einfach nur froh, dass du eine Lösung gefunden hast. Der Urlaub wäre sonst für dich die Hölle geworden.«

Ihre Grandma legte den Kopf schief und sah sie aufmerksam an. Vermutlich glaubte sie ihrer Enkelin kein Wort und hatte längst durchschaut, was ihr in Bezug auf Trevor durch den Kopf ging.

»Ich verschwinde mal kurz in meinem Zimmer«, lenkte Vanessa vom Thema ab. »Wird Zeit, dass ich mich bei Vigo melde.«

Sie ignorierte das Grinsen ihrer Grandma, kramte ihr Handy aus der Tasche und ging nach nebenan. Ihr Bruder nahm sofort ab.

»Hey, kleiner Käfer.«

»Hi, Bruderherz. Ich wollte dir nur Bescheid geben, dass wir gut angekommen sind.«

»Danke«, antwortete er geistesabwesend.

»Vig, könntest du deinen Bleistift vielleicht für zwei Minuten aus der Hand legen und dich mit mir unterhalten?«, fragte sie, denn sie war sich sicher, dass seine Zeichnerei der Grund für seine Unaufmerksamkeit war.

»Entschuldige. So, jetzt bin ich ganz bei dir. Also: Wie gefällt dir Cambridge bisher?«

»Noch habe ich nicht viel gesehen. Grandma zieht noch heute Abend zu ihrer Freundin, denn hier ist einiges schiefgelaufen.« Vanessa erzählte von dem unerwarteten Mitbewohner und dem rückenunfreundlichen Schlafsofa.

»Und du bleibst allein bei diesem Trevor in der Wohnung?«

»Er ist eh nie daheim«, antwortete Vanessa. »Und ich bin ja auch nicht hier, um in der Bude zu hocken. Das passt schon, keine Sorge. Wie geht es dir, Vig? Gibt es was Neues von Malou?«

Vigo seufzte. »Nein. Sie reagiert auf keine meiner Nachrichten. Aber dafür ist mein erster Comic fast fertig. Schon verrückt. Da muss unsere Beziehung erst in die Brüche gehen, damit ich das tue, was sie schon immer wollte: endlich wieder zeichnen und ein Projekt auch beenden.«

Sie hörte ihren Bruder schniefen. Sosehr er sich auch um einen normalen Tonfall bemühte – Vanessa wusste, dass es ihm dreckig ging und er vermutlich Tag und Nacht allein in Grandmas Haus saß und sich aus Liebeskummer vor Gott und der Welt verkroch.

»Du solltest herkommen«, sagte sie, ohne lange zu überlegen. »Du kannst in deinem Zustand die Feiertage nicht allein verbringen.«

»Kein Grund zur Sorge, Käfer. Ich steh das schon durch.«

Vanessa schnaubte ungeduldig ins Telefon. »Natürlich stehst du das durch. Aber Weihnachten ist nicht dazu da, um durchgestanden zu werden. Du solltest bei uns sein! Überleg es dir doch wenigstens, ja? Zumindest für die Feiertage.«

»Ich denk drüber nach«, antwortete Vigo.

»Versprochen?«

»Ja, versprochen, du Nervensäge.«

»Ach, und Vig …«

»Was denn noch?«

»Ich habe zufällig mit angehört, wie Grandma mit ihrer Freundin Georgina telefonierte.«

»Ist das die, bei der sie schlafen wird?«

»Genau. Jedenfalls hat sie etwas Seltsames gesagt. Sie stritt ab, dass der Urlaub in Cambridge ihre Idee war.«

»Was ja stimmt«, warf Vigo ein.

»Ja. Sie sagte außerdem, dass ich nichts von SEINER Existenz wüsste und dass sie Georgina dankbar wäre, wenn sie das Thema nach einem halben Jahrhundert endlich ruhen lassen würde.«

Einen Augenblick herrschte Stille. Dann schien Vigo endlich zu begreifen, worauf Vanessa anspielte.

»Du glaubst, sie hat eine Vergangenheit in England, die

der Grund dafür ist, dass sie nicht mit dir nach Cambridge wollte?«, fragte er.

»Ist meine Vermutung, ja. Erinnerst du dich noch daran, dass ich dich nach einem Edward Stringer gefragt habe?«

»Hm.«

»Ich glaube, dass es irgendwie um ihn geht.«

»Wie kommst du darauf?«

Vanessa erzählte ihrem Bruder von der Postkarte, und er pfiff leise durch die Zähne. »Das wäre ja der Hammer. Seltsame Vorstellung, dass unsere Grandma mal verliebt gewesen sein könnte, oder?«

»Stimmt«, gab Vanessa zu. Sie hatten Katrina immer nur mit *Freunden* ausgehen sehen. Nie hatte sie einen Mann mit nach Hause gebracht – zumindest nicht über Nacht. Sicher, sie wurde ausgeführt und war viel unterwegs. Doch weder Vigo noch Vanessa hatten sie je verliebt oder in einer festen Beziehung erlebt. Wenn Vanessa sie danach fragte, hatte Grandma immer erklärt, dass ihr nach ihrem engstirnigen Exmann die Lust auf feste Bindungen verloren gegangen wäre.

»Wie ich dich kenne, hast du schon wilde Pläne gemacht, um hinter das Geheimnis des Edward Stringer zu kommen, richtig?«, unterbrach Vigo ihre Gedanken.

»Könnte sein …«, gab Vanessa zögernd zu, und Vigo lachte.

»Du und deine Neugier.«

»Ich hab dich auch lieb, mein Großer. Ach, und Vig, denk nicht zu lange nach, sonst kriegst du keinen Flug mehr, ja?«

»Ich weiß nicht. Ich kann ja schlecht bei dir auf dem alten Sofa schlafen.«

»Warum denn nicht? Deine Knochen sind ja wohl etwas jünger. Oder bring dir 'ne Luftmatratze mit, das geht schon. Bei Georgina und Grandma könntest du auch schlafen. Mir egal, Hauptsache, du bist nicht allein. Und an deinem *Malou the Clumsy Crumpet*-Comic kannst du auch hier weiterzeichnen.«

»Ja, ja. Ich denk drüber nach.«

»Danke, Vig. Dann bis bald.«

»Bis bald, kleiner Käfer.«

Kapitel 6

Katrina, 2. September 1967

Katrina krabbelte auf den Rücksitz des blauen Vauxhall und atmete durch. Der Flug von Winnipeg nach London war turbulent gewesen, und sie war heilfroh, nun in einem Auto zu sitzen.

Ihr Vater hatte recht behalten – ihr Umzug nach Cambridge war bestens vorbereitet worden. Ein Jonathan Thompson hatte Katrina und ihre Eltern am Flughafen Heathrow erwartet, sich höflich als Sohn des Fakultätsleiters Lord David Thompson vorgestellt und ihr Reisegepäck im Wagen verstaut. Dass der Kofferraum für die Unmengen an Gepäck, die Sandrine für das kommende Jahr gepackt hatte, nicht ausreichen würde, musste Jonathan geahnt haben, denn vor dem Flughafen stand ein weiterer Wagen bereit, dessen Fahrer die übrigen Taschen einlud. Kurz darauf waren sie mit zwei Autos in Richtung Cambridge unterwegs.

Jonathan gab sich alle Mühe, Katrina und ihren Eltern die Gegend und die Sehenswürdigkeiten zu erklären, an denen sie vorüberfuhren. Doch auf Dauer kam der höfliche junge Mann gegen das nervöse Geplapper von Sandrine Vallée nicht an und gab es auf. Es dauerte fast vier Stunden, bis sie ihr Hotel, das *Royal Inn,* erreichten, was auch damit zusammenhing, dass Sandrine mehrfach nach einer Pause verlangte.

Endlich angekommen, steuerte Jonathan den Wagen über eine Kiesauffahrt und blieb vor einem imposanten fünfstöckigen Backsteingebäude stehen.

»Da wären wir«, sagte er und stellte den Motor ab.

Nacheinander stiegen sie aus dem Auto. Katrina streckte sich ausgiebig und ging dann ihrem Papa zur Hand, der die Taschen aus dem Wagen lud. Ein Hotelpage in dunkelroter Uniform kam die fünf flachen, im Halbkreis angelegten Stufen vor der Eingangstür hinuntergeeilt und begrüßte sie.

»Herzlich willkommen im Royal Inn. Sie müssen die Vallées sein. Wir haben Sie bereits erwartet. Wenn Sie mir bitte folgen wollen. Wir kümmern uns selbstverständlich um Ihr Gepäck.«

Katrina schmunzelte, als sie bemerkte, dass sich ihre Maman immer wieder umsah. Sandrine Vallée würde sich nie ändern. Kontrolle abzugeben gehörte nicht zu ihren Stärken, und darauf zu vertrauen, dass das Hotelpersonal tatsächlich alle Taschen aus dem Wagen lud, war für sie schlicht und einfach ein Ding der Unmöglichkeit.

Katrina trat hinter ihrem Papa durch die Drehtür in die Eingangshalle. Die Wände neben der Tür waren holzvertäfelt und von bodentiefen Bogenfenstern durchbrochen. Zu beiden Seiten standen jeweils vier runde dunkelbraune Holztische, um die hellgrün gepolsterte Ohrensessel angeordnet waren. Hier und da saßen Hotelgäste, die sich leise unterhielten.

Während Leonard Vallée sie an der Rezeption anmeldete und die Schlüssel entgegennahm, sah sich Katrina staunend um. Links neben der Rezeption führte eine breite Treppe aus hellem Marmor in den ersten Stock. Rechts gab es einen offenen Aufzug, dessen reichlich verzierte Gitter gerade von einem Liftboy zugezogen wurden.

»Unsere Suite ist die 101. Erster Stock«, erklärte Leonard, der gerade wieder zu seiner Familie stieß.

»Seht euch nur diesen Fahrstuhl an«, rief Katrina, doch ein Blick in das Gesicht ihrer Mutter reichte aus, um zu wissen, dass diese nicht vorhatte, in die Kabine zu steigen.

»Maman und ich nehmen die Treppe«, entschied Leonard, der offenbar ebenfalls die Notlage seiner Frau bemerkt hatte.

Katrina nickte kurz und lief zum Aufzug, vor dem inzwischen zwei weitere Gäste standen und den Liftboy fragten, welches Restaurant er für ein elegantes Abendessen empfehlen würde. Das Erste, was Katrina an ihm auffiel, war die Stimme des jungen Mannes. Er stand mit dem Rücken zu ihr, und sie konnte sein Gesicht nicht sehen. Trotzdem lief ihr ein warmer Schauer über den Rücken, als sie das sonore Brummen hörte.

Er sprach unverkennbar britisches Englisch, und obwohl er nichts weiter tat, als den Gästen den Weg zum Restaurant zu erläutern, klangen der vornehme Singsang seines Dialektes und die seltsam in die Länge gezogenen Vokale, als würde er die Worte der Königin selbst verkünden.

Nachdem die Gäste eingestiegen waren, wollte er das Gitter schließen. Offenbar hatte er noch gar nicht bemerkt, dass Katrina hinter ihm stand.

»Halt, ich möchte mit«, machte sie sich bemerkbar.

Der Liftboy hielt überrascht inne und wandte sich um. »Ich bitte um …«, er stockte und fügte dann ein »Verzeihung« hinzu.

Katrina sah ihn an und lächelte vorsichtig. Als er ihr Lächeln erwiderte, beschleunigte sich ihr Puls. In seinem Blick lag weit mehr als die übliche Höflichkeit, die er als Hotelangestellter gegenüber Gästen an den Tag legen musste. Seine Augen waren tiefbraun, fast schwarz, und spiegelten das Lächeln wider, das seine Mundwinkel umspielte.

»Welches Stockwerk?«, fragte er.

»Erstes«, antwortete Katrina. Überrascht zog der Liftboy die Augenbrauen hoch. »Ich könnte laufen, ich weiß«, schob sie hinterher. »Aber der Fahrstuhl ist so außergewöhnlich.«

»Das stimmt«, antwortete er und stieg hinter ihr ein.

Überrascht stellte Katrina fest, dass der Lift nicht im ersten Stock anhielt, sondern weiter hinauffuhr.

»Dritter Stock«, sagte er, zwinkerte Katrina zu, öffnete das Gitter und ließ die beiden Herrschaften aussteigen. Anschließend zog er das Gitter wieder zu, doch statt hinunter fuhren sie weiter hinauf.

»Verrätst du mir deinen Namen?«

»Katrina.«

»Freut mich, Foxy Lady Katrina. Ich bin Edward.«

Katrina spürte, dass ihr die Hitze in die Wangen stieg, und wich seinem Blick aus. Foxy Lady? Was hatte das denn zu bedeuten? Sie überlegte kurz, ihn einfach zu fragen, doch just in diesem Moment hielt der Fahrstuhl im fünften Stock. Edward warf einen Blick in den Flur, und nachdem er sich versichert hatte, dass die Luft rein war, hielt er Katrina die Gitter auf und lief dann voraus. Am Ende des Flurs öffnete er eine Tür, an der ein Schild mit der Aufschrift *Staff only* darauf hinwies, dass Hotelgäste dort nichts zu suchen hatten.

»Keine Sorge«, sagte er und stieß die Tür auf. Eine schmale Treppe führte weiter nach oben, und nach fünfzehn Stufen standen sie auf dem Dach des *Royal Inn.*

»Dir ist unser wunderschöner Fahrstuhl aufgefallen, deswegen gehe ich davon aus, dass du ein Gespür für schöne Dinge hast. Ich bin sicher, dass dir der Blick von unserem Dach die Sprache verschlagen wird.«

Edward nahm die Mütze ab und schob die Haare beiseite, die ihm augenblicklich in die Stirn fielen. Erst als er zu grinsen anfing, ging Katrina auf, dass sie ihn vermutlich gerade mit offenem Mund angestarrt hatte. Wahrscheinlich hielt er sie nun für ein verhuschtes Upperclass-Püppchen, das in seiner Gegenwart dahinschmolz.

Der Ausblick war in der Tat grandios, und sie sah sich in Ruhe um, bevor sie sich wieder Edward zuwandte.

»Das schindet natürlich Eindruck bei den weiblichen

Gästen, richtig? Wäre ja interessant zu wissen, wen du noch alles hierher entführt hast.«

Er sah sie überrascht an, lachte dann und setzte sich die Mütze wieder auf. »Wir kennen uns seit«, er warf einen Blick auf seine Uhr, »genau sieben Minuten. Ich denke, dieses Geheimnis behalte ich vorerst für mich, Foxy Katrina.«

»Was soll dieses Foxy?«

Edward riss überrascht die Augen auf. »Sag nicht, du kennst den Song nicht!«

Seine Stimme klang fast schon empört. Katrina zuckte mit den Schultern und schüttelte den Kopf.

»Nein, tut mir leid.«

»Das werden wir ändern müssen«, sagte er schlicht.

Sie grinsten sich an, und Katrina ertappte sich dabei, dass sie darauf hoffte, dass die Wohnungssuche hier in Cambridge einige Wochen, oder besser noch Monate, in Anspruch nahm.

Am Abend dieses ersten Tages holte sie zum ersten Mal das Tagebuch hervor, das ihr Vater ihr geschenkt hatte. Und nachdem sie das Zusammentreffen mit Edward in jeder Einzelheit beschrieben und ihre Gedanken dazu formuliert und nochmals gelesen hatte, war ihr klar, dass sie das Tagebuch von nun an besser unter der Matratze verstecken sollte.

Kapitel 7

Vanessa, Sonntag, 17. Dezember, Gegenwart

Am Sonntagmorgen herrschte völlige Stille in der Wohnung. Katrina war wie vereinbart noch gestern Abend von einem Taxi abgeholt worden. Gegen halb zwölf war Vanessa zu Bett gegangen, ohne Trevor noch einmal gesehen zu haben.

Vermutlich hatte er eine lange Schicht im *The Punter* hinter sich und schlief noch. Vanessa nutzte die Zeit für sich, duschte ausgiebig und setzte Kaffee auf.

Schon kurz darauf klappte eine Tür, und Vanessa hörte Trevors schlurfenden Schritt im Flur. Ihr Puls schoss in die Höhe, doch er verschwand zunächst im Bad.

Sie rutschte auf ihrem Stuhl hin und her, und um ihre Nervosität zu unterdrücken, stand sie noch mal auf und schaltete den Wasserkocher ein. Sie war in England, gut möglich also, dass Trevor kein Kaffeetrinker war, sondern Tee bevorzugte. Sie stellte Milch, Zucker, Müsli und die Obstschale auf den Tisch und legte ein Gedeck für ihn auf.

Kurz darauf stand er gähnend im Türrahmen. Vanessa sah ihn an und stutzte. Dann presste sie die Hand vor den Mund, um sich das Lachen zu verkneifen.

Trevor trug einen grauen Schlafanzug, dessen Beine zu

kurz waren. In Kombination mit den verstrubbelten Haaren sah er aus wie ein kleiner Junge, der zu schnell aus seinen Klamotten herausgewachsen war. Und als wäre das nicht schon genug, prangte ein plüschiger Teddy mit rot-weißer Weihnachtsmannmütze auf seinem Bauch.

Vanessa täuschte einen Frosch im Hals vor und begann zu husten, bis sie ihren Lachimpuls wieder unter Kontrolle hatte.

»Guten Morgen«, sagte sie dann.

»Hm«, knurrte er zurück. Trevor war kein Morgenmensch – so viel war sicher.

»Frühstück?«

Anstelle einer Antwort nickte er kurz. Er griff nach dem Wasserkocher und zog erstaunt die Augenbrauen hoch, als er bemerkte, dass das Wasser bereits heiß war. Er hängte sich einen *English Breakfast*-Teebeutel in eine große Tasse und füllte sie zur Hälfte mit Wasser auf. Schweigend beobachtete Vanessa, wie er drei Löffel Zucker dazuschaufelte und sich suchend umblickte. Er fand offenbar nicht, wonach er suchte, denn er stand auf, ging zum Kühlschrank und nahm einen Becher Schlagsahne heraus. Durch ein Loch im Aludeckel ließ er die Sahne in seine halb volle Tasse laufen.

»Hm«, brummte er genüsslich, nachdem er einige Schlucke getrunken hatte. Dann erst sah er Vanessa an und zog seine Augenbraue in die Höhe. »War ein Geschenk meiner Tante.«

»Was?«

»Tu doch nicht so scheinheilig«, gab er grinsend zurück. »Dein unterdrücktes Kichern war nicht zu überhören. Tante Gracie meinte, der Teddy hätte sie an mich erinnert, deswegen hat sie mir das Ding vor drei Jahren geschenkt.«

Vanessa gab einen leisen Grunzer von sich. »Da warst du achtzehn.«

Trevor seufzte. »Ich weiß. Ich trage ihn trotzdem. Hängt mit meinem Spitznamen zusammen.«

»Also nennt sie dich *Santas Teddy*«, stellte Vanessa trocken fest, und Trevor verschluckte sich fast an seinem Tee.

»Teddy, ohne Santa. Gracie ist übrigens die Einzige in der Familie, die mich so nennt. Mein verstockter Dad käme nie auch nur auf die Idee, mir einen Spitznamen zu geben.«

Vanessa legte den Kopf schief und sah Trevor an. Dann entschied sie sich, die Anspielung auf seinen Vater zu ignorieren.

»Warum Teddy?«, fragte sie stattdessen. Er kniff die Lippen zusammen, und Vanessa ahnte, dass er auch das lieber für sich behalten wollte. Doch sie dachte nicht daran, lockerzulassen.

»Du wolltest mein *best buddy* werden, schon vergessen?«

Sie griff nach einer Banane, schälte sie und schnippelte sie in eine Müslischale. Dann löffelte sie Cornflakes darauf und kippte Milch hinterher. Trevor verzog das Gesicht und schüttelte sich. Er selbst zog offenbar ein deftiges Frühstück vor, denn er griff nach Brot, Butter und Käse.

»Nur, wenn du mir im Gegenzug deinen Spitznamen sagst. Deal?«, fragte Trevor und strahlte sie fröhlich lauernd an.

»In Ordnung. Aber du zuerst.«

»Tante Gracie ist die Schwester meines Vaters. Sie war die Konstante in meinem Leben, wenn er mit Kohlescheffeln und Frauen abschleppen beschäftigt war. Irgendwann zwischen elf und zwölf hatte ich den ersten Flaum auf der Oberlippe, zumindest habe ich mir das eingebildet. Mein Dad hat mich ausgelacht, und ich war am Boden zerstört. Tante Gracie hatte mit nobler Upperclass, zu der sich mein Dad zählt, noch nie viel am Hut. Sie hat ihrem Bruder ganz deutlich gesagt, dass er ein dämlicher Vollidiot ist. Dann hat sie mich geschnappt und mir meinen ersten Rasierer gekauft. Unterwegs erklärte sie mir, dass wir wohl kaum mit dem Rasieren warten könnten, bis ich behaart wäre wie ein Teddy.«

Vanessa schwieg und lächelte. Was sollte sie auch sagen? Einen Moment lang grübelte sie darüber nach, ob das nicht auch ein Thema für ihr Blog wäre. Erfahrungen zum Thema *A Thing called Nickname* würde sicher einige zauberhafte Geschichten zutage befördern.

»Und du?«, unterbrach Trevor ihre Gedanken.

»Mein großer Bruder verpasste mir den Spitznamen *Käfer*, doch ich habe keine Ahnung, warum«, log sie und fügte schnell hinzu: »Und Grandma nennt mich Nessie, aber das hast du ja bereits gehört«.

Aus seinen dunkelgrünen Augen sah er sie aufmerksam an, und sie war sich sicher, dass er jeden Moment weiterbohren würde, doch er schwieg, lächelte und biss in sein Brot.

»Wie sehen denn deine Pläne für heute Nachmittag aus?«, fragte Trevor mit noch halb vollem Mund.

»Kommt auf Grandma an«, antwortete Vanessa, und ihre Hände waren plötzlich eiskalt. Fragte er sie das gerade, weil er Zeit mit ihr verbringen wollte? »Da wir heute kein gemeinsames Frühstück hatten, sind wir mittags zum Essen bei ihrer Freundin Georgina verabredet.«

»Passt hervorragend. Während du mit den Ladys isst, kann ich – sofern es dir nichts ausmacht – noch mal das Album deiner Eltern durchgehen. Bis du wieder da bist, habe ich die erste Tour durch die Vergangenheit vorbereitet. Alle Orte, die ich auf Anhieb erkenne, können wir noch heute Nachmittag abklappern. Wie klingt das?«

Vanessa starrte Trevor mit offenem Mund an. Am liebsten wäre sie ihm vor Freude um den Hals gesprungen. Sie verstand nicht wirklich, warum er sich so ins Zeug legte für sie.

»Klapp den Mund wieder zu. Das sieht dämlich aus«, kommentierte er und stellte sein Geschirr in die Spüle.

Wunderbar. Nachdem er ihr also erst diesen unglaublichen Vorschlag unterbreitet hatte, fand er nun, dass sie dämlich aussah.

Wahrscheinlich war es genau das, was er unter *Freunde sein* verstand: Ehrlichkeit, egal, worum es ging, selbst wenn das bedeutete, dem anderen auch in peinlichen Momenten den Spiegel vors Gesicht zu halten.

Vanessas Kampfgeist erwachte. Trevor wollte diese blöde

Wette ganz offensichtlich gewinnen, aber das wollte Vanessa auch. Und sie hatte noch nicht einmal angefangen, wirklich mitzuspielen.

Wollen doch mal sehen, ob ich dich nicht wenigstens ein klein wenig aus der Fassung bringen kann, dachte sie und stellte sich direkt vor ihn.

»Wenn *best buddies* zu sein bedeutet, dass du mir in schonungsloser Offenheit alles an den Kopf wirfst, was du denkst, dann lassen wir das lieber und knutschen gleich hier und jetzt. Was meinst du?«

Sie zog ihre Augenbrauen kurz nacheinander hoch und sah ihn abwartend an.

Das Flattern seiner Augenlider war kaum zu sehen, doch diese klitzekleine Reaktion reichte, um Vanessa zu zeigen, dass sie ihn tatsächlich durcheinandergebracht hatte. Lachend trat sie einen Schritt zurück.

»Keine Sorge. Ich wollte mich nur für dein *›Du siehst dämlich‹ aus* revanchieren. Glaub mir, in Sachen dämlicher Gesichtsausdruck kannst du gerade locker mithalten.«

Trevor grinste schief, und als er sich die Haare aus dem Gesicht strich, sah diese sonst gekonnt eingesetzte Geste zum ersten Mal nicht überheblich aus.

»Ich war nur überrascht, dass du dich so für meine Sache ins Zeug legst. Darum mein Erstaunen«, erklärte Vanessa und kehrte damit zu unverfänglicheren Themen zurück. »Die Idee ist übrigens großartig. Ich lege dir das Album in die Küche, bevor ich zu Grandma fahre. Wenn du mir deine Handynummer gibst, schreibe ich dir, sobald absehbar ist, wann wir mit dem Essen durch sind.«

Trevor nickte und kritzelte seine Nummer auf einen alten Kassenzettel. »Bis heute Nachmittag, du verrücktes Ding.« In der Tür drehte er sich noch mal zu Vanessa um. »Übrigens bin ich jetzt gewarnt.«

»Hm?«

»Du kämpfst mit harten Bandagen, um deine Behauptung zu beweisen. Falls deine Taktik darin bestehen sollte, mir den Kopf zu verdrehen, nur um mir zu zeigen, dass wir keine Freunde sein können, wirst du dir deine Zähne an mir ausbeißen.«

Nach dem Frühstück telefonierte Vanessa noch mal mit ihrem Bruder. Sie war überglücklich, als er ihr erklärte, dass er tatsächlich über Weihnachten zu ihnen fliegen würde. Vanessa wusste, dass er das nur tat, weil sich Malou noch immer nicht erweichen ließ, wenigstens mit ihm zu sprechen. Trotzdem war sie happy darüber, denn seit sie auf der Welt war, hatte es kein Weihnachten ohne Vigo gegeben.

»Hast du dir schon überlegt, wo du schlafen willst?«, fragte sie ihn.

»Nein. Aber sobald wir auflegen, telefoniere ich mit Grandma, dann sehen wir weiter.«

»Wann kommst du?«

»Ich habe einen Flug am 20. Dezember bekommen und lande gegen vier am Nachmittag in Heathrow. Zwei Tage nach Silvester fliege ich zurück.«

»Großartig. Du kannst dir gar nicht vorstellen, wie sehr ich mich auf dich freue, Bruderherz.«

Nach dem Telefonat setzte sich Vanessa noch anderthalb Stunden an den Rechner und schrieb an ihrem *In my parents' shoes*-Leitartikel. Gegen elf packte sie ihre Tasche und verließ die Wohnung, ohne Trevor noch einmal zu Gesicht bekommen zu haben.

Wie ihre Grandma ihr geraten hatte, nahm Vanessa den Bus nach East Chesterton, einem Stadtteil, der im Nordosten von Cambridge lag und in dem Georgina mit ihrem Mann lebte. Grandma Katrina und Georgina standen bereits im Vorgarten, als sie in die Straße einbog.

Selbst aus einiger Entfernung war Grandmas Freundin eine auffällige Erscheinung. Sie trug einen kurzen knallroten Bubikopf, und ihre Lippen leuchteten in der gleichen Farbe. Eine goldene Brille hing an einer Kette um ihren Hals.

Als Vanessa den Vorgarten betrat, drückte die Freundin ihrer Grandma ihre Zigarette in einem Aschenbecher aus, der auf dem Fenstersims neben der Eingangstür stand.

»Da bist du ja endlich, Nessie«, sagte sie, trat einen Schritt auf Vanessa zu und nahm sie ohne jede Scheu in den Arm. »Es ist doch in Ordnung, wenn ich Nessie sage? Da dich deine Grandma nie anders nennt, wenn sie von dir erzählt, klingt es irgendwie doof, jetzt Vanessa zu sagen.«

»Schon in Ordnung«, murmelte Vanessa einigermaßen

überrumpelt. Was hätte sie auch dazu sagen sollen? Nach dieser Erklärung konnte sie kaum ablehnen.

»Freut mich, Georgina. Hi, Grandma.«

»Na, dann komm mal rein, Herzchen.«

Erleichtert stellte Vanessa fest, dass das Essen bereits fertig war. So blieb es ihr fürs Erste erspart, krampfhaft für Unterhaltung sorgen zu müssen. Im Laufe des Essens bemerkte sie allerdings, dass ihre Sorge über mangelnden Gesprächsstoff überflüssig war. Ihre Grandma und Georgina quasselten ohne Punkt und Komma und schwelgten lachend in alten Geschichten.

»Wo geht's denn hier zur Toilette?«, fragte Vanessa, nachdem sie auch noch das Eis zum Nachtisch verdrückt hatte.

»Durch die Tür und dann links. Am Ende des Flurs.«

Als sie von der Toilette zurückkam, hörte sie die beiden Frauen kichern und flüstern, als wären sie gerade erst in die Pubertät gekommen.

Vanessa lächelte. Sie konnte sich nicht daran erinnern, ihre Grandma jemals dermaßen kindisch erlebt zu haben. Es war offensichtlich, dass Georgina und sie sich einmal sehr nahegestanden haben mussten.

Sie kam sich vor wie ein Störenfried und blieb eine Weile unschlüssig im Flur stehen. Ihr Blick fiel auf die zahllosen Bilder, die links und rechts an den Wänden hingen. Viele der Fotos waren noch in Schwarz-Weiß, Vanessa bemerkte, dass der kurze Bubikopf schon in jungen Jahren Georginas Markenzeichen gewesen war.

»Da bist du ja.«

Vanessa zuckte zusammen. Georgina trug ein Tablett mit benutztem Geschirr in die Küche und kam wieder zu Vanessa zurück.

»Entschuldigung. Ich wollte nicht neugierig sein«, murmelte Vanessa.

»Warum denn nicht? Neugier ist mein zweiter Vorname. Ich würde in fremden Häusern auch nicht an Bildern vorbeilaufen, die so offensichtlich im Flur hängen. Schau mal hier«, forderte Georgina Vanessa auf und zeigte auf ein Bild, das auf einem Konzert aufgenommen wurde und eine Gruppe fröhlicher Menschen zeigte.

»Erkennst du jemanden?«

Vanessa trat näher an das Bild heran und gab ein leises Quieken von sich. »Das ist ja Grandma!«, rief sie und zeigte auf den linken Bildrand.

Vanessa kannte zwar alte Fotos von ihrer Grandma, aber die waren alle aus der Zeit, in der ihre Mutter bereits auf der Welt gewesen war. Das hier war etwas ganz anderes. Auf dem Foto war Katrina höchstens zwanzig, wenn nicht sogar noch jünger.

»Wow!«, sagte Vanessa ehrfürchtig.

»Du sagst es, Spätzchen. Unsere Kathy ist damals schon ein heißer Feger gewesen, und sie ist es noch.«

»Und das bist du, richtig?« Natürlich hatte Vanessa Georgina erkannt, doch sie hoffte, dass sie die Frage zum Anlass nehmen würde, um auch die anderen Personen auf dem Bild zu erklären.

»Ja. Der Kerl mit den ungepflegten langen Haaren ist mein Mann Isaac. Damals war er noch ein echter Hippie. Und dieses dunkelhaarige Prachtexemplar neben deiner Grandma ist Eddie.«

Vanessas Herzschlag beschleunigte sich, und sie ballte ihre Hände zu Fäusten. Eddie, so wie Edward Stringer – und Vanessa war überzeugt, ihn vor sich zu sehen –, war wirklich gut aussehend. Er überragte Grandma um einen Kopf und stand dicht neben ihr. Die Hände der beiden waren nicht zu sehen, und Vanessa war sich sicher, dass sie hinter Grandmas Rücken Händchen hielten. Die zwei strahlten um die Wette.

Vanessa riss sich vom Anblick der glücklichen Gesichter los. Was war nur passiert? Warum hatte Grandma diesen Mann, in den sie ganz offensichtlich mehr als nur ein kleines bisschen verknallt war, nie erwähnt? Warum hatte sie stattdessen einen Mann geheiratet, über den sie nie etwas Nettes zu sagen wusste?

Sie sah Georgina von der Seite an und hoffte, dass die redselige Frau von selbst weitersprach und Geheimnisse der Vergangenheit preisgab, doch genau in diesem Augenblick kam Grandma in den Flur.

»Was macht ihr denn hier so lange?«, fragte sie und trat hinter Vanessa. »Ach du liebe Güte, Georgie! Sind das wir auf dem Hendrix-Konzert in London?«

Georgina nickte. »November ’67. Sag bloß, du hast das Bild noch gar nicht bemerkt?«, fragte sie vorwurfsvoll. »Nachdem du sagtest, dass du kommst, habe ich es extra für dich aufgehängt.«

Vanessa sah ihre Grandma aufmerksam an. Ein bitteres Lächeln umspielte ihre Lippen, in der nächsten Sekunde straffte sie ihre Schultern und wandte sich ab.

»Wie wäre es mit einem kleinen Spaziergang?«, wechselte sie abrupt das Thema. »Ich hab viel zu viel gegessen.«

Vanessa sah auf ihre Armbanduhr und schüttelte den Kopf. »Ich bin heute Nachmittag noch mit Trevor verabredet. Er will mir doch bei meiner Fotostory helfen.«

»Was, du gehst schon?«, fragte Georgina, und in ihrer Stimme lag Enttäuschung.

»Tut mir leid. Ich komme aber wieder, versprochen.«

Und dann kannst du mir von all den Jugendsünden meiner Grandma erzählen, fügte Vanessa in Gedanken hinzu.

Edward Stringer existierte also tatsächlich. Er war in Grandmas Alter, genau wie Vanessa vermutet hatte. Und die beiden waren ein Paar gewesen. Egal wie, aber sie musste einen Weg finden, um mit Georgina allein zu sein.

Beim Hinausgehen fiel Vanessa ein, dass sie ihrer Grandma noch gar nichts von Vigo erzählt hatte.

»Ach, Grandma, hat Vig schon angerufen?«

»Keine Ahnung. Ich hab mein Handy lautlos. Warum?«

»Er landet am 20. um kurz nach vier und bleibt über Weihnachten. Er klang so geknickt am Telefon, da wollte ich nicht, dass er über die Feiertage allein in Winnipeg hockt. Ich hab ihn eingeladen.«

»Großartige Idee«, sagte Katrina und lächelte.

»Er kann hier übernachten, wenn er will«, mischte sich Georgina ein, und als Vanessa mit den Schultern zuckte, fügte sie hinzu: »Aber ich verstehe natürlich auch, wenn er lieber bei den jungen Leuten bleiben will. Wir sehen uns ja sicher trotzdem irgendwann«.

»Ganz bestimmt, Georgina. Und danke für das tolle Essen.«

»Gern geschehen, Herzchen.«

Auf der Heimfahrt dachte Vanessa an nichts anderes als das wunderschöne Gesicht ihrer Großmutter auf dem alten Foto und den seltsam bitteren Gesichtsausdruck, den sie plötzlich hatte, nachdem sie das Bild im Flur bemerkte.

In dieser Sekunde nahm sich Vanessa vor, nicht eher nach Hause zu fliegen, als bis sie diesen Edward gefunden oder wenigstens herausbekommen hatte, was aus ihm geworden war. Wer weiß, vielleicht war er ja der Grund, warum Grandma nie wieder einen anderen Mann geliebt hatte?

Gut, sie war verheiratet gewesen. Aber diese Ehe hatte nur für kurze Zeit gehalten, und nicht ein einziges Mal hatte Grandma einen derart verklärten Gesichtsausdruck gehabt wie auf dem Foto, wenn sie über ihren Exmann gesprochen hatte.

Vanessa konnte es kaum erwarten, Trevor die Neuigkeiten zu erzählen. Sie war dem Geheimnis um Edward ein ganzes Stück näher gekommen. Für die nächsten Schritte waren Trevor und seine journalistischen Kontakte sicher Gold wert.

Kapitel 8

Vanessa, Sonntag, 17. Dezember, Gegenwart

Vanessa hatte nicht damit gerechnet, dass ihre Tour ausgerechnet am *Sanders Theatre* starten würde. Das Foto nachzustellen, das Victoria und Noah Tremblay davor geschossen hatten, würde eine echte Herausforderung werden.

»Stell dich nicht so an. Beim Frühstück wolltest du noch mit mir knutschen, da dürfte es jetzt wohl kein Problem sein, auf meinen Schultern zu sitzen.«

Vanessa seufzte. Entweder wollte er es nicht kapieren, oder er tat es wirklich nicht. Ihr Problem war nicht die Nähe zu ihm, sondern die Tatsache, dass laut seiner eigenen Aussage unter keinen Umständen mehr daraus werden würde. Der Gedanke, jetzt auf seine Schultern zu klettern, machte sie jedenfalls so nervös, dass sie Schluckauf bekam.

Sie zog das Handy aus ihrer Hosentasche und suchte das Foto heraus, das ihre Eltern vor dem *Sanders Theatre* geknipst hatten.

»Wir müssen weiter nach rechts, noch ein Stück vom Eingang weg«, kommentierte sie.

Nachdem sie in etwa an der Stelle waren, an der auch ihre Eltern vor zwanzig Jahren gestanden hatten, kramte Trevor einen Selfiestick aus dem Rucksack und befestigte sein Handy daran. Beides legte er auf die Mauer.

»Wir können«, sagte er dann, und wie auf Kommando begann Vanessas Herz zu rasen.

»Ich gehe in die Hocke, du steigst auf meine Schultern, und wenn du nicht gerade zwei Tonnen wiegst …«, er sah sie von oben bis unten an, »wovon nicht auszugehen ist, komme ich auch wieder hoch. Dann greifst du nach dem Selfiestick und gibst ihn mir. Ich mache das Bild, und fertig.«

Aus seinem Mund klang das nicht weiter wild. Abgesehen davon, dass sie vornüberfallen und auf dem Gesicht landen könnte, er mit ihrem Gewicht auf den Schultern womöglich nicht mehr aus der Hocke hochkam oder sie im schlimmsten Fall einfach beide umkippten.

»Jetzt guck nicht so verzweifelt.« Trevor fuhr sich durch die Haare und lächelte fast schüchtern. »Vertrau mir.«

Sie sahen sich einige Sekunden zu lang in die Augen, und wieder huschte dieses Flackern über sein Gesicht, das Vanessa heute Morgen schon bemerkt hatte, als sie davon sprach, ihn zu küssen. Ihre Hände wurden feucht, also zerredete sie den Augenblick, bevor er noch intensiver werden konnte.

»Wie du meinst. Dann los, bringen wir es hinter uns.«

Trevor trat so weit an die Mauer heran, dass Vanessa noch bequem zwischen ihr und ihm stehen konnte, und ging in die Hocke. Sie stellte sich hinter ihn und kletterte auf seine Schultern.

»Bereit?«, fragte er.

Vanessa nickte. Erst als er ein zweites Mal fragte, ging ihr auf, dass er ihr Nicken schlecht sehen konnte, solange sie auf seinen Schultern saß.

»Ich glaube schon«, sagte sie zögernd, und umklammerte seinen Kopf.

Im nächsten Augenblick griff er nach ihren Händen und hielt sie fest. »Wäre vielleicht besser, wenn du mir nicht die Augen zuhältst«, sagte er lachend.

Unendlich langsam richtete er sich auf, dabei schnaufte er so sehr, dass Vanessas Herz in die Hose rutschte. Er war kurz davor, unter ihrer Last zusammenzuklappen. »Lass mich runter!«, rief sie. »Ich bin zu schwer.«

Trevor lachte, und die Geschwindigkeit, mit der er schon kurz darauf stand, zeigte ihr, dass er geschauspielert hatte und sie nur aufziehen wollte.

»Du wiegst ungefähr so viel wie ein Floh. Es ist alles bestens.«

Er drehte sich um, sodass er mit dem Gesicht zur Mauer stand und Vanessa nach dem Selfiestick greifen konnte.

»Hast du ihn?«, wollte er wissen.

»Ja.«

Es dauerte einen kurzen Moment, bis er die Handykamera richtig eingestellt hatte. Dann ging alles ganz schnell. Er knipste ein paar Bilder, ging wieder in die Knie, und nur zwei Minuten nachdem Vanessa ihm auf die Schultern geklettert war, war der Spuk vorüber.

Vanessa atmete tief ein und aus, nachdem sie wieder festen Boden unter den Füßen hatte. Gemeinsam sahen sie sich die Fotos an und verglichen sie mit dem von Vanessas Eltern. Viele Bilder waren verwackelt, was aufgrund ihres Gewichts auf Trevors Schultern nicht weiter verwunderlich war.

»Das hier ist doch ganz gut geworden«, sagte Trevor schließlich, und Vanessa atmete erleichtert durch.

»Na, Gott sei Dank«, entfuhr es ihr, und erst sein empörtes Gesicht machte ihr klar, dass dieser Satz dafür, dass er gerade die Schwerstarbeit geleistet hatte, nicht sonderlich höflich war.

»Entschuldige. So war das nicht gemeint. War nur nicht gerade das einfachste Bild auf unserer Liste.«

»Stimmt. Dafür wird das, was jetzt kommt, umso leichter. Du posierst, ich knipse.«

Vanessa schluckte. Großartig. Sie war jemand, der vor einer Kamera grundsätzlich erst mal verkrampfte. Dass ausgerechnet er nun diese Kamera hielt, würde nicht gerade dazu beitragen, dass sie entspannt lächelte.

»Wir könnten auch für heute Schluss machen und einen Kaffee trinken. Du gibst mir deinen Foto-Tour-Plan, und ich klappere die Plätze einfach mit Grandma ab«, schlug sie vor.

Trevor blieb stehen, legte den Kopf schief und sah sie aus zusammengekniffenen Augen an.

»Schisshase«, sagte er, und Vanessa spürte, dass sie rot anlief. »Kommt nicht infrage. Wie soll ich denn sonst meine *best buddy*-Qualitäten unter Beweis stellen?« Er klappte den Selfiestick zusammen, schob ihn in den Rucksack und holte eine Kamera hervor.

»Die sieht aber teuer aus«, sagte Vanessa überrascht.

»War sie auch. Aber wenn du ein echter Reporter sein willst, kannst du nicht mit verwackelten Handybildern daherkommen. Abgesehen davon liebe ich es, zu fotografieren.«

Wie zum Beweis hielt er die Kamera vors Gesicht und drückte auf den Auslöser. Er lief ein Stück voraus, drehte sich dann um und fotografierte sie im Laufen. Anschließend tänzelte er um sie herum, die ganze Zeit hörte Vanessa die Kamera klicken.

»Hör auf«, bat sie und schob sich verlegen ihre Haare aus dem Gesicht.

»Da musst du jetzt durch, Nessie«, sagte er.

»Für dich immer noch Vanessa«, monierte sie sofort.

»Das entscheide ich. Du hast nämlich keine Ahnung. Zwischen Fotograf und Model muss sich Nähe entwickeln, klar? Sonst werden die Bilder eine einzige Katastrophe. Ein Spitzname schafft Vertrauen, ist also ein ganz guter Anfang. Jetzt entspann dich endlich. Erzähl mir was von dir.«

Vanessa dachte an Vigo. »Es gibt tatsächlich etwas, das ich dir noch sagen muss.«

Trevor gab ein Knurren von sich, das sie als »Dann los« interpretierte, und knipste weiter.

»Vigo kommt am 20., um Weihnachten mit uns zu feiern.«

Jetzt endlich ließ Trevor die Kamera sinken. »Großartig. Familie Tremblay wäre also versammelt. Und wohin verdrücke ich mich dann?« Die Ironie in seiner Stimme war kaum zu überhören. Verständlich, dass er keine Lust hatte, über die Feiertage auch noch Platz für ihren Bruder zu machen.

»Keine Sorge, er kann bei Grandma und ihrer Freundin schlafen, wenn dir das lieber ist.«

»Hm. Da muss ich drüber nachdenken. Was ist er denn für ein Typ? Ich meine, wenn er in Ordnung ist, könnten die Feiertage ganz witzig werden. Aber wenn er ein Idiot ist, will ich ihn nicht in meiner Bude haben.«

Vanessa blieb abrupt stehen und starrte Trevor an. »Wie bitte?«, fragte sie lauter, als sie beabsichtigt hatte. Ihr Herz raste, und als sie sah, dass Trevor hinter seiner Kamera amüsiert seine Augenbraue hochzog und grinste, platzte ihr der Kragen.

»Mein Bruder ist kein Idiot! Ich kenne keinen Kerl in seinem Alter«, sie sah Trevor fest an und beschloss, noch deutlicher zu werden, »und ich meine, keinen einzigen, der weniger Idiot ist als mein Bruder.«

Trevors Kamera klickte ununterbrochen, und in diesem Moment ging Vanessa auf, was er gerade getan hatte. Er hatte sie provoziert, um Emotionen einzufangen, und sie war darauf angesprungen. Und dann passierte etwas, auf das Trevor vermutlich gehofft hatte: Ohne dass sie es wirklich wollte, begann Vanessa von ihrem Bruder zu erzählen. Es war ihr gleichgültig, dass sie damit Privates preisgab, denn auf keinen Fall wollte sie, dass Trevor ihren Bruder für einen Idioten hielt.

»Das, was für dich möglicherweise deine Kamera ist«, redete sie drauflos, »ist für Vigo der Bleistift. Er ist ein großartiger Comiczeichner. Hat er von unserem Dad.«

Vanessa machte eine kurze Pause und fuhr dann fort: »Ich erinnere mich daran, dass ich, als wir ungefähr vier und sieben waren, mit meiner Mutter Weihnachtsplätzchen gebacken hatte. In all dem Chaos kamen Dad und Vigo mit Papier und Bleistift zu uns in die Küche.«

Trevors Kamera klickte ununterbrochen, doch sie blendete diese Tatsache einfach aus.

»Während sich meine Mutter noch beschwerte, weil die zwei Spinner ihre Blätter auf den Tisch legten, der voller Mehl und Teig war, begannen sie schon zu zeichnen.«

»Weißt du noch, was auf den Bildern drauf war?«, fragte Trevor, trat einen Schritt auf Vanessa zu und schob ihr wie selbstverständlich eine Haarsträhne aus dem Gesicht. Ihre Blicke trafen sich, und das warme Funkeln in seinen Augen brachte Vanessa völlig durcheinander. Ihr Herz raste, und nach ein paar Augenblicken Stille bemerkte sie, dass sie seine Frage vollkommen vergessen hatte.

»Äh, was?«

»Die Zeichnungen«, antwortete Trevor schmunzelnd. »Was war drauf?«

»Dad hatte sich für eine weihnachtliche Schneelandschaft entschieden, glaube ich. So genau weiß ich das gar nicht mehr. Aber Vigos Zeichnung habe ich noch im Kopf, als läge sie direkt vor mir. Er hat unsere Mutter gezeichnet. Mit Schürze und Mehl im Gesicht. Sie war über den Küchentisch gebeugt und stach Plätzchen aus.«

»Er war erst sieben, und du hast deine Mutter auf der

Zeichnung erkannt?«, hörte sie Trevor fragen, während er wieder und wieder auf den Auslöser drückte.

»Ja. Ich meine, die Proportionen waren noch nicht perfekt. Das musste er natürlich auch lange üben. Aber es war ganz klar meine Mutter. Später ist er irgendwann aufs Comiczeichnen umgestiegen.«

»Schade. Doofes Timing.«

»Was meinst du?«, fragte Vanessa.

»Es gab hier gerade eine Ausschreibung für Comiczeichner. Christian, ein Freund meines Vaters, ist in der Filmbranche, und die suchen verzweifelt nach einer ganz neuen Idee. Irgendwas, das es noch nicht gab und mit dem sie sich von all den schon existierenden Geschichten abheben können.«

Vanessa wollte gerade nachhaken, denn das wäre genau die Art von Chance, die ihr Bruder bräuchte. Doch Trevor fuhr fort: »Einsendeschluss war blöderweise Ende November.«

Wäre auch zu schön gewesen, dachte Vanessa und schluckte die Fragen herunter, die ihr auf der Zunge gelegen hatten.

»Und warum nennt er dich Käfer?«, fragte Trevor völlig unvermittelt. Seine Augen waren von der Kamera verdeckt, doch Vanessa war sich sicher, dass sich in ihnen der Schalk spiegelte. Er hatte es also nicht vergessen oder aus Rücksicht nicht weiter nachgefragt. Er hatte nur auf den richtigen Moment gewartet. Vanessa rieb sich mit der flachen Hand über die Stirn. Einen Moment lang überlegte sie, ob sie sich

Trevor gegenüber öffnen wollte. Andererseits: Warum nicht? Vigo kam in wenigen Tagen, und die Wahrscheinlichkeit, dass die Jungs sich kennenlernten, mochten und irgendwann auch dieser Spitzname zur Sprache kam, war durchaus gegeben. Da konnte sie ebenso gut gleich ehrlich zu ihm sein.

»Nach dem Unfall unserer Eltern lag ich tagelang nur auf dem Bett, habe nicht gegessen, nicht gesprochen und bin auch nicht aufgestanden.«

Trevor ließ die Kamera sinken und sah Vanessa aufmerksam an.

»Vigo sagte, ich könnte ewig auf dem Rücken liegen, er würde mich immer aufrichten, so wie man einen Käfer umdrehen muss, der auf dem Rücken liegt und nicht mehr alleine auf die Füße kommt.«

Die Kamera klickte wieder. »Und hat er?«, fragte Trevor.

»Ja. Erst wortwörtlich, denn an diesem Tag hat er mich so lange aus dem Bett geholt, bis ich endlich aufstand. Danach im übertragenen Sinn. Er hat mich nie allein gelassen, egal, wie beschissen es ihm selbst ging. Und er hat harte Zeiten durchgemacht, vor allem, als er in die Pubertät kam. Gefeiert, gesoffen, gekifft und sicher noch einiges mehr, von dem ich nichts weiß. Er war dabei, so richtig schlimm abzustürzen. Dann kam Malou, und es wurde ein bisschen besser. Natürlich nicht sofort – erst flog er noch von der Schule.«

Trevor nahm die Kamera beiseite und lächelte über das ganze Gesicht.

»Was?«, fragte Vanessa verdutzt.

»Ich gewähre ihm Asyl. Er darf bleiben«, sagte er, und Vanessa hatte plötzlich einen riesigen Kloß im Hals.

»Wir sind da.« Trevor deutete mit dem Kopf nach links.

Vanessa hatte gar nicht bemerkt, dass sie inzwischen das Trinity College erreicht hatten. Durch einen Torbogen traten sie in den Innenhof, und Vanessa verschlug es die Sprache.

Schweigend sah sie sich um. Altehrwürdige Gebäude standen um eine akkurat getrimmte Rasenfläche, die von ebenso akkurat angelegten Kieswegen durchbrochen war. Würden nicht staunende Touristen mit ihren Handykameras durch den Innenhof schlendern, hätte Vanessa glatt das Gefühl, in ein anderes Jahrtausend katapultiert worden zu sein.

»Das ist unglaublich«, flüsterte sie. »Und hier wird wirklich noch studiert? Sieht aus wie eine Museumsanlage, in der nur geschaut, aber nichts berührt werden darf.«

»Das ist hier bei den meisten Universitätsgebäuden so«, antwortete Trevor.

In diesem Augenblick fiel Vanessa ein, dass sie für sich und ihr privates Album Fotos machen sollte. Doch als sie ihr Handy hervorholte, griff Trevor nach ihrem Arm.

»Lass, ich mach das«, sagte er.

Er lief hin und her und machte Fotos. Sie klickte sich durch die Bilder ihrer Eltern, die sie auf dem Handy gespeichert hatte, und zeigte dann auf den gemauerten Pavillon, der mitten auf der Rasenfläche stand. »Da müssen wir das nächste Bild machen«, sagte sie, lief die drei Stufen hinauf in das überdachte Rondell und beugte sich von innen über die hüfthohe Mauer.

»Du musst dich seitlich draufsetzen«, rief Trevor, der die Bilder ihrer Eltern offenbar wirklich gründlich studiert hatte. Vanessa schwang ihr rechtes Bein über die Mauer und lehnte sich dann mit dem Rücken an eine der Säulen.

Sie genoss die unwirkliche Atmosphäre dieses Innenhofes und dachte darüber nach, wie sie sich hier als Studentin wohl fühlen würde. Solange sie denken konnte, hatte sie in Winnipeg studieren wollen. Der Zauber dieser Umgebung ließ sie zum ersten Mal darüber nachdenken, ob nicht auch ein Ort wie dieser hier infrage käme – wenn schon nicht für ein ganzes Studium, dann vielleicht wenigstens für ein oder zwei Semester.

Anerkennende Pfiffe und lautes Lachen rissen Vanessa aus ihren Gedanken. Drei Studenten liefen am Pavillon vorbei, und sie alle waren ganz offensichtlich in Flirtlaune. Sie kamen zu ihr in den Pavillon und sprachen sie ohne jede Scheu an. Einer von ihnen, ein gut aussehender Rotschopf, erkannte nach wenigen Sätzen, dass sie keine Engländerin sein konnte.

»Woher kommst du?«, wollte er wissen und setzte sich Vanessa gegenüber auf die Mauer.

»Winnipeg.«

Anspannung machte sich in Vanessa breit. Der Nachmittag mit Trevor war bis zu dieser Sekunde wunderschön gewesen. Dass der Rotschopf sie nun so offensiv anflirtete, war zwar schmeichelhaft, gleichzeitig machte es sie verlegen.

»Bist du länger hier?«, fragte der Rothaarige weiter.

»Urlaub über den Jahreswechsel«, gab sie einsilbig zurück und sah zu Trevor. Er hatte die Kamera eingepackt und ließ Vanessa nicht aus den Augen.

Der Rotschopf rollte mit den Augen und begann zu schnurren. »Jungs, ich wusste es immer! Wenn wir schöne Frauen finden wollen, müssen wir raus aus unserem staubigen Cambridge.«

Noch bevor Vanessa etwas erwidern konnte, stand plötzlich Trevor neben ihr. Sein Gesicht wirkte angespannt, und das Lächeln, das bis eben noch seine Lippen umspielt hatte, war verschwunden. Wie selbstverständlich griff er nach Vanessas Taille, hob sie von der Mauer und stellte sich zwischen sie und den Rotschopf.

»Ich fürchte, ihr müsst weitersuchen. Sie ist tabu für euch«, knurrte Trevor und zog Vanessa dicht an seine Seite.

Der Rotschopf hob besänftigend seine Hände und lachte. »Glückspilz«, sagte er und deutete mit einer leichten Kopfbewegung gegenüber seinen Jungs an, dass sie besser verschwinden sollten.

»Du kannst mich wieder loslassen«, sagte Vanessa.

»Noch nicht«, antwortete Trevor und starrte den drei Jungs angestrengt hinterher. Sie liefen in Richtung des Torbogens, durch den Vanessa und er zuvor das Gelände betreten hatten. Der Rotschopf drehte sich immer wieder zu ihnen um, und als Vanessa begriff, dass Trevor sie erst loslassen würde, wenn die drei ganz verschwunden waren, beschloss sie, die Gelegenheit zu nutzen.

»So nimmt der uns nicht ab, dass wir zusammengehören«,

murmelte sie, packte Trevor am Shirt, drehte ihn zu sich und schlang ihre Arme um seinen Hals. Sie spürte, dass er sich versteifte und den Kopf ein Stück zurückzog. Vanessa ignorierte das, schmiegte ihre Wange gegen Trevors Brust und sah den drei Studenten aus dem Augenwinkel hinterher.

Als der Rotschopf sich kurz vor dem Ausgang ein letztes Mal nach Vanessa umdrehte, reagierte Trevor endlich. Er legte seine Arme um Vanessas Taille und zog sie so fest an sich, dass sie seinen Pulsschlag fühlen konnte. Sekundenlang standen sie eng umschlungen da, und niemand sagte ein Wort.

Vanessa roch sein Aftershave und spürte seinen warmen Atem in ihren Haaren. Sie war froh, dass sie eine Jacke trug, denn die Gänsehaut, die sich gerade über ihren Nacken und ihre Arme ausbreitete, hätte ohne Zweifel verraten, wie weit ihr Gefühlsleben von »Gute-Freunde-Sein« entfernt war.

Schließlich löste sie sich aus seiner Umarmung und sah ihn an. Mit der Rückseite ihrer Finger strich sie Trevor über die Wange.

»Danke mein Held. Wo wäre ich nur, wenn ich dich nicht hätte?«, fragte sie, und der ironische Unterton machte deutlich, dass diesmal sie diejenige war, die Trevor auf den Arm nahm.

Mit zusammengekniffenen Lippen und ohne auf ihre Bemerkung zu reagieren, stapfte Trevor voraus.

»Jetzt warte!«, rief sie, sprang die Stufen des Pavillons herunter und lief ihm hinterher. »Wohin als Nächstes?«

»Ich habe Hunger«, sagte er, ohne sie anzusehen.

Vanessa hatte nicht vor, sich von diesem kleinen Zwischenfall den Nachmittag verderben zu lassen, also ignorierte sie seine plötzliche Abwehrhaltung, hakte sich bei ihm unter und fragte: »Worauf hast du denn Lust?«

An seinem Grinsen erkannte sie, dass ihm schon wieder irgendeine rotzfreche Antwort auf den Lippen lag.

»Ich meine, was willst du essen?«, schob sie deswegen schnell hinterher.

»Wir gehen ins *The Ivy*«, entschied Trevor.

Vanessa hatte einen traditionellen Pub wie *The Punter* erwartet und war überrascht, denn während die Brasserie von außen mit ihrer dunkelgrünen Holzvertäfelung noch einen ganz urigen Eindruck machte, glich sie von innen eher einem amerikanischen Diner.

Die bunten Bodenfliesen wirkten kühl und bildeten einen ungewöhnlichen Kontrast zu den bequemen Ledersesseln und Sofas in Grün und Orange. Der Laden war gut gefüllt, doch direkt am Fenster saß eine ältere Dame, die Vanessa und Trevor freundlich zulächelte und ihnen zu verstehen gab, dass sie gleich zahlen würde.

»Glück gehabt«, kommentierte Trevor, nachdem sie Platz genommen hatten.

Vanessa entschied sich für ein Hühnchensandwich. Trevor, der offenbar kein Mittag gegessen hatte, bestellte sich den Ivy-Hamburger. Anschließend sah er sich im Restaurant um und verzog plötzlich das Gesicht.

»Das darf doch nicht wahr sein«, murmelte er und rückte seinen Sessel ein wenig zur Seite.

»Versteckst du dich vor jemandem?«, fragte Vanessa.

»Da drüben sitzen die drei Typen von vorhin. Wir hätten doch ein Stück weiter laufen sollen, um woanders zu essen.«

»Jetzt stell dich nicht so an«, gab sie zurück. »Du machst da mehr draus, als es war.«

Trevor murmelte etwas, das Vanessa nicht verstand, und lenkte dann vom Thema ab. »Wie geht's deiner Grandma?«

»Sehr gut«, antwortete sie und nippte an ihrer Coke. »Sie hat fantastisch geschlafen, und Georgina ist ein echter Sonnenschein, so auf den ersten Eindruck. Die beiden kennen sich offenbar schon sehr lange.«

Vanessa dachte an das Foto, das sie bei Georgina im Flur entdeckt hatte.

»Ich habe ein Bild gesehen, auf dem Grandma in ganz jungen Jahren zu sehen war, zusammen mit Georgina, ihrem Mann Isaac – und Edward.«

Trevors Neugier war geweckt. Er beugte sich über den Tisch und griff nach Vanessas Hand.

»Und weiter?«, fragte er, während Vanessa auf ihre Hand starrte, die nun in seiner lag.

Ihr Herz raste, und sie musste sich konzentrieren, um nicht zum zweiten Mal an diesem Tag zu vergessen, was er gefragt hatte.

»Dummerweise«, fand sie den Faden wieder, »scheint

Grandma einen Riecher dafür zu haben, wann sie auftauchen muss. Ich konnte ihre Freundin nicht weiter ausfragen.«

»Dann müssen wir sie besuchen, wenn deine Grandma nicht da ist.«

»So dachte ich mir das auch, ja. Wenn alles gut geht, trifft sie sich noch vor den Feiertagen mit Freunden aus ihrem alten Lacrosse-Team. Den Moment werde ich nutzen.«

»Du meinst *wir*!«

Vanessa schob den letzten Bissen ihres Sandwiches in den Mund und lehnte sich zurück. »Du willst mit?«, fragte sie mit noch halb vollem Mund.

Bevor Trevor antworten konnte, klingelte sein Handy. Er warf einen Blick auf das Display und verzog das Gesicht.

»Oh, bitte nicht«, murmelte er, nahm aber trotzdem ab.

»Was gibt's denn?«, fragte er. Anschließend beschränkten sich seine Antworten auf »Ja« und »Hm« und »Wenn du meinst«.

Vanessa nutzte die Gelegenheit und deutete an, dass sie zur Toilette müsste. Als sie kurz darauf zum Tisch zurücklaufen wollte, stellte sich ihr der Rotschopf in den Weg. Das *The Ivy* war zu voll, um ihm in diesem Moment noch ausweichen zu können.

»Noch mal hi«, sagte der junge Mann, bevor sie ihn darum bitten konnte, sie durchzulassen.

»Darf ich?«, fragte Vanessa und deutete zu ihrem Tisch. Trevor hielt noch immer sein Handy am Ohr, doch sein Blick ruhte auf ihr, und seine zusammengekniffenen Augen sprachen Bände.

»Ich habe euch beobachtet«, antwortete der Rothaarige, ohne auf ihre Frage einzugehen. »Für mich sieht es nicht danach aus, als wärt ihr ein Paar.«

Er wandte sich zu Trevor um und grinste dann überheblich. »Gut, er sieht gerade stocksauer aus. Aber selbst schuld, wenn er bei einer Frau wie dir keine klaren Verhältnisse schafft. Ich bin für klare Verhältnisse. Du bist der Wahnsinn. Ich würde dich zu gern näher kennenlernen. Hier.« Er griff in seine Jackentasche und zog eine Serviette heraus, auf die er schon zuvor seine Telefonnummer gekritzelt haben musste.

»Vielleicht hängt dir dieser schlecht gelaunte Kerl irgendwann zum Hals heraus, und du hast Lust auf einen fröhlichen Menschen. Dann ruf mich einfach an, Mädchen aus Winnipeg.«

Vanessa griff nach der Serviette, nickte kurz und ließ den Rotschopf wortlos stehen.

Zurück am Tisch, hatte Trevor das Telefon inzwischen wieder weggepackt, und seine Laune war im Keller. Obwohl er noch nicht aufgegessen hatte, legte er sein Besteck klirrend auf dem Teller ab und trank sein Glas in einem Zug leer.

»Alles in Ordnung?«, fragte Vanessa.

»Aber ja doch. Ich muss los. Tut mir leid, aber du musst allein nach Hause finden. Ich zahle an der Bar, du bist eingeladen«, fügte er hinzu und stand auf.

Vanessa blieb verdutzt am Tisch zurück. Sie verstand ganz und gar nicht, warum er es plötzlich so eilig hatte, dass er nicht einmal warten konnte, bis sie ausgetrunken hatte.

Wütend erhob sie sich, zerrte ihre Jacke von der Stuhllehne und lief zum Ausgang. Als sie die Tür erreicht hatte, kam Trevor plötzlich auf sie zugestürmt und warf sie fast um.

»Sag mal, spinnst du jetzt total?« Ihr Herz raste, diesmal allerdings vor Zorn.

Ohne zu antworten, griff Trevor nach ihrer Hand und zog Vanessa zu sich. Sie stemmte ihre Fäuste gegen seine Brust und versuchte, sich aus seiner Umarmung herauszuwinden, doch er hielt sie fest wie ein Schraubstock.

»Ich werde dich jetzt küssen.«

Vanessa lachte auf. »Sicher nicht«, gab sie zurück. »Was zum Teufel ist eigentlich los mit dir?«

Trevor starrte an ihr vorbei. Vanessa folgte seinem Blick und bemerkte, dass der Rotschopf sie abwartend ansah. Es schien fast so, als wäre irgendetwas zwischen ihm und Trevor passiert, von dem sie nichts mitbekommen hatte.

»Klärst du mich mal bitte auf?«

Trevor wandte sich wieder Vanessa zu, und sein Gesicht war plötzlich so nah an ihrem, dass sich ihre Nasenspitzen fast berührten.

»Schau über dich«, flüsterte er.

Vanessa tat, worum er sie gebeten hatte, und sah, dass sie genau unter einem Mistelzweig standen.

»Das ist ein Scherz!«, fauchte sie. »Erst lässt du mich einfach sitzen, und dann willst du mich küssen?«

»Ich muss, sonst macht er es«, antwortete Trevor und

deutete mit dem Kopf Richtung Rotschopf. »Er hat dich, seit du aufgestanden bist, keine Sekunde lang aus den Augen gelassen. Der hat nur darauf gewartet, bis du unter dem Mistelzweig stehst.«

»Du glaubst doch wohl nicht, dass ich …«

Weiter kam sie nicht. Trevor nahm ihr Gesicht in beide Hände und strich vorsichtig mit der Daumenspitze über ihre Lippen.

»Halt die Klappe, Vanessa«, sagte er leise.

Seine Lippen kamen näher, und Vanessa hatte das Gefühl, als würden ihre Knie gleich wegsacken. Seit sie ihn das erste Mal im Flur seiner Wohnung gesehen hatte, sehnte sie sich danach, ihn zu küssen. Doch jetzt, wo es endlich so weit war, wollte sie diesen Kuss nicht mehr. Nicht so, und vor allem nicht nur, weil er sie keinem anderen gönnte.

Mit aller Kraft schubste sie Trevor von sich weg. Er hatte offenbar damit gerechnet, dass sie Wachs in seinen Händen sein würde. Ihre heftige Abwehrreaktion überrumpelte ihn, und er ließ sie tatsächlich los.

»Du Idiot!«, zischte sie und ließ ihn stehen. Sie rannte aus dem Restaurant, ohne sich noch einmal umzusehen, und als direkt vor ihr ein Bus hielt, stieg sie ohne zu zögern ein. Sie wusste nicht, wohin der Bus fahren würde, doch das war auch nicht wichtig. Eine einzige Haltestelle reichte, um Abstand zwischen sie und Trevor zu bringen.

Kapitel 9

Katrina, 6. September 1967

Katrinas Maman hatte die ersten Tage damit zugebracht, die Hotelsuite in ein – wie sie es ausdrückte – halbwegs gemütliches Zuhause zu verwandeln. Dafür hatte sie jede Menge Familienfotos aufgestellt, Möbel verrückt und zwei von ihren gruseligen Porzellanpuppen auf der Rückenlehne des Sofas drapiert. Den Schallplattenspieler aus dem elterlichen Schlafzimmer drückte sie Katrina mit den Worten in die Hand, dass sie dafür sicher mehr Verwendung hätte.

Katrina hatte in der Zwischenzeit die Gegend erkundet und sich in der Hoffnung, Edward zu sehen, immer wieder auf den Hotelfluren herumgedrückt. Der gut aussehende Liftboy schien allerdings wie vom Erdboden verschluckt, und so entschied sie, dass es vielleicht doch an der Zeit war, sich eine sinnvolle Beschäftigung zu suchen.

Am vierten Tag nach ihrer Ankunft erklärte sie ihren Eltern beim Frühstück, dass sie sich auf die Suche nach einer Bibliothek machen würde, um sich mit Lesestoff zu versorgen.

Nachdem sie ihren Kaffee getrunken hatte, ging sie noch einmal in ihr Zimmer und zog sich um. Sie entschied sich für ein orange-gelb-rot geringeltes Minikleid, das ihr gerade so über den Po reichte. Ihre langen braunen Locken hielt sie mit einem breiten Haarband in Zaum. Katrinas Hand lag schon auf der Türklinke, als sie die Stimme ihrer Mutter vernahm.

»Du willst SO gehen?«

»Maman, es ist noch warm genug.«

»Als würde es mir um die Außentemperatur gehen!«, rief Katrinas Mutter empört, und diesmal erhielt sie Unterstützung durch ihren Mann.

»Es geht eher darum, dass der Designer dieses Fummels sein Handwerk nicht versteht. Ein Kleid ist Oberteil und Rock in einem. Der Dummkopf hat hier allerdings den Rock vergessen.«

Katrina gab einen schnaubenden Lacher von sich, drehte sich um und sah in die funkelnden Augen ihres Vaters. Er unterdrückte ein Grinsen, wohingegen die empörte Miene ihrer Mutter alles andere als gespielt war. Katrina wusste, dass ihr Vater anderen Frauen in Minis gern mal einen Blick hinterherwarf. Nur an seiner eigenen Tochter schien ihm die Mode nicht zu gefallen.

»Bis später«, rief sie ihren Eltern zu, ohne weiter auf deren Bemerkungen einzugehen.

Obwohl sie schon fast vermutete, dass Edward womöglich gar nicht mehr hier arbeitete, lief sie zum Lift, drückte den Knopf und wartete. Der Fahrstuhl kam von unten, und noch bevor sie ihn sah, hörte sie das leise Pfeifen. Edward war wieder da!

Fast lautlos glitt die Kabine nach oben, und Katrina wusste genau, dass er nur aus einem Grund starr geradeaus sah: Er genoss den Blick auf jeden einzelnen Zentimeter ihrer langen Beine. Erst als die Kabine zum Stehen kam, sah er ihr in die Augen. Sein Gesicht war ein einziges Strahlen, fast so, als hätte jemand eine Lampe angeknipst. Edward griff nach dem Fahrstuhlgitter, schien es sich dann jedoch anders zu überlegen.

»Bitte entschuldige mich einen winzigen Augenblick, Foxy Katrina. Ich kann einfach nicht anders«, bat er, schob das Gitter wieder vor und drückte auf einen Knopf.

Katrina stutzte. Als sie allerdings Edwards sehnsüchtiges Seufzen hörte, dessen Blick beim Hinunterfahren wieder an ihr herabglitt, brach sie in schallendes Gelächter aus. Dieser Kerl ließ sie allen Ernstes stehen, nur um sie ein weiteres Mal von oben bis unten zu betrachten.

»Beweg dich nicht vom Fleck«, rief er noch, bevor er im Dunkeln verschwand.

Wenige Augenblicke später hielt er wieder auf ihrer Etage, und diesmal ließ er sie einsteigen.

»Meine Schicht ist heute um vier zu Ende. Vielleicht kannst du es ja einrichten, bis dahin wiederzukommen und noch mal Fahrstuhl zu fahren. Nur für mich?«

Er sah sie aus flehenden Augen an und klimperte dann zweimal theatralisch mit den Wimpern. »Du hast mir den Tag versüßt, Kathy. Der 6. September '67 geht als der perfekte Tag im Leben des Edward Stringer in die Geschichte ein.«

Katrina schüttelte den Kopf. Es schien ihm völlig egal zu sein, dass er sein Innerstes vor ihr nach außen kehrte, und sosehr er sie mit der Fahrstuhlnummer auch zum Lachen gebracht hatte, sie wusste beim besten Willen nicht, wie ernst sie seine Flirterei nehmen sollte.

Er arbeitete in einem Hotel, in dem sie sicher nicht die einzige junge Frau war. Vermutlich gehörte es zu seinem Job dazu, mit den weiblichen Gästen zu flirten.

»Fahr doch noch ein bisschen hoch und runter«, schlug Katrina vor und legte ihren Kopf schief. »Es kommen sicher noch einige kurze Röcke.«

»Ganz bestimmt«, sagte Edward, und weil sie in der Lobby angekommen waren, öffnete er das Gitter. Doch bevor sie aussteigen konnte, hielt er ihre Hand fest und zwang sie so, ihn anzusehen. »Aber in den anderen Röcken steckt einfach nur irgendwer und nicht du!«

Katrina öffnete den Mund, doch ihr fiel einfach keine schlagfertige Antwort ein.

»Mach auf dem Rückweg einen Abstecher an der Rezeption vorbei. Ich hinterlege da was für dich. Ich hoffe, wir sehen uns bald wieder, Kathy«, flüsterte er, und der sehnsüchtige und gleichzeitig gierige Ausdruck, der dabei in seinem Blick lag, ließ keinen Zweifel daran, dass ihm dieser Wunsch ernst war.

In diesem Moment war Katrina froh, dass sie sich für flache Ballerinas und gegen ihre Plateauschuhe entschieden hatte, denn ihre Knie waren plötzlich weich wie Pudding.

Der Weg durch die Lobby bis zur Drehtür war lang und sie sich sicher, dass er ihr die ganze Zeit über nachsah. So lief sie wenigstens nicht Gefahr, umzuknicken oder vor Nervosität über ihre eigenen Füße zu stolpern.

Katrina schaffte es erst gegen fünf Uhr zurück ins *Royal Inn,* und obwohl sie wusste, dass sie Edward nun nicht mehr antreffen würde, war sie bester Laune.

Sie hatte nicht nur Lektüre großer englischer Dichter wie Coleridge, Wordsworth und Keats im Gepäck, sondern auch eine Informationsbroschüre, die sie noch einmal genau lesen wollte, sobald sie auf ihrem Zimmer war.

Vorher stand allerdings noch etwas ganz anderes an. Edward hatte gesagt, er würde etwas an der Rezeption für sie zurücklegen, und sie war gespannt darauf, ob er Wort gehalten hatte.

»Haben Sie eine Nachricht für Katrina Vallée?«

»Keine Nachricht, aber das hier.«

Die Dame an der Rezeption griff hinter sich in eine Schublade und holte etwas hervor, das Katrina trotz des Papiers, in das es eingeschlagen war, als Schallplatte erkannte. Sie bedankte sich, nahm die Treppe auf dem Weg zu ihrem Zimmer, öffnete dort das Päckchen und sah, dass sie mit ihrer Vermutung richtiggelegen hatte.

Edward hatte ihr *Are you experienced,* das Debütalbum von Jimi Hendrix, geschenkt. Ein kleiner Zettel lag ebenfalls bei: *Für Foxy Lady Katrina.*

Sie drehte die Platte um, und als sie die Songtitel las, wurde ihr klar, worauf Edwards Spitzname für sie anspielte: Es war der Titel eines Songs.

Noch bevor Katrina die Platte auflegen und das Lied anhören konnte, klopfte es, und Papa öffnete die Zimmertür.

»Warst du erfolgreich?«, fragte er und deutete auf die Bücher, die auf ihrem Bett lagen.

Katrina nickte und legte die Platte beiseite. Sie würde sich später – nicht im Beisein ihres Papas, der nun in der Tür stand – die Zeit nehmen, um *Foxy Lady* in Ruhe anzuhören.

Der Blick ihres Vaters fiel auf die Platte, er kam in ihr Zimmer und griff danach.

»Du hörst Jimi Hendrix?«, fragte er überrascht.

Katrina zögerte mit ihrer Antwort. Sie konnte ihrem Papa schlecht erzählen, dass die Platte ein Geschenk von Edward, dem Liftboy war, der sie *Foxy Lady Katrina* nannte.

»Einige Titel gefallen mir. Ich wollte mal reinhören«, gab sie vage zurück.

Leonard Vallée lächelte und nickte dann zufrieden, als würde er ihren Musikgeschmack gutheißen.

»Ich muss mit Maman und dir reden«, lenkte Katrina vom Thema ab, stand auf und ging mit ihm zusammen ins Wohnzimmer.

Nachdem die Bibliothekarin bemerkt hatte, auf welche Art von Büchern es Katrina abgesehen hatte, hatte sie sie darauf hingewiesen, dass es in den kommenden Wochen einige

Veranstaltungen an der Universität geben würde, die sich mit mittelalterlicher und moderner Literatur befassten und das Ziel verfolgten, Unentschlossene darüber zu informieren, wie ein Studium ablaufen würde.

Katrina hatte die Informationsbroschüre nur überflogen, war aber schon jetzt hellauf begeistert von der Idee, die Zeit bis Weihnachten auf diese Weise füllen zu können. Einziger Wermutstropfen war die Tatsache, dass die Kurse nicht billig waren. Ohne das Geld ihrer Eltern hatte sie keine Chance, sich dort anzumelden.

»Jetzt erzähl schon! Wie war dein Tag, ma petite?«, wollte ihr Vater wissen.

»Großartig! Maman, Papa, ich habe einen Wunsch«, begann sie. »In der Bibliothek bin ich über etwas gestolpert. Es gibt an der Uni einen mehrwöchigen Kurs, den ich gern besuchen würde.«

Ihr Vater streckte die Hand aus, und Katrina reichte ihm die Broschüre. »Klingt gut«, kommentierte er und reichte das Papier an seine Frau weiter.

Katrinas Puls raste. Mit jeder Sekunde, die verstrich, wurde klarer, dass Maman ganz und gar nicht begeistert war. Ihre Miene verfinsterte sich, und als sie die Rückseite las, presste sie ihre Lippen fest aufeinander.

»Kommt nicht infrage«, sagte sie schließlich.

»Maman, bitte. So hätte ich bis Weihnachten etwas Sinnvolles zu tun. Außerdem weißt du genau, wie sehr ich mich für Literatur interessiere.«

»Und du weißt genau, dass ich davon noch nie etwas gehalten habe. Das ist rausgeworfenes Geld, und damit basta!«

Katrina atmete tief ein und wollte gerade lospoltern, doch der Gesichtsausdruck ihres Vaters hielt sie davon ab. Leonard Vallée schüttelte kaum merklich den Kopf und bedeutete ihr so, dass sie nicht anfangen sollte, mit ihrer Mutter zu streiten. Dann zwinkerte er seiner Tochter zu.

»Warum gehst du nicht noch ein Stück spazieren, ma petite? Deine Maman und ich besprechen das in Ruhe.«

Katrina lächelte ihrem Papa dankbar zu und lief zurück zur Tür. Im Hinausgehen hörte sie die schrille Stimme ihrer Mutter. »Ich wüsste nicht, was es da zu besprechen gibt, Leonard!«

»So einiges, Sandrine. Ich habe mir das lange genug mitangehört. Wir leben nicht mehr in den Vierzigern, und du solltest dich damit abfinden, dass unsere Tochter selbst entscheiden will …«

Katrina zog leise die Tür hinter sich zu und atmete durch. Papa hatte sich also endlich dazu durchgerungen, sich auf ihre Seite zu schlagen, eine Tatsache, die er nun seiner konservativen Frau beibringen musste.

Katrina wusste, dass sie den Kampf gewonnen hatte, denn sosehr Maman auch gegen ihre Studienwünsche war – am Ende würde sie sich nicht gegen das Wort ihres Mannes stellen, denn das verbot ihr die eigene Engstirnigkeit.

Statt hinaus und um den Block zu laufen, nahm Katrina die Treppe nach oben. Sie wollte sich für die nächste halbe

Stunde aufs Hoteldach verziehen und dort Aussicht und Ruhe genießen.

Als sie die Tür zum Dach öffnete, stieg ihr ein süßlicher Geruch in die Nase. Offenbar war sie nicht allein hier oben, und wer immer sich hierher verzogen hatte, rauchte, dem Geruch nach zu urteilen, gerade eine Tüte.

»Hallo?«

»Oh, hallo«, antwortete eine weibliche Stimme.

Katrina sah sich um und entdeckte ein Mädchen mit blondem Bubikopf, das gerade wild vor seinem Gesicht herumwedelte, um den Grasgeruch zu vertreiben.

»Lass dich nicht stören, ich wollte nur ein bisschen die Aussicht genießen«, erklärte Katrina. Sie sah auf die Hand des Mädchens, die noch immer den Joint hielt, und grinste.

Offenbar reichte das dem Mädchen, um Vertrauen zu fassen.

»Ich hoffe, du verpfeifst mich nicht. Aber meine Schicht ist vorbei, und ich komme anschließend gern hier herauf, um zu entspannen. Willst du 'nen Zug?«

»Nein«, lehnte Katrina ab. »Ich wohne mit meinen Eltern hier. Meine hysterische Maman würde das sofort riechen.«

»Maman? Bist du Französin?«

»Kanadierin. Aber meine Eltern sind französischstämmig.«

»Ich bin Georgina. Ich arbeite hier als Hausmädchen. Noch ein Jahr, dann habe ich hoffentlich genug Kohle, um endlich mit meinem Studium beginnen zu können.«

»Katrina. Freut mich.«

»Und was machst du hier, Katrina?«

»Papa hat eine einjährige Gastprofessur am Pembroke College angenommen. Als Geologieprofessor. Ich musste mich hierher verdrücken, denn im Moment diskutieren meine Eltern gerade darüber, ob ich Literaturkurse belegen darf, während wir hier sind.«

»Lass mich raten: Dein Papa unterrichtet zwar Studenten und gibt sich aufgeschlossen, seine Tochter soll aber lieber einen reichen Kerl heiraten und zu Hause bleiben.«

»Nicht Papa. Maman ist die Altmodische bei uns.«

»Woher kennst du diesen Ort denn überhaupt?«, fragte Georgina weiter.

»Den hat mir …«, Katrina zögerte, »jemand gezeigt.«

Georgina, die noch immer auf dem Boden saß, blinzelte gegen die Sonne zu ihr hoch und stand dann auf. »Warte mal. Na klar! Dass ich da nicht gleich drauf gekommen bin! Du bist Eddies Foxy Lady.«

Katrina sah das Mädchen mit dem Bubikopf überrascht an und lachte auf. »Äh. Nein. Ich bin niemandes Lady.«

»Ja, ja. So war das nicht gemeint. Aber Eddie quasselt seit Tagen nur noch von dir und geht mir damit tierisch auf die Nerven, wenn ich ehrlich sein soll. Aber …«, Georgina sah an ihr herunter und wieder herauf, »wenn ich dich so ansehe, verstehe ich ihn natürlich. Wenn alle Mädchen in Kanada so aussehen wie du, werde ich niemals mit meinem Freund dorthin reisen. Da wäre ich ja schön blöd, richtig?«

Katrina hatte keine Ahnung, was sie darauf antworten sollte, und gab lediglich ein leises »Danke« von sich.

»Sag mal, kennst du hier schon irgendwen? Heute ist Freitag. Wenn du magst, hole ich dich später ab, und wir ziehen ein bisschen durch die Pubs.«

»Klingt gut. Sagen wir, gegen acht in der Lobby?«, freute sich Katrina.

So langsam gefiel ihr der Ort, an den es sie für die nächsten Monate verschlagen hatte. Ein gut aussehender Verehrer, ein Einstiegskurs in Literaturwissenschaften und nun auch noch Georgina, die wirklich nett zu sein schien. Es sah ganz danach aus, als hätte sie ein fantastisches Jahr vor sich.

Kapitel 10

Vanessa, Montag, 18. Dezember, Gegenwart

Am nächsten Morgen erwachte Vanessa durch das Zuschlagen der Wohnungstür. Eigentlich hatte sie sich vorgenommen, früh aufzustehen und entweder bei Grandma oder im Pub zu frühstücken. Hauptsache, weit weg von Trevor.

Ihre Handyuhr zeigte allerdings inzwischen kurz nach zehn, was bedeutete, dass Grandma längst gefrühstückt hatte. Und da Trevor anscheinend gerade gegangen war, gab es fürs Erste keinen Grund mehr, davonzulaufen.

Sie duschte ausgiebig, schlüpfte in Jogginghose und Lieblingspulli, ein grauer, viel zu großer Strickpullover, der eigentlich Vigo gehörte, und ging in die Küche.

Überrascht blieb sie im Türrahmen stehen, denn der Tisch war gedeckt, und es roch nach Kaffee. Ihr kam der Gedanke, dass Trevor vielleicht nur in Eile gewesen war und keine Zeit gehabt hatte, sein Geschirr abzuräumen. Allerdings wusste sie seit gestern, dass er keinen Kaffee trank, sondern Tee, und auch die Müslischale und das unbenutzte Geschirr sprachen eher dafür, dass er ihr tatsächlich Frühstück gemacht hatte.

Die schlechte Laune, mit der sie erwacht war, verschwand augenblicklich. Sie goss sich Kaffee ein, gab einen Schuss

Milch dazu und setzte sich. Als sie nach der Müslischale greifen wollte, bemerkte sie, dass ein Umschlag darunterlag, der nicht beschriftet, aber offensichtlich für sie war.

Es gab eigentlich nur zwei Dinge, die ihr nun bevorstehen konnten: Entweder, das Frühstück war – zusammen mit dem Brief – eine Entschuldigung für sein gestriges Verhalten im *The Ivy*, oder es war ein höflicher Abschiedsgruß und ein letztes Frühstück, bevor er sie darum bat, seine Wohnung zu verlassen. Schon die ersten Zeilen ließen Vanessa aufatmen:

Ich war ein Idiot. Bitte entschuldige.
Ich mach's wieder gut, wenn du mich lässt.
Morgen, zwei Uhr, nach meiner Schicht im The Punter.
T.

Vanessa faltete den Brief zusammen und schob ihn wieder in den Umschlag. Trevor war offenbar kein Mann großer Worte, zumindest nicht in so einem Fall, doch sie war erleichtert.

Er hatte nicht erwähnt, was genau er vorhatte und ob sie sich heute noch sehen würden, also beschloss sie, ihren Tag zu verplanen. Sie rief ihre Grandma an und verabredete sich mit ihr zum Stadtbummel.

Nachdem sie sich am Wochenende immer nur stundenweise gesehen hatten, tat ihnen die gemeinsame Zeit gut.

»Wir sollten noch nach einem Geschenk für Vigo Ausschau halten«, schlug Katrina vor. »Ich wusste ja nicht, dass er herfliegt. Sein Geschenk liegt also zu Hause, und ich kann ihn schlecht bitten, es aus dem Schrank zu holen und mitzubringen.«

Vanessa lachte. »Würde er vermutlich auch nicht schaffen. Er würde den Klebestreifen fein säuberlich abpopeln, es so vorsichtig wie möglich auspacken, hinterher wieder einpacken und so tun, als wüsste er von nichts.«

»Da könntest du recht haben«, stimmte Grandma Katrina zu. »Ich habe Jahre gebraucht, bevor ich ein Versteck fand, das er nicht schon Wochen vor Weihnachten entdeckt hatte.«

»Hast du bemerkt, dass er wieder zeichnet?«

Katrina zog erstaunt ihre Augenbrauen hoch. »Wirklich? Das ist ja großartig. Was Bestimmtes?«

Vanessa zögerte mit ihrer Antwort. Beim letzten Mal, als sie zu vorlaut gewesen war, hatte Vigo ziemlich sauer reagiert. Sie zuckte mit den Schultern und griff zu einer kleinen Notlüge. »Ich habe nur Papier und Stifte auf seinem Schreibtisch liegen sehen. Sah aber nach was Größerem aus, wenn du mich fragst.«

»Damit hätten wir doch das perfekte Weihnachtsgeschenk für ihn«, sagte Grandma. »Kohlestifte, Papier, vielleicht ein paar Farbstifte dazu. Was meinst du?«

»Gute Idee«, gab Vanessa zurück. Sie holte ihr Handy aus der Tasche und suchte nach einem Geschäft, das Künstlerbedarf führte, und nach einer wärmenden Tasse Tee und einem kleinen Imbiss stürzten sie sich ins vorweihnachtliche Einkaufschaos.

Der Nachmittag verging wie im Flug, und es war bereits kurz nach sieben, als sie sich auf den Heimweg machten.

»Essen bei uns?«, fragte Grandma. »Georgina macht Pizza.«

»Klingt großartig«, antwortete Vanessa.

Gemeinsam stiegen sie in ein Taxi und saßen kurze Zeit darauf gemütlich bei Georgina am Esstisch.

Der Abend war unterhaltsam und lustig. Vanessa traf zum ersten Mal auf Isaac, den Ehemann von Georgina, der ein bisschen aussah wie ein in die Jahre gekommener Hippie. Seine Haare waren zwar nicht mehr lang, es waren einfach zu wenige übrig, doch dafür schmückte ein üppiger Bart sein Gesicht. Anders als bei all den hypermodernen Männern mit tiefschwarzem, perfekt in Szene gesetztem Vollbart erinnerte sein Haarwuchs eher an Rosensträucher, die eigentlich vor Dornröschens Schloss gehörten.

Isaac und Georgina erzählten lachend Geschichten von alten Professoren, die sie gemeinsam überstanden hatten, von Rockkonzerten in London oder Demos, die sie Ende der Sechzigerjahre miterlebt hatten.

Vanessa bemerkte gar nicht, wie die Zeit verging, und als sie das erste Mal wieder auf die Uhr blickte, war es weit nach Mitternacht. »Ach du Scheiße«, fluchte sie und entschuldigte sich sofort darauf für ihre Wortwahl.

Georgina lachte. »Kein Grund für Entschuldigungen. In unserem Haus darf geflucht und gerülpst werden. Mach dir keinen Kopf, Nessie.«

»Meine Georgie hat noch ganz andere Töne drauf«, lachte Isaac und tätschelte seiner Frau liebevoll die Wange. »Aber du hast recht. Zeit fürs Bett. Ich hole dir eins meiner Shirts, und dann ziehe ich dir das Sofa aus. Du schläfst heute Nacht bei uns.«

Vanessa grübelte einen kurzen Moment und entschied dann, dass das eine gute Idee war. Trevor und sie waren ohnehin erst für den morgigen Nachmittag verabredet.

»In Ordnung«, sagte sie.

»Vielleicht schreibst du Trevor noch kurz, damit er sich keine Sorgen macht.«

»Grandma«, sagte Vanessa und verdrehte die Augen. »Ich muss ihn doch nicht lückenlos darüber aufklären, wo ich mich herumtreibe.«

Katrina hob beschwichtigend die Hände. »Schon gut. Ich halte mich raus.«

»Wie sehen denn deine Pläne für morgen aus?«, fragte Katrina und verzog dabei ihr Gesicht, als hätte sie noch etwas auf dem Herzen.

»Alles in Ordnung?«

»Ja, aber ich fürchte, ich habe morgen keine Zeit für dich, Nessie. Ich wollte mich mit Alexandra aus meinem alten Lacrosse-Team treffen.«

»Passt wunderbar, denn ich bin ohnehin unterwegs. Dann sehen wir uns übermorgen«, antwortete Vanessa. »Ich schreibe dir, sobald ich weiß, wann Vigos Bus aus Heathrow eintrifft. Dann können wir ihn gemeinsam vom Busbahnhof abholen.«

»Und es macht dir bestimmt nichts aus?«, fragte Katrina.

»Nein, im Gegenteil. Trevor hat irgendwas geplant.«

Katrina schmunzelte plötzlich wissend und ließ ein leises »So, so« hören.

»Gar nichts so, so«, kommentierte Vanessa. »Es hat sicher etwas mit den Bildern für mein Blog zu tun.«

»Natürlich. Alles nur Arbeit.«

Vanessa rammte ihrer Grandma liebevoll den Ellenbogen in die Seite. »Hör auf damit.«

»Schon gut«, sagte Katrina, wünschte ihrer Enkelin eine gute Nacht und verzog sich in ihr Zimmer.

Während Isaac noch das Sofa im Wohnzimmer auszog, brachte Georgina Laken, Kissen und eine Bettdecke und drückte Vanessa sogar eine noch verpackte Zahnbürste in die Hand. »Sieh mal, was ich in unserem Badschränkchen gefunden habe.«

»Du bist ja bestens ausgestattet.«

»Ja, ich habe eben gern Gäste. Fühl dich wie zu Hause. Wenn du noch was brauchst, bediene dich einfach.«

»Danke. Gute Nacht.«

Am Morgen des 19. Dezember erwachte Vanessa durch leises Geschirrklappern. Schnell zog sie sich an und lief ins Esszimmer, aus dem die Geräusche kamen. Georgina saß im Morgenmantel vor einem üppig gedeckten Frühstückstisch und las Zeitung.

»Guten Morgen.«

»Ausgeschlafen, Nessie?«

»Hm.«

»Wir sind allein heute Morgen. Isaac muss ein letztes Mal vor den Feiertagen ins Büro, und Katrina ist schon unterwegs. Tee oder Kaffee?«

»Kaffee bitte.«

»Weise Entscheidung. Ich bin mit Leib und Seele britisch, aber diesen ganzen Teequatsch verstehe ich beim besten Willen nicht«, lachte sie. »Die Orangenmarmelade habe ich übrigens selbst gemacht.«

Vanessa hätte lieber Müsli gegessen, doch da Georgina sie so abwartend ansah, griff sie zu Toast und Marmelade.

»Sehr lecker«, stellte sie fest.

Georgina nickte zufrieden und nahm das Thema zum Anlass, über verschiedene Marmeladenrezepte zu referieren. Vanessa hörte nur mit halbem Ohr zu und überlegte stattdessen, wie sie das Thema wohl am geschicktesten auf Edward Stringer lenken könnte.

»Na los, raus mit der Sprache«, sagte Georgina plötzlich und holte Vanessa zurück ins Hier und Jetzt. »Dir geht doch irgendwas durch den Kopf, und es sind sicher nicht meine Marmeladenrezepte.«

Vanessa spürte, dass sie rot anlief, und wollte sich gerade entschuldigen, doch Georgina winkte ab.

»Frag schon, was du fragen willst.«

»Es gibt tatsächlich etwas, worüber ich mit dir sprechen wollte. Deswegen bin ich ganz froh, dass wir heute Morgen allein sind.«

Vanessa machte eine kurze Pause und nahm einen Schluck aus ihrer Kaffeetasse. »Es sind eigentlich zwei Dinge, die irgendwie zusammengehören, denke ich. Als ich Grandma sagte, dass ich nach Cambridge wollte, ist sie sauer geworden. Ich meine – so richtig sauer. So kenne ich sie gar nicht. Sie hat mir auch bis heute nicht erklärt, was genau ihr Problem mit diesem Ort ist. Jedenfalls haben wir uns gestritten, und ich habe mich auf den Dachboden verzogen. Dort fand ich eine alte Postkarte an Grandma.«

Mit jedem Satz, den Vanessa sagte, wurde sie nervöser. Schließlich stand sie auf und lief im Esszimmer auf und ab. »Auf dieser Karte steht nicht besonders viel. Es geht auch eher darum, von wem die Karte ist.«

Georgina sagte kein Wort und wartete darauf, dass Vanessa weitersprach. »Die Karte ist von einem Edward Stringer.«

Georgina wirkte kein bisschen überrascht. »Verstehe«, sagte sie und erhob sich ebenfalls. »Hat deine Grandma dir jemals von ihrer Zeit hier in Cambridge erzählt?«

»Nein. Cambridge war meine Idee, weil die Hochzeitsreise meiner Eltern hierher ging. Dass Grandma in ihrer Jugend hier war, hatte sie vorher noch nie erwähnt. Ich meine, als sie dann sagte, wir könnten doch herfahren, erklärte sie, dass sie hier weniger Zeit für mich hätte, weil hier jede Menge Freunde von ihr leben würden.«

Georginas Gesicht war ein einziges Fragezeichen. Sie machte zwei Schritte auf Vanessa zu, griff nach ihren Händen und hielt sie fest. »Willst du mir damit sagen, dass Kathy nie von uns gesprochen hat?«

»Tut mir leid«, sagte Vanessa, denn die Enttäuschung in Georginas Stimme war kaum zu überhören. »Sie ist ohnehin ein verschlossener Mensch, wenn es um ihre Bekanntschaften oder Freunde geht.«

»Ich brauche eine Zigarette, Nessie. Zieh dir was drüber, wir gehen in den Garten.«

Vanessa nickte, zog sich Stiefel und Wintermantel an und folgte Georgina auf die Terrasse. Dicke graue Wolken hingen über den Dächern, und über Nacht war es empfindlich kalt geworden.

»Es schneit sicher bald«, murmelte Georgina mit Blick in den Himmel und schloss ihren Anorak sorgfältig. Dann fischte sie eine Zigarette aus einem Silberetui und inhalierte einige Male, bevor sie sich wieder Vanessa zuwandte.

»Ich kann dir nur sagen, was ich weiß. Sie kam '67 hier an und stieg mit ihren Eltern im *Royal Inn* ab, einem Hotel, in dem ich damals als Zimmermädchen arbeitete. Edward war ebenfalls dort angestellt, und deine Grandma und er haben sich Hals über Kopf ineinander verliebt.«

Georgina machte eine Pause und schlug fröstelnd den Kragen ihrer Jacke hoch. »Ich meine, die beiden waren nicht nur ein bisschen verknallt. Sie waren füreinander bestimmt, zumindest dachte ich das immer. Und dann ging plötzlich alles den Bach runter.«

»Was ist passiert?«, fragte Vanessa.

»Kurz vor Weihnachten hieß es plötzlich, ihre Eltern hätten beschlossen, die Feiertage in Winnipeg zu verbringen. Mann, war ich sauer. Ich hatte eine riesige Silvesterparty vorbereitet und wollte Kathy natürlich dabeihaben. Sie hat mich beruhigt, es wäre ja nur eine Woche, und nach Neujahr kämen sie zurück.«

Georgina schüttelte mit zusammengepressten Lippen den Kopf, die Fröhlichkeit war aus ihrem Gesicht gewichen. »Aber sie kam einfach nicht wieder.«

»Wie meinst du das?«

»Genau so, wie ich es sage. Sie reiste ab, wir dachten, nach Weihnachten wären sie wieder da, aber so war es nicht. Wir verstanden die Welt nicht mehr, hatten aber auch keine Möglichkeit, das irgendwie zu klären. Ich meine, Handys gab es damals noch nicht, selbst Telefone nicht in allen Haushalten. Edward war ein Wrack. Er schrieb Kathy Briefe und Karten. Die ersten schienen anzukommen, und er war sicher, Kathy würde ihm antworten. Aber das tat sie nicht. Es muss März '68 gewesen sein, als die ersten Briefe ungeöffnet zurückkamen.«

»Grandma hat sich nie wieder bei euch gemeldet?«

»Doch. Bei mir schon, aber erst Jahre später. Dass sie mich gefunden hat, war reines Glück. Sie kannte Isaacs Nachnamen, und da ich ihn geheiratet hatte, war es nicht allzu kompliziert, uns ausfindig zu machen.«

»Und Edward?«

»Ich würde dir gern mehr sagen, Nessie. Aber die Wahrheit ist, dass ich keine Ahnung habe, was aus Edward geworden ist. Nachdem klar war, dass Katrina nicht wiederauftauchen würde, verschwand auch er von der Bildfläche. Nicht ganz so mysteriös wie deine Großmutter – er hat sich immerhin verabschiedet und erklärt, dass er reisen wollte, um wieder einen klaren Kopf zu kriegen. Er hatte nicht nur Kathy, sondern ein halbes Jahr später auch seinen Großvater verloren. Das bisschen Geld, das er von ihm geerbt hatte, steckte er in seine Reisepläne, und weg war er.«

»Und du weißt nicht, ob er noch lebt und was aus ihm geworden ist?«

»Nein. Isaac und ich haben mehrfach versucht, ihn zu kontaktieren, glaub mir. Ich denke, er wollte nicht gefunden werden, weil die Trennung von deiner Grandma zu schmerzhaft für ihn war. Wären wir befreundet geblieben, hätten wir ihn immer nur an diese verrückte Zeit erinnert.«

Vanessa schüttelte den Kopf und lief unruhig auf und ab. Was Georgina da gerade über Katrina erzählt hatte, passte so ganz und gar nicht zu dem liebevollen Menschen, als den sie ihre Grandma erlebte. Wie konnte sie jemanden, in den sie offensichtlich sehr verliebt gewesen war, einfach so zurücklassen?

»Ich verstehe es nicht«, seufzte Vanessa. »Sie ist der warmherzigste Mensch, den ich kenne. Ich meine, eine Trennung ist schon schmerzhaft genug. Aber ohne ein einziges Wort der Erklärung? Was hat sie sich nur dabei gedacht?«

»Ich habe eine Vermutung – eigentlich mehr als das«, gab

Georgina zerknirscht zu. »Aber es wäre falsch, darüber zu reden. Wahrscheinlich war es schon falsch, dir überhaupt so viel zu erzählen. Andererseits habe ich auch Fehler gemacht, die ich heute bereue, da kommt es auf den einen mehr nicht weiter an.« Georgina drückte ihre Kippe aus, und sie gingen zurück ins Esszimmer.

Für einen Moment standen sie sich schweigend gegenüber. Dann ging plötzlich ein Ruck durch Georginas Körper. Sie kniff ihre Augen zusammen und atmete hörbar aus.

»Weißt du was? Scheiß drauf. Ich habe etwas für dich, das vielleicht einiges erklären könnte. Bin gleich wieder da.«

Vanessa setzte sich an den Esstisch und wartete. Es dauerte fast zehn Minuten, bis Georgina zurückkam. In der Hand hielt sie ein in Leder gebundenes Buch.

»Wie gesagt, ich war Zimmermädchen im Hotel *Royal Inn*«, erklärte sie. »Ironischerweise war ich diejenige, die nach der Abreise der Familie Vallée die Suite wieder auf Vordermann bringen musste. Dabei habe ich Katrinas Tagebuch unter der Matratze gefunden.«

Vanessa riss erstaunt die Augen auf. Das sagte Georgina ihr erst jetzt? Wenn sie Grandmas Tagebuch gefunden hatte, dann wusste sie mit Sicherheit mehr, als sie bis eben zugegeben hatte.

Georgina machte ein betretenes Gesicht, als würde sie ahnen, was Vanessa dachte. »Glaub mir, das ist etwas, das ich bis heute bereue! Ich dachte ja, sie kommt wieder, deswegen habe ich dieses dämliche Tagebuch aufbewahrt. Ungelesen –

ich wollte anständig sein. Aber als ich irgendwann begriff, dass Kathy nicht mehr zurückkommt, habe ich es nicht mehr ausgehalten und reingesehen. Ich wünschte, ich hätte auf Anstand und Benehmen gepfiffen und sofort meine Nase in ihre Angelegenheiten gesteckt.«

Vanessa begriff noch nicht, worauf Georgina hinauswollte, und sah sie fragend an.

»Ganz einfach, Nessie«, erklärte die weiter. »Hätte ich dieses dämliche Tagebuch gleich gelesen, wäre Edward noch nicht verschwunden gewesen, als ich es tat. Vielleicht wäre dann alles anders gekommen.«

Georgina strich gedankenverloren über den Einband des Buches und übergab es dann an Vanessa. »Vielleicht könntest du dich ein bisschen gedulden. Ich meine, lies es, aber heb dir die Aussprache mit deiner Grandma bis nach den Feiertagen auf. Wenn sie erfährt, dass ich ihr Tagebuch nicht nur habe, sondern es dir auch noch zum Lesen gegeben habe, sind wir vermutlich die längste Zeit Freundinnen gewesen.«

»Grandma weiß bis heute nicht, dass du es hast?«

Georgina schüttelte den Kopf und sah zu Boden. Es lag ihr ganz offensichtlich auf der Seele, dieses Geheimnis mit sich herumzutragen.

»Nein. Als sie sich wieder meldete, war sie verheiratet und hatte eine Familie gegründet. Außerdem ist es ein riesiger Vertrauensbruch, oder nicht? Ich habe das Tagebuch weggeschlossen, und als sie mir erklärte, dass sie nie wieder über Edward reden wollte, war ich erleichtert und habe ihren Wunsch respektiert.«

»Warum lässt jemand sein Tagebuch in einem Hotel zurück?«, überlegte Vanessa laut.

»Ich glaube nicht, dass Katrina eine große Wahl hatte, denn da stehen Dinge drin, die niemand erfahren sollte. Im Hotel zurückgelassen, weit weg von ihrer Heimat, konnte das Büchlein keinen Schaden anrichten, denn außer mir wusste niemand, wem es gehörte. Selbst wenn jemand Fremdes das Tagebuch gefunden und gelesen hätte, er hätte nichts mit der Geschichte darin anfangen können. Aber als ich mich endlich dazu durchgerungen hatte, es doch zu lesen, und mir klar wurde, was passiert war, war es zu spät, um noch irgendetwas in Ordnung zu bringen.«

Vanessa verstand zwar noch immer nicht, wovon Georgina eigentlich sprach, doch sie war sich sicher, dass sie die Antworten auf ihre Fragen in Händen hielt. Sie unterdrückte den Drang, das Tagebuch ihrer Grandma hier und jetzt aufzuschlagen.

Stattdessen meldete sich ihr Gewissen. Es war Katrinas Leben, in dem sie gerade wühlte. Welches Recht hatte sie dazu, in alten Wunden ihrer Grandma zu bohren, nur weil sie über eine alte Postkarte gestolpert war?

»Vielleicht lasse ich das lieber«, überlegte sie laut.

»Wie meinst du das?«, fragte Georgina überrascht.

»Es ist Grandmas Geschichte, oder nicht? Ich meine, findest du wirklich, ich sollte das lesen?«

Georgina reagierte nicht sofort. Endlose Sekunden sah sie Vanessa an, bevor sie ein weiteres Mal nach ihren Händen griff und sie fest drückte.

»Ja, Vanessa, das solltest du. Und nein, es ist nicht nur Katrinas Geschichte. Es ist auch deine!«

Den gesamten Heimweg über grübelte Vanessa darüber nach, was wohl zwischen ihrer Grandma und Edward vorgefallen sein könnte. Vanessas Puls wollte sich gar nicht mehr beruhigen, und sie ertappte sich sogar dabei, dass sie vor Nervosität an ihren Nägeln kaute. Trotzdem schaffte sie es, das Tagebuch nicht schon unterwegs aufzuschlagen. Für diese Geschichte brauchte sie Ruhe und volle Konzentration. Ein übervoller Bus, in dem sie von allen Seiten angerempelt wurde, war eindeutig nicht der richtige Ort, um Grandmas Geheimnis auf die Spur zu kommen.

Gedankenverloren starrte Vanessa aus dem Fenster. Die vorbeifliegenden Häuser und Bäume nahm sie kaum wahr. Ihre Gedanken wanderten zu Trevor und dem gemeinsamen Nachmittag, der ihnen bevorstand. Was er sich wohl überlegt hatte nach dem verkorksten Essen gestern? Zum ersten Mal dachte sie darüber nach, wer Trevor gestern im *The Ivy* angerufen und dazu gebracht haben könnte, so überstürzt aufzubrechen?

Vielleicht gab es ja eine andere Frau in seinem Leben? Die Vorstellung versetzte Vanessa einen Stich. Er hatte bisher mit keiner Silbe erwähnt, ob er liiert war oder nicht, doch so, wie er aussah, war es mehr als wahrscheinlich, dass er eine Freundin hatte.

Andererseits: Warum sollte er sie küssen wollen und sich zwischen sie und einen Ferienflirt stellen, wenn er selbst in festen Händen war? Das ergab keinen Sinn.

Vanessa schob die nagenden Gedanken beiseite, holte ihr Handy hervor und rief ihren Blog auf. Erfreut stellte sie fest, dass ihre Follower noch immer rege über ihr Monatsthema *A Thing called Trust* diskutierten, und sie beschloss, all die Kommentare noch vor Weihnachten zu beantworten.

Als sie zum letzten Kommentar scrollte und zu lesen begann, schien ihr Herzschlag für einen Moment auszusetzen. Der Satz hatte keinerlei Zusammenhang mit dem Thema-Vertrauen, doch Vanessa wusste genau, was er zu bedeuten hatte:

Du hast die Wette gewonnen. T.

Von einer Sekunde auf die nächste wurde Vanessa flau im Magen, und sie wünschte sich, sie hätte diese Zeilen nicht jetzt schon entdeckt. Es waren noch gute zwei Stunden bis zu ihrer Verabredung mit Trevor – mehr als genug Zeit, um sich völlig verrückt zu machen.

Kapitel 11

Vanessa, Dienstag, 19. Dezember, Gegenwart

Vanessa stand vor ihrem Koffer, den sie noch nicht einmal vollständig ausgepackt hatte, und durchwühlte ihre Kleider. Was auch immer sie hervorzog – es war irgendwie nicht gut genug für einen Nachmittag mit Trevor.

Dabei hatte sie keine Ahnung, was genau er eigentlich vorhatte. Vermutlich machte sie sich völlig umsonst verrückt, und er hatte nur weitere Orte aus dem Hochzeitsalbum ihrer Eltern gefunden und wollte sie auf einer weiteren Fototour begleiten.

Sie sah auf ihr Handy und erschrak. Wenn sie weiter so herumtrödelte, würde sie am Ende zu spät kommen.

Nach einer heißen Dusche entschied sie sich kurzerhand für Jeans und einen knallroten Rollkragenpullover. Die Zipfel der weißen Bluse, die sie aufgrund der kalten Temperaturen druntergezogen hatte, blitzten unter dem Saum hervor und ergaben einen hübschen Kontrast zum Rot des Rollis. Außerdem betonte genau dieses Rot ihre braunen Augen und passte wunderbar zu dem verstrubbelten kinnlangen Bob, den sie seit der Trennung von Josh trug.

Vanessa blieben noch genau fünf Minuten für ihr Make-up, doch das war mehr als genug. Sie legte ein wenig Puder auf, tuschte ihre Wimpern kräftig und kramte einen Lippenstift aus ihrem Schminktäschchen, der farblich das Rot ihres Rollis traf.

Um Punkt zwei Uhr zog sie ihren Mantel an, griff außer nach ihrem Rucksack vorsichtshalber auch nach Schal und Mütze und verließ das Haus. Auf der Treppe stopfte sie beides in den Rucksack. Dabei bemerkte sie, dass sie das Tagebuch ihrer Grandma gar nicht wieder ausgepackt hatte. Da sie Trevor jedoch nicht warten lassen wollte, entschied sie, dass die Vergangenheit ihrer Grandma nun eben mitmusste.

Vanessa trat auf die Straße hinaus. Ihre Eile wäre nicht nötig gewesen, denn von Trevor war weit und breit nichts zu sehen. Sie überquerte die Straße, und eisiger Wind pfiff ihr um die Ohren.

Fröstelnd trat sie vor dem Pub von einem Fuß auf den anderen. Gerade als sie beschloss, lieber drinnen auf Trevor zu warten, kam Marc vor die Tür.

»Entschuldige, er hat extra gesagt, ich darf dich nicht warten lassen. Aber da drin ist gerade Hochbetrieb.«

»Nicht warten lassen?«, fragte Vanessa überrascht zurück.

»Genau das waren Trevors Worte. Ich soll dir das hier geben.« Marc zog Kopfhörer hervor, die er an einen kleinen MP3-Player stöpselte, und drückte ihr beides in die Hand. »Und das hier brauchst du angeblich auch unbedingt.« Sie stand da wie versteinert und ließ wortlos geschehen, dass Marc ihr Trevors teure Kamera um den Hals hängte. Dann packte er sie an den Schultern und drehte sie so um, dass sie den Pub im Rücken hatte.

»Und ich muss dich so rum hinstellen, hat er gesagt. Was immer er da ausgeheckt hat: Viel Spaß!« Mit diesen Worten ließ Marc sie stehen und eilte wieder zu seinen Gästen.

Was sollte das denn werden? Trevor hatte sie herbestellt und war selbst nicht da? Vanessa konnte nicht genau sagen, ob in diesem Augenblick Enttäuschung oder Neugier überwog. Sie setzte die Kopfhörer auf und drückte auf *Play*.

Das Erste, das sie hörte, war das *Hey there Delilah*-Gitarrenintro der Plain White T's. Schon der erste Vers brachte Vanessa dazu, ihre Skepsis über Bord zu werfen. Trevor hatte einfach in den Song hineingeplappert und den weiblichen Vornamen durch ihren und New York durch Cambridge ersetzt. Und so war aus den ersten Liedzeilen *Hey there Vanessa, what's it like in Cambridge City* geworden. Der Song lief nur wenige Sekunden, doch die reichten aus, um Vanessa ein Lächeln ins Gesicht zu zaubern.

»Hi, Vanessa«, sprach Trevor sie plötzlich über die Kopfhörer an, und sie war so überrascht, dass sie ihrem Kopfhörer tatsächlich mit einem leisen »Hi« antwortete.

»Du bist in Sachen *In your parents' shoes* unterwegs – ich weiß. Aber ich dachte, es wäre vielleicht ganz schön, auch ein paar eigene Erinnerungen mit nach Hause zu nehmen. Wenn du Lust hast, entführe ich dich und zeige dir meine Stadt. Du hast die Kamera – knipse, was immer dir gefällt, und du hast am Ende genug Material für dein eigenes Paar

Schuhe. Wie du bemerkt hast, bin ich noch nicht da, aber das ändert sich noch, lass dich überraschen. Lauf einfach nach rechts, solange du den nächsten Song hörst.«

Mit klopfendem Herzen wartete Vanessa auf das nächste Lied, und als die Band Reamonn mit den Zeilen *You can tell by the way – she walks, that she's my girl* begann, musste sich Vanessa zusammenreißen, damit ihr nicht die Tränen in die Augen schossen. Obwohl er nicht bei ihr war, fühlte sie sich ihm plötzlich näher als je zuvor. Mit all dem hier traf er sie mitten ins Herz.

Wie Trevor gebeten hatte, lief sie die Straße entlang, mit einem Song in den Ohren, dessen Botschaft nicht eindeutiger hätte sein können. An der nächsten großen Kreuzung stoppte das Lied, und sie hörte wieder seine Stimme.

»Wenn du nicht gerannt bist, solltest du jetzt an einer Kreuzung stehen.«

Vanessa nickte.

»Schau über dich. Da ist ein Wegweiser Richtung Fluss. Folge den Wegweisern Richtung Cam. Wenn die nächsten drei Lieder vorbei sind, solltest du am Ziel sein.«

Als eine tiefe, kratzige Stimme *Give me a ticket for an aeroplane, ain't got time to take a fast train* röhrte, musste Vanessa laut lachen, denn mit so einem Song hatte sie nicht gerechnet. Sie war sich sicher, dass Trevor die Lieder mit Bedacht gewählt haben musste, weswegen sie genau auf den Text hörte, in dem es darum ging, dass die einsamen Zeiten eines Mannes vorbei waren. Er hatte einen Brief erhalten, in dem die Frau seiner Träume ihm ihre Liebe gestand. Nun wollte er so schnell wie möglich zu ihr, weswegen nur ein Flugticket infrage kam.

Als Nächstes lief *Chasing Cars* von Snow Patrol. Es war eines der Lieder, die Vanessa mit ihrem Bruder verband, denn es gehörte so sehr zu seiner und Malous Liebesgeschichte, wie der Schnee in die Arktis gehörte. Vanessa schloss für einen Moment die Augen und war wieder im Haus ihrer Grandma. Sie sah die langen, krausen Locken, die Malous Kopf umrahmten und die sie schon beeindruckt hatten, als sie zum ersten Mal vor ihrer Tür stand.

Vor fünf Jahren hatte dieses Mädchen es geschafft, ihren melancholischen Bruder wieder zu dem fröhlichen Spinner zu machen, der er vor dem Tod ihrer Eltern gewesen war – und genau in diese Zeit ihres Lebens gehörte der Song. Vigo hatte ihr irgendwann erzählt, dass Malou das Lied liebte und es deswegen irgendwann zu IHREM Song geworden war.

Vanessa erreichte die nächste Kreuzung und sah sich suchend um. Ein Straßenschild mit der Aufschrift »River Cam« zeigte ihr, dass sie noch immer in die richtige Richtung lief.

Bass und Synthesizer im nächsten Song waren unverkennbar. *My Love* würde Vanessa immer und überall erkennen, denn Justin Timberlake war in ihren Augen einer der großartigsten Künstler überhaupt. Allerdings war sie der Meinung, dass kein Liebeslied der Welt an sein *Mirrors* heranreichte. Die Geschichte einer Liebe, die bis ins hohe

Alter andauert und alle Stürme und Katastrophen überstand, spiegelte schon immer Vanessas naiven Traum von einer perfekten Beziehung wider.

Verrückt. Nach Josh war Vanessa sicher gewesen, dass ihr Gedanken dieser Art so schnell nicht mehr in den Kopf kommen würden. Und jetzt war sie buchstäblich in Trevors Leben gestolpert, oder er in ihres. Ihr Puls raste, als hätte sie eine Stunde Joggen hinter sich. Sie konnte es kaum noch erwarten, ihm gegenüberzustehen. Gleichzeitig fürchtete sie sich genau vor diesem Moment.

Was, wenn sie vor lauter Nervosität nichts sagen konnte? Was, wenn sie diese Wahnsinnsüberraschung falsch deutete und er einfach nur nett sein und ihr beweisen wollte, dass sie Cambridge nicht nur wegen ihrer Eltern besuchen sollte?

Vanessa ließ ihren Blick schweifen und sah die Cam in einiger Entfernung vor sich. Der Fluss, der mitten durch die Stadt floss, wäre perfekt, um Fotos zu machen, überlegte sie. Sie drückte am MP3-Player auf Pause und nahm sich Zeit für ihre Bilder. Die Wolken hingen noch immer grau und schwer über der Stadt, doch genau das machte zusammen mit dem Panorama von Fluss und altertümlicher Stadt den Charme aus. Nachdem sie quasi 360 Grad um sich herum fotografiert hatte, zog sie trotzdem auch ihr Handy noch mal hervor, um einige Selfies zu machen. Sie liebte Aufnahmen von Landschaften oder Städten, doch sie war auch jemand, der gern festhielt, dass sie selbst da gewesen war.

Nachdem sie die Bilder im Kasten hatte, setzte sie die

Kopfhörer wieder auf und drückte auf *Play*. Sie hörte die letzten Takte des Timberlake-Songs, und nach einer kurzen Pause war Trevors Stimme wieder in ihrem Ohr.

»Du solltest jetzt die Anlegestelle der Kähne vor dir haben. Ist ja nicht viel Betrieb um diese Jahreszeit. Auf dem Steg steht ein älterer Herr mit Strohhut. Den hat er extra für dich aufgesetzt, damit du nicht versehentlich in den falschen Kahn steigst. Er heißt Joseph, und ist einer der ältesten Punter überhaupt. Einsteigen, Nessie.«

Sie stand auf die Art, wie er ihren Namen betonte. Anders als Grandma legte er die Betonung auf die zweite Silbe, wodurch ihr Spitzname plötzlich italienisch anmutete.

Sie grübelte darüber nach, was sie ihm sagen wollte, wenn sie erst vor ihm stand, doch ihr fiel nichts ein. Er hatte so viel Zeit und Vorbereitung in diese Sache gesteckt. Allein die Songs so auszusuchen, dass ihre Länge mit der Wegstrecke übereinstimmte, hatte wahrscheinlich bedeutet, dass er den Weg mit Stoppuhr selbst abgelaufen war. Dann die Aufnahme der Texte, das Überspielen auf den MP3-Player. Und nun auch noch das Punten auf der Cam.

Das war eines der Touri-Dinge, die von Anfang an auf Vanessas To-do-Liste gestanden hatten. Sie dachte an all das, womit er sie schon in der kurzen Zeit, die sie sich kannten, total aus der Fassung gebracht hatte: der Schulterwurf, der Joghurt im Gesicht, die chaotische Fotosession, bei der sie auf seine Schultern klettern musste, das Frühstück und nun diese verrückte Tour durch das vorweihnachtliche Cambridge. Gut – andererseits war da auch die weniger freundliche Abfuhr zu Beginn ihres Zusammentreffens und sein eifersüchtiges Gebaren im *The Ivy*. Außerdem – und das fiel ihr erst in diesem Augenblick richtig auf – wusste sie so gut wie nichts über ihn. Er hatte seine Tante Gracie erwähnt und einen ziemlich unfreundlichen Dad. Das, sein Spitzname und die Tatsache, dass er Journalist werden wollte, war alles, was er bisher von sich preisgegeben hatte.

Vanessa erreichte den breiten Holzsteg, an dem die Holzboote festgemacht waren, und sah sich nach Joseph um. Er war tatsächlich nicht zu übersehen. Der Strohhut war flach, und er hatte über dem dunkelblauen Hutband, das so typisch war für die Strohhüte der anderen Punter, eine bunt blinkende Lichterkette um seinen Hut gelegt.

Vanessa griff nach dem Fotoapparat und knipste ihn, ohne dass er es bemerkte. Er stand noch mit dem Rücken zu ihr, sein Gesicht würde also nicht auf dem Bild sein.

»Joseph?«, rief sie.

Der Punter drehte sich um, sah Vanessa einen Augenblick an und strahlte dann übers ganze Gesicht.

»Und Ihr seid sicher Eure Schönheitigkeit Vanessa.«

Vanessa stutzte. Hatte er sie gerade wirklich mit *Eure Schönheitigkeit* angesprochen? Joseph blitzte sie aus fröhlichen schwarzen Augen an und bot ihr die Hand an, damit sie sicher in den Kahn steigen konnte.

»Die Decke ist zum Draufsetzen. Damit sich Eure Frösteligkeit nicht den Allerwertesten abfriert. Eine zweite Decke ist zum Einmummeln gedacht.«

Vanessa brauchte einen Moment, um auf dem wackeligen Kahn erst Halt zu finden und sich dann zu setzen. Sie wickelte sich in die Decke und wartete gespannt auf die Dinge, die nun passieren würden.

Joseph machte den Kahn los, griff nach einer langen Stange aus Holz und schob ihn sicher zwischen all den anderen hindurch.

Sie waren kaum losgefahren, als Joseph auch schon damit begann, die Gebäude zu erklären und spannende, lustige oder traurige Geschichten dazu zu erzählen. Dabei dachte er sich immer wieder Namen für Vanessa aus, die sie zum Lachen brachten.

Dieser Punter wäre schon ohne die traumhaft schöne Fahrt auf der Cam ein Unikat für sich gewesen. Wem fielen schon Namen wie Eure Wissbegierigkeit oder Eure Neugierigkeit ein? Hinzu kamen Namen wie Eure Frösteligkeit oder Eure Eisigkeit, die mit den momentanen Temperaturen zu tun hatten. Jeder einzelne musste eine Joseph'sche Wortschöpfung sein.

Für einen Augenblick schweiften Vanessas Gedanken ab, und sie überlegte, welche Namen Joseph wohl eingefallen wären, wenn sie im Sommer gekommen wäre? Eure Wolkenlosigkeit? Oder vielleicht Eure Sonnenscheinigkeit?

Je länger sie fuhren, desto nervöser wurde sie. Wann sie wohl endlich auf Trevor treffen würde? Vielleicht sollte sie

Joseph einfach fragen? Sicher hatte er dem Punter genau erklärt, wie diese Kahnfahrt ablaufen sollte.

Vermutlich würde es einen sehr ungeduldigen Eindruck machen, doch Vanessa hielt die Ungewissheit nicht mehr aus.

»Was ist denn mit Trevor?«

»Nur Geduld«, lächelte der Punter vielsagend und fuhr mit seinen Erklärungen fort. Vanessa lauschte konzentriert auf das, was Joseph zu erzählen wusste, und machte dabei Fotos, in der Hoffnung, dass sie all die Geschichten auch behalten würde. Etwa auf Höhe des Trinity Colleges, dessen Rückseite sie nun von der Flussseite aus ausgiebig bestaunen konnte, begann es tatsächlich zu schneien.

Georgina hatte recht behalten, dachte Vanessa und griff in ihren Rucksack. Eindeutig der richtige Zeitpunkt, um Mütze und Schal herauszuholen.

»Wenn Eure Ungeduldigkeit jetzt vielleicht Eure hübschen Augen nach oben richten würdet?«, bat Joseph und deutete auf eine hölzerne Fußgängerbrücke, die sich in einiger Entfernung über die Cam spannte. »Dies wäre die berühmte Mathematikerbrücke, an der wir unseren zweiten Passagier an Bord nehmen werden.«

Vanessa blickte nach oben und sah Trevor sofort. Er trug eine dicke hellgraue Strickmütze, unter der seine Locken hervorblitzten, und sein Mund war hinter einem ebenso dicken, karierten Schal versteckt. Er sah ihr entgegen, und als sich der Kahn ihm bis auf wenige Meter genähert hatte, kletterte er über die Brüstung und auf die Außenseite des Geländers.

»Er springt doch nicht aufs Boot?«, fragte Vanessa.

»Keine Sorge, Eure Ängstlichkeit. Die Brücke ist ja nicht sehr hoch, wie Ihr seht. Seine Wagemutigkeit schafft das schon.«

Joseph behielt recht. Der Kahn war lang, und sobald sich die vordere Bootsspitze unter die Brücke schob, ließ Trevor sich am Geländer herunterhängen und enterte so ihr Boot. Es wackelte bedrohlich, doch Joseph hielt auf der Rückseite des Kahns dagegen. Trevor suchte einen festen Stand, sah Vanessa mit aufgesetzter Ernsthaftigkeit an und drückte seinen Schal nach unten, damit er sprechen konnte.

»Mylady, ich habe Eurer Boot geentert und werde Euch nun entführen.«

Vanessa grinste, streckte ihre Arme nach rechts und links aus und sah ihn lauernd an. »Ach ja?«, fragte sie drohend, griff an die Reling des Kahns und begann, ihn hin- und herzuschaukeln.

Trevor verlor für eine Sekunde das Gleichgewicht und ging lachend in die Knie. Auf allen vieren kletterte er über die zwei unbesetzten Holzbänke zu ihr nach hinten ins Boot.

»Eigentlich wollte ich ja der Angst einflößende Pirat sein und dich entführen. Aber im Moment sieht es eher nach der Widerspenstigen Zähmung aus. Und nur, falls Fragen aufkommen: Du bist die Widerspenstige und ich der arme Trottel, der versucht, sie zu zähmen.«

Er machte eine kurze Pause, sah Vanessa fest an und sagte dann schlicht: »Hey.«

Mehr als ein »Hi du« brachte Vanessa plötzlich nicht mehr zustande. Ihr Herz raste, und sie befürchtete, dass sie in den nächsten Minuten wieder einen Schluckauf bekommen würde. Trevors Nähe und das freche Grinsen, das ihr aus seinen Augen entgegenschlug, machten sie sprachlos. Sie fuhren eine ganze Weile schweigend, was nicht weiter schlimm war, denn so war Joseph wenigstens sicher, dass er ihre ungeteilte Aufmerksamkeit hatte.

Er redete und redete, doch Vanessas Gedanken schweiften ab. Seit Trevor zugestiegen war, hatte ihr Hirn völlig abgeschaltet, und sie war damit beschäftigt, Puls und Atmung irgendwie im Zaum zu halten. Immer wieder sah sie verstohlen zu ihm, und immer wieder fing er ihren Blick auf.

»Hast du Hunger?«, fragte er unvermittelt.

Es war inzwischen kurz vor drei, und das Letzte, was sie gegessen hatte, war der Orangenmarmeladentoast bei Georgina gewesen. Aber wo wollte Trevor hier etwas zu essen herzaubern?

»Na ja, ich hatte Frühstück«, gab sie zurück.

»Also ja. Perfekt.« Er beugte sich nach vorn und zog eine Kiste hervor, die unter der vorderen Holzbank stand. »Nachdem du im *The Iyv* ein Hühnchensandwich hattest, dachte ich mir, dass ich damit sicher nichts falsch mache.«

Er öffnete die Kiste. Vanessa schüttelte ungläubig den Kopf. Neben eindeutig selbst gemachten Sandwiches hatte er auch Sekt, eine Thermoskanne und Becher eingepackt.

»Sekt oder lieber heißen Tee?«, fragte er.

»Ich fürchte, Sekt würde mir auf leeren Magen nicht so gut bekommen«, antwortete sie.

»Dann heben wir uns den für heute Abend auf. Mir ist jetzt auch eher nach was Warmem.«

Er sah zum Himmel, und sie folgte seinem Blick. Der sanfte Schneefall war inzwischen zu einem dichten Schneegestöber geworden.

Vanessa griff nach der Teetasse, die Trevor ihr reichte, und legte ihre Hände darum, um sich die kalten Finger zu wärmen. So romantisch diese Kahnfahrt auch war: Ihre Hände und Füße waren inzwischen zu Eisklötzen gefroren.

»Was ist denn heute Abend?«, fragte sie und schlürfte ihren Tee.

»Wird nicht verraten«, grinste er und legte seinen dick eingepackten Arm um sie. Vanessa kuschelte sich an ihn, so eng es eben ging in den winterlichen Klamotten, die sie trugen. Trotz Decke, Tee und Trevors Nähe begann Vanessa nach einer kurzen Weile vor Kälte zu zittern.

»Wir sind bald da«, sagte er.

»Wo ist denn *da*?«, wagte sie einen weiteren Versuch, doch auch diesmal bekam sie als Antwort nicht mehr als ein Lächeln. Dann ergriff er plötzlich ihre Hände und drehte sich zu ihr.

»In diesem Restaurant habe ich mich aufgeführt wie ein Trottel. Dich so wütend vor mir wegrennen zu sehen, hat mir einen Riesenschreck eingejagt. Als du dann später auch noch über Nacht weggeblieben bist, hatte ich wirklich Angst, du packst wortlos deine Koffer und verschwindest. Bitte entschuldige, dass ich mich so mies aufgeführt habe.«

»Schon vergessen«, gab sie zurück, denn wenn sie ehrlich sein sollte, hatten Brief und Frühstück allein bereits dafür gesorgt, dass sich ihr Groll gegen ihn in Luft aufgelöst hatte. Vanessa sah die Erleichterung in Trevors Gesicht und stellte ihm eine Frage, die ihr seit der Rückfahrt von Georgina schon im Kopf herumspukte. »Du hast mein Blog kommentiert, richtig?«

Sie legte ihren Kopf schief und sah ihn abwartend an. Wurde er tatsächlich rot? Schwer zu sagen, denn die Kälte hatte sie inzwischen fest im Griff, und es ließ sich nicht sagen, ob sie es war oder die Nervosität, die seine Wangen gerötet hatte.

»Du hast es also schon gelesen«, murmelte er. Dann richtete er sich plötzlich auf. »Lass uns das alles nachher besprechen, in Ordnung? Mir ist inzwischen so kalt, dass mein Hirn vermutlich demnächst einfriert und ich keinen klaren Gedanken mehr fassen kann.«

Vanessa musste sich zusammenreißen, um ihn nicht völlig verklärt anzustrahlen. Nachher besprechen. Das hieß ja dann wohl, dass die Bootsfahrt noch nicht das Ende war. Was immer Trevor vorhatte: Sie konnte es kaum erwarten.

Als Joseph den Kahn um die nächste Biegung steuerte, hatten sie die Stadt längst hinter sich gelassen. Vor ihnen lagen weite Wiesen, die am Flussufer immer wieder in dichtes Gestrüpp und einen schmalen Streifen Wald übergingen.

Linker Hand gab es einen kleinen Steg, an dem ein einzelnes Hausboot befestigt war.

»Da wären wir«, sagte Trevor.

Joseph legte an, hievte die Kiste über Bord und stellte sie auf dem Steg ab. Dann stieg er selbst aus und reichte erst Vanessa und dann Trevor die Hand, um ihnen beim Aussteigen zu helfen.

»Danke, Joseph, hast was gut bei mir«, sagte Trevor, umarmte den Punter, schlug ihm zweimal kräftig auf den Rücken und drückte ihm einen Geldschein in die Hand.

»Das war ganz großartig, vielen Dank«, verabschiedete sich auch Vanessa.

»Von Herzen gern, Eure Zauberhaftigkeit. Seid gut zu Seiner Heldenhaftigkeit – er ist …«

»Joseph!«, unterbrach Trevor lachend, und der Punter hob abwehrend beide Hände.

»Schon gut, schon gut!«, lenkte er ein, stieg wieder in seinen Kahn und machte sich auf den Rückweg. Schade eigentlich – dachte Vanessa. Sie hätte gern gewusst, wie Josephs Satz geendet hätte.

Kapitel 12

Katrina, 23. September 1967

So frei und ungebunden, wie sich Katrina ihre Zeit in England vorgestellt hatte, war sie zunächst doch nicht. Es dauerte weitere zweieinhalb Wochen, bis Sandrine Vallée nach ihrer Niederlage in Sachen Literaturkurs zuließ, dass ihre Tochter mit ihren neuen Freunden ausgehen durfte.

Nachdem Katrina Georgina auf dem Hoteldach getroffen hatte, war sie zu ihren Eltern zurück in die Suite gegangen. Mit saurer Miene hatte Maman ihr eröffnet, dass ihr Vater die Gebühr für den Literaturkurs übernehmen würde und sie teilnehmen durfte. Katrina hätte ahnen müssen, dass dieser Zeitpunkt genau der falsche war, um nach abendlichem Ausgang zu fragen.

»Du bist siebzehn, und wir sind in einer fremden Stadt. Kommt nicht infrage«, entschied Maman und warf ihrem Mann einen Blick zu, der das *Wage es nicht zu widersprechen* ungesagt vorausschickte.

»Ich wäre nicht allein unterwegs. Ich habe Georgina kennengelernt. Sie will mich heute Abend mitnehmen und mir ein bisschen die Stadt zeigen. Sie ist fleißig und wirklich anständig, Maman. Sie arbeitet als Zimmermädchen hier im Hotel, um Geld für ihre Familie dazuzuverdienen.«

Katrina behielt für sich, dass sie mit diesem Geld ihr Studium finanzieren wollte, denn an diesen wunden Punkt wollte sie heute besser nicht mehr rühren.

»Solange ich das Mädel nicht kenne, brauchst du nicht danach fragen. Gegen ein Treffen am Nachmittag habe ich nichts einzuwenden. Aber abends? Das muss nicht sein.«

Noch eine Weile hatte Katrina an dem Abend versucht, ihre Mutter zu überreden, doch es war zwecklos.

Glücklicherweise nahm Mamans übertriebene Sorge von Tag zu Tag ein bisschen ab, denn sie schloss irgendwann selbst Bekanntschaften – hauptsächlich mit den Ehefrauen der Professoren, mit denen Leonard Vallée zusammenarbeitete.

Und da sie nun öfters unterwegs als im Hotel anzutreffen war, gestattete sie auch ihrer Tochter mehr Freiheiten. Hinzu kam, dass Sandrine Georgina kennengelernt und für anständig befunden hatte, was wohl auch damit zusammenhängen dürfte, dass sie sie nie rauchend oder kiffend auf dem Hoteldach gesehen hatte.

Dass Katrina an diesem Dienstag die Suite verließ, um auf eine Studentenparty zu gehen, bekam Sandrine, die schon vor über einer Stunde ins Kino aufgebrochen war, gar nicht mit.

Ihr Vater brütete über Hausarbeiten, die er korrigieren musste, als sie sich verabschiedete. Er blickte auf und kommentierte ihr Outfit mit wohlwollendem Gemurmel, das nach »Wenigstens stecken deine Beine mal in Hosen, wenn es auch Schlaghosen sein müssen« klang. »Viel Spaß, ma petite. Und stell nichts an, was ich nicht auch angestellt hätte.«

Katrina lachte auf. »Das wäre doch mal ein ausgiebiges Gespräch wert, finde ich. Nur damit ich in etwa weiß, wie weit ich gehen dürfte – so im Vergleich zu dir.«

»Kommt nicht infrage. Und jetzt raus mit dir.«

Mit klopfendem Herzen und in der Hoffnung, Edward endlich wiederzusehen, sprang Katrina die Treppe hinunter. Obwohl sie seinen Schichtplan kannte, trafen sie sich seltener, als es Katrina lieb wäre. Auf ihr Nachfragen hatte Georgie ihr erklärt, dass er im Moment generell nicht mehr so häufig arbeiten konnte. Sein Großvater, zu dem er eine enge Bindung hatte, lag mit Lungenentzündung im Bett, und er kümmerte sich lieber um ihn als um fremde Gäste.

Vor dem Hotel wartete Katrina einige Minuten, doch von Georgie war weit und breit nichts zu sehen. Sie schlug den Mantelkragen hoch und hielt ihn am Hals zu. Das Wetter war schmuddelig geworden, und kalter Wind pfiff ihr um die Ohren.

Sie wollte gerade wieder in die Lobby gehen, um dort zu warten, als ein blaugrauer Austin hupend vorfuhr.

Katrina beugte sich vor, um ins Wageninnere zu sehen. Edward!

Er hielt den Wagen an und kurbelte das Fenster herunter.

»Georgina und Isaac schaffen es nicht. Ich dachte, du hättest vielleicht Lust auf Kino?«

Katrina kaute auf ihrer Unterlippe herum und überlegte. Vermutlich hatten Georgie und Edward diesen Plan schon lange ausgeheckt und ihr nichts gesagt, um sicherzugehen, dass sie auch tatsächlich auftauchen würde. Zwischen ihr und Edward war noch immer nicht mehr passiert, als innerhalb der kurzen Fahrstuhlfahrten möglich war: eine zufällige Berührung, ein Lächeln und die eine oder andere, meist überdeutliche Andeutung, dass sie für ihn das hübscheste Mädchen unter der Sonne war.

Mehr als einmal hatte Katrina sich gewünscht, endlich mit ihm allein sein zu können, und Georgies Erzählungen über seine Schwärmerei trugen nicht gerade dazu bei, Katrinas Sehnsucht kleiner werden zu lassen. Im Gegenteil.

Mit weichen Knien lief Katrina um den Wagen herum und stieg ein. Mehr als ein kurzes »Hi« brachte sie nicht hervor, denn ihr Puls schlug Salti, und sie glaubte, er würde das Zittern in ihrer Stimme sofort hören.

»Ich hoffe, du bist nicht enttäuscht. Aber bei Isaac im Studentenwohnheim ist Krisensitzung angesagt, und unsere neugierige Georgie darf da natürlich nicht fehlen. Sie war der Meinung, du hättest sicher nichts dagegen, wenn ich stattdessen mit dir ausgehe.«

Katrina nickte vorsichtig, denn ihre Sprache hatte sie noch immer nicht wiedergefunden.

»Also Kino?«

Katrina dachte daran, dass auch ihre Mutter einen Film sehen wollte, und schüttelte den Kopf. »Maman ist ebenfalls mit Freunden im Kino. Sollten wir ihr dort zufällig über den Weg laufen, lässt sie mich die nächsten zwanzig Jahre nicht mehr aus dem Haus.«

Edward zog entsetzt die Augenbrauen hoch. »Das wäre mein Untergang.« Er überlegte einen Moment, strahlte dann plötzlich über das ganze Gesicht und ließ den Motor an.

»Wohin fahren wir?«

»Wirst du schon sehen.«

Katrina lehnte sich in den gemütlichen Sitz zurück. Immer wieder sah sie ihn verstohlen von der Seite an. Ihr Innerstes war zum Zerreißen gespannt, und sie hatte keine Ahnung, ob sie es je schaffen würde, in seiner Gegenwart unverkrampft zu sein.

»Was ist das denn für eine Krisensitzung bei Isaac?«, fragte sie, einfach um irgendwas zu sagen.

»Die Philosophen planen einen Schlag gegen die Naturwissenschaftler.«

Katrina verstand kein Wort und sah Edward fragend an.

»Die Studenten verschiedener Fakultäten oder Unis spielen sich gegenseitig Streiche. Im letzten Monat haben die Naturwissenschaftler den Philosophen das Maskottchen geklaut. Das können die natürlich nicht auf sich sitzen lassen.«

»Und jetzt?«

»Jetzt planen die Philosophen, zu denen Isaac gehört, ihren Gegenschlag.«

Atemlos hörte Katrina dabei zu, was Edward von anderen Streichen zu berichten wusste. Als er von einem Auto erzählte, das nachts auf das Dach eines Universitätsgebäudes geschafft wurde und später aufwendig und verbunden mit hohen Kosten von dort wieder runtergeholt werden musste, ging Katrina auf, dass es wohl nicht ganz legal sein dürfte, was da gerade ausgeheckt wurde.

»Für wann ist die Aktion geplant?«

»Keine Ahnung. Aber wie ich Georgie kenne, werden wir das rechtzeitig erfahren. Wir sind da.«

Er deutete auf ein Schild vor ihnen, auf dem *Autokino* zu lesen war.

Katrina kurbelte das Fenster der Beifahrerseite herunter und streckte ihren Kopf heraus. Am Ende des Parkplatzes ragte eine riesige Leinwand in die Höhe. Edward steuerte den Wagen in eine Reihe, weitere Autos schlossen zügig auf.

»Ich war noch nie in einem Autokino«, sagte Katrina, und die Begeisterung in ihrer Stimme war nicht zu überhören. »Was läuft denn?«

»Ehrlich gesagt weiß ich das gar nicht«, antwortete Edward und kratzte sich verlegen am Kopf. »Ich hole mal die Karten, dann kann ich dir mehr sagen.«

Er zog ein Gesicht, als hätte sie ihn bei etwas ertappt, und sah dabei so unglaublich süß aus, dass Katrina unwillkürlich lachen musste. Vermutlich war ihm der Film genauso egal wie ihr, denn alles, worauf sie sich freute, war, die nächsten zwei Stunden mit ihm allein in diesem Auto zu sitzen und seine Nähe zu genießen.

Es dauerte gute zehn Minuten, bis Edward mit den Karten zurückkam. Als sie ihn endlich zwischen all den Autos entdeckte, hatte sie bereits gefühlte hundert Mal an der Rücksitzlehne herumgekurbelt, nur um sie am Ende wieder auf die Ausgangsposition zu stellen.

Edward sollte nicht denken, dass sie es darauf anlegte, ihm näher zu kommen – obwohl sie sich genau das wünschte.

Sie kannten sich jetzt seit knapp drei Wochen, und abgesehen davon, dass er im Hotel arbeitete, einen kranken Großvater hatte und verrückt nach ihr war, wusste sie nichts über ihn.

»Entschuldige, dass es so lange gedauert hat«, sagte er und ließ sich neben sie auf den Fahrersitz fallen. Dann hielt er ihr die Karten und eine Tüte Popcorn hin. »Ich hoffe nur, du stehst auf Horrorfilme«, sagte er zögernd.

Katrina griff nach den Karten. »*Frankenstein schuf ein Weib*«, las sie laut vor und grinste dann vielsagend.

»Keine Absicht, ganz ehrlich«, beteuerte er, konnte sich allerdings das Lachen selbst nicht mehr verkneifen. »Ich sehe ja ein, dass das nach Plan aussieht. Der Liftboy schleppt die Frau seiner Träume nicht nur ins Autokino, sondern auch noch in einen Horrorfilm – damit sie auch ja vor Angst in seine Arme sinkt.«

»Kannst du dir abschminken«, sagte Katrina trocken.

»Was genau meinst du?«, fragte er, langte nach dem Popcorn, doch Katrina zog die Tüte vor seiner Nase weg.

»Ich meine, dass ich nicht unbedingt zur Sorte hilfloses Püppchen gehöre.«

»Also wirst du nicht vor lauter Angst in meine Arme sinken?«, fragte er und zog einen Schmollmund.

»Nein.«

»Und einfach so?«, fragte er augenzwinkernd.

Katrina sparte sich ihre Antwort und starrte grinsend auf die Leinwand.

Als der Film endlich losging, legte Edward behutsam den Arm um ihre Schultern, und sie kuschelte sich eng an ihn.

Eine Weile schafften sie es auch, sich auf den Film zu konzentrieren. Der Streifen war tatsächlich gruselig, und obwohl Katrina vermutet hatte, dass ihr das nichts ausmachen würde – sicher war sie nicht gewesen, denn Frankenstein war ihr erster Horrorfilm überhaupt –, schloss sie immer wieder die Augen, wenn Szenen oder Musik verrieten, dass die nächsten Minuten grauenvoll werden würden. In dem Moment, als die von Frankenstein erschaffene Frau zur Mörderin wurde und mit dem Beil ausholte, hielt sich Katrina die Hände vors Gesicht.

»Du verpasst das Beste«, protestierte Edward lachend.

»Nicht wirklich«, antwortete Katrina und wandte sich ihm zu. Sie sahen sich lange in die Augen, und es war nicht mehr nötig, ihm zu erklären, dass das Beste an diesem Abend nicht der Film, sondern er selbst war.

Edward kurbelte ihren Sitz zurück, ohne sie aus den Augen zu lassen. Katrina konnte sich ein leises Kichern nicht verkneifen.

»Was?«, fragte Edward.

»So weit war ich vorher auch schon.« Sie deutet auf den Sitz und lächelte.

»Also«, begann Edward und gab ihr einen zarten Kuss auf die Wange, »kann ich davon ausgehen«, fuhr er fort, während er ihre Stirn sanft mit den Lippen streifte, »dass du nichts gegen einen Kuss hättest?«

Er hielt inne und sah Katrina eindringlich an. Wartete er etwa darauf, dass sie ihm die Erlaubnis erteilte? Es sah ganz danach aus, denn nun legte er den Kopf schief, und sein Gesicht war ein einziges Fragezeichen.

»Mein Grandpa hat mich erzogen, Kathy. Oberste Regel für fünfundvierzig gelungene Ehejahre war seiner Meinung nach, dass er niemals und unter keinen Umständen seine Frau überrumpelte – weder mit Entscheidungen noch mit Handlungen.«

»Sehr anständig«, antwortete Katrina ungeduldig. »Aber könntest du mich jetzt endlich küssen? Ich warte seit …«

In der nächsten Sekunde spürte sie seinen Mund, der sich auf ihren legte. Sie schlang ihre Arme um seinen Hals und gab sich völlig dem sanften Spiel seiner Lippen hin.

Kapitel 13

Vanessa, Dienstag, 19. Dezember, Gegenwart

Vanessa sah zu, wie Trevor um das Hausboot herumlief und auf der vom Ufer abgewandten Seite ein Kästchen aus einem Fass hervorholte und öffnete.

»Hier bewahrt Onkel Pete den Ersatzschlüssel auf. Ich hab ihm schon hundertmal gesagt, dass er sich nicht wundern muss, wenn sein Haus irgendwann weg ist, aber er ändert sich in diesem Leben wohl nicht mehr.«

Trevor schloss auf und ließ Vanessa den Vortritt. Es roch nach Feuer und war erstaunlicherweise mollig warm im Innern. Sie zog sich ihre Mütze vom Kopf und zupfte ihre Haare mit den Fingern zurecht.

»Joseph war heute Vormittag schon da und hat für uns geheizt«, sagte er und nahm ebenfalls die Mütze ab.

»Das Boot gehört deinem Onkel?«, fragte Vanessa noch einmal nach, während sie sich umsah.

»Ja. Onkel Pete war mit meiner Tante Gracie verheiratet. Aber er ist und bleibt ein Chaot. Eine Wohnung käme für ihn nie infrage. Im Sommer haust er hier, im Winter verzieht er sich monatelang in sonnigere Gefilde. Tante Gracie und er lieben sich abgöttisch, aber sie hatte sein unstetes Leben satt.«

»Und er lässt Boot und Schlüssel zurück?«

»Da besteht er drauf. Ich habe ihn auch gefragt, ob er den Schlüssel nicht wenigstens bei einem von uns hinterlegen möchte, aber das würde seine Freiheit einschränken – sagt er. Er müsste ja erst den Schlüssel holen, sich dafür mit einem von uns absprechen und einen Termin vereinbaren und, und, und. Ist ihm alles zu viel. Tante Gracie und ich sehen nach dem Boot und öffnen seine Post. Wenn es was Wichtiges gibt, benachrichtigen wir ihn. Ansonsten wird er wohl erst im Mai oder Juni wieder hier aufschlagen.«

Vanessa entdeckte eine Tür am Ende des Raumes und sah Trevor fragend an.

»Nur zu, fühl dich wie zu Hause«, antwortete er, ohne dass sie überhaupt eine Frage stellen musste.

Hinter der Tür verbarg sich ein Schlafzimmer, das gerade groß genug war für ein Eins-vierziger-Bett und von dem aus eine weitere Tür in ein winziges Bad führte. Eine Toilette, ein winziges Waschbecken und eine Dusche, in der man sich kaum drehen konnte – mehr passte nicht in diesen Raum.

»Ich verstehe, dass er das Boot nicht aufgeben will«, sagte Vanessa, denn in diesem Moment kam es ihr irgendwie magisch vor, dass jemand einen solchen Ort wirklich sein Zuhause nannte.

Das Hausboot war klein, hatte nicht mehr als eine winzige Küche, einen Schlafbereich und ein Wohnzimmer. Doch das Deck gab im Sommer sicher eine traumhafte Terrasse ab, und der Kamin im Wohnzimmer reichte, um Schlaf- und Wohnraum im Winter warm zu halten.

Vanessa ging zurück ins Wohnzimmer. Trevor legte gerade ein Holzscheit nach und fachte das Feuer im Kamin wieder an. Innerhalb kürzester Zeit waren Vanessas Füße wieder warm genug, um die Schuhe auszuziehen.

Trevor machte sich inzwischen in der kleinen Küche zu schaffen, kramte zwei große Teetassen aus einem Schrank und füllte den Wasserkocher. Vanessa durchsuchte die Schränke nach Teebeuteln und wurde in einer Dose fündig, die im Schrank neben dem Bullauge stand.

»Wir hätten da Earl Grey und Earl Grey«, sagte sie.

»Dann Earl Grey, ganz zauberhaft. Wir haben zwar weder Milch noch Kandiszucker, aber das wird schon gehen.«

Vanessa stellte ihre dampfende Tasse auf dem Couchtisch ab und ließ sich auf das abgewetzte weinrote Sofa fallen. Ein unangenehmer Druck erinnerte sie daran, dass sie beim Sitzen wohl besser ihr Handy aus der Gesäßtasche nehmen sollte. Sie legte es auf den Tisch, und dabei fiel ihr der Kommentar wieder ein, den er auf ihrem Blog hinterlassen hatte.

»Der ominöse T. auf meinem Blog warst doch du, richtig?«

»Hm«, murmelte er.

»Dann bist du jetzt also auch der Meinung, dass Mann und Frau nicht befreundet sein können?«

Trevor gab ein zustimmendes Knurren von sich. »Ich meine, es gibt schon Ausnahmen«, ergänzte er. »Befreundete

Paare zum Beispiel. Die werden wohl kaum alle ihre Beziehung hinschmeißen. Aber ansonsten …«

»Und was hat deine Meinung geändert?«

»Du.«

Sie starrten sich an, und Vanessa bedauerte, dass sie sich aufs Sofa gesetzt hatte. Würde sie jetzt nicht sitzen, dann stände nicht der doofe Couchtisch zwischen ihnen und Trevor wäre vielleicht in diesem Moment auf sie zugekommen und hätte sie geküsst. Richtig geküsst – und aus den richtigen Gründen.

Trevor lächelte wissend, und Vanessa fühlte sich ertappt und wandte den Blick ab.

»Magst du Chili con Carne?«, wechselte er abrupt das Thema.

»Wie kommst du jetzt darauf?«

Trevor stand auf, ging zu der Kiste, die er von draußen mit hereingebracht hatte, und öffnete sie.

»Ich hab vorgekocht, dachte, das wäre ein nettes Abendessen«, antwortete er und nahm eine gut verschlossene Schüssel heraus.

Vanessa erhob sich ebenfalls und trat neben ihn. Mit einem lauten Knall ließ Trevor den Deckel der Kiste wieder zufallen, drehte sich zu ihr um und griff nach ihren Händen.

»Aber eigentlich brauchte ich einfach nur einen Grund, um dich zum Aufstehen zu bewegen.« Mit einem sanften Ruck zog er sie an sich und legte seine Arme um ihre Taille. »Dahinten auf der Couch warst du viel zu weit weg von mir.«

»Zu weit weg wofür?«

Anstelle einer Antwort ließ er seine Hände durch ihre Haare gleiten. »Das wollte ich schon machen, als du am ersten Abend in meinem Flur gestanden hast.«

»Meine Haare zerwühlen?«, lachte Vanessa.

Er nickte und ließ seine Daumenspitzen erst über ihre Augenbrauen und dann über ihre Nase gleiten. Wie ein Blinder tastete er die Konturen ihres Gesichts ab und ließ sie dabei keine Sekunde aus den Augen.

»Ich wusste von Anfang an, dass ich die Wette nicht gewinnen konnte«, murmelte er mehr zu sich selbst.

Vanessa atmete hörbar aus und nahm für den nächsten Satz all ihren Mut zusammen. »Jetzt bitte. Jetzt will ich diesen Kuss.«

Trevor stupste sie mit der Nasenspitze immer wieder an, ohne dass sich ihre Lippen berührten.

Für einen kurzen Moment schrillten Alarmsirenen in ihrem Kopf, die sie mahnten, sich zurückzuhalten. Doch so schnell, wie diese Warnung gekommen war, schob Vanessa sie auch schon beiseite. Sie schmiegte sich eng an Trevor, ließ ihre Hände über seine Brust nach oben gleiten und legte sie zärtlich an seinen Hals. Und dann, endlich, spürte sie seine Lippen auf ihren. Es war nur eine winzige, kurze Berührung, doch ihr Puls schnellte in die Höhe und sie spürte, dass sie mehr wollte als das.

Sie löste sich von ihm, nur um gleich darauf mit ihrer Zungenspitze sanft über seine Lippen zu kitzeln. Ein winziges Lächeln huschte über sein Gesicht. Dann endlich fanden sich ihre Zungen, und Vanessa hatte das Gefühl, ihre Knie würden jeden Moment wegsacken.

Trevors Hände glitten über ihre Arme. Dann packte er plötzlich ihren Hintern, hob sie hoch und setzte sie auf die Küchenanrichte.

»Weißt du eigentlich, was es für eine Folter war, mit dir in einer Wohnung zu sein und nicht einfach in dein Zimmer schleichen zu können?«, raunte Vanessa ihm zu.

»Das hattest du im Kopf, als du nebenan lagst?«, fragte er so überrascht, dass Vanessa schmunzeln musste.

»Seit dem ersten Abend. Aber da hattest du ja schon beschlossen, dass wir *best buddies* werden müssen.«

»Ich scheiß auf *best buddies*«, sagte er heftig, hob sie wieder hoch, als wäre sie eine Puppe und lief mit ihr auf dem Arm in Richtung Schlafzimmer.

»Ich will jeden Millimeter deines Körpers streicheln und küssen, und ich will keine Sekunde länger warten. Bitte, du unglaubliches Wesen, sag mir, dass du das genauso sehr willst!«

Vor dem Bett stellte er sie sanft wieder auf die Füße.

»Ich will das genauso sehr«, gab sie zu, denn seine Küsse elektrisierten sie.

Trevor grinste sie an und zog anzüglich seine Augenbrauen in die Höhe. »Wusste ich's doch – nach dem ersten Kuss kannst du mir einfach nicht mehr widerstehen.«

Vanessa wandte sich blitzschnell um, schnappte sich ein Kissen und warf es nach ihm. Dann sprang sie übers Bett, um sich auf der anderen Seite in Sicherheit zu bringen. Ein Blick in sein Gesicht reichte, um ihr zu zeigen, dass er sie damit nicht durchkommen lassen würde. Mit einem schnellen Satz hechtete er zu ihr, griff mit beiden Händen um ihre Taille, warf sie aufs Bett und setzte sich auf sie. Dann schnappte er ihre Hände und drückte sie über Vanessas Kopf auf die Matratze.

»Das wirst du bereuen«, drohte er grinsend.

Ohne jede Vorwarnung presste er seine Lippen auf ihre, und in der nächsten Sekunde fühlte sie seine gierige Zunge. Er küsste sie ungestüm, und seine Hände wanderten hungrig über ihren Körper und unter Pulli und Bluse. Das Verlangen, das in Vanessa aufstieg, nahm ihr für einen Moment den Atem, und sie stöhnte auf.

Trevor hielt abrupt inne und sah ihr in die Augen. »Himmel, ich stehe auf dieses leise Seufzen!«

Sein Atem ging schneller, und das Wissen darum, wie sehr er sie wollte, ließ sie mutig werden. Sie zog ihm Pulli und Shirt über den Kopf.

Über ihr kniend, richtete Trevor seinen Oberkörper auf. Vanessa hätte es ahnen müssen! Trevor war auch – oder besser gesagt: vor allem – ohne Shirt ein echter Hingucker. Dass er muskulöse Arme hatte, wusste sie spätestens seit dem Schulterwurf am ersten Abend. Doch er war niemand, der bereits von Weitem als Muskelpaket auffallen würde, denn er trug seinen Körper nicht in prolligen Muskelshirts und zu engen Pullis zur Schau. Umso mehr gefiel Vanessa die

Tatsache, dass nun ausgerechnet sie in den Genuss kam, ihn so zu sehen.

»Sattgesehen?«

Vanessa grinste. »Weiß nicht. Vielleicht könntest du einmal ums Bett laufen?«, fragte sie. »Nur um sicherzugehen, dass ich nichts übersehen habe?«

Er antwortete nicht, doch es sah nicht danach aus, als würde er diesem Wunsch nachkommen. Stattdessen zog er ihr ein Kleidungsstück nach dem anderen aus, bis sie nur in Slip und BH vor ihm lag.

»Ich hatte dich gewarnt. Ich will jeden einzelnen Zentimeter!« Er beugte sich über sie und machte wahr, was er gerade angekündigt hatte.

Und dann bestand Vanessas Welt nur noch aus Trevor. Immer wieder atmete sie tief durch die Nase ein, denn sie bekam einfach nicht genug davon, wie gut er roch. Sie erkundete jeden Zentimeter seines Körpers und gab sich ganz und gar seinen Berührungen und Küssen hin.

Er war liebevoll, ohne sie zu drängen, und gierig, ohne fordernd zu werden. Sie konnte es selbst kaum glauben, doch Trevor erwähnte mit keinem Wort, dass er mit ihr schlafen wollte. Sie genossen sich und die Nähe und die Berührungen des anderen, und in diesem Augenblick war das mehr als genug.

Es dauerte fast zwei Stunden, ehe sie voneinander ließen, um zu Atem zu kommen. Aneinandergekuschelt lagen sie im Bett, und Vanessa fand endlich den Mut, ihn nach seinem seltsamen Abgang im *The Ivy* zu befragen.

»Ich wollte nicht, dass du das Telefonat und den Streit mitkriegst und am Ende geschockt bist«, erklärte er.

Vanessa schwieg einen Augenblick. Auf die Frage in ihrem Kopf, warum sie durch ein Telefonat, das sie nichts anging, geschockt sein sollte, gab es eigentlich nur eine einzige Antwort.

»Eine andere Frau«, sagte sie leise, und von einer Sekunde auf die nächste schoss ihr Puls so in die Höhe, dass sie befürchtete, Trevor könnte es bemerken.

»Andere Frau?« Die Überraschung in seiner Stimme klang ehrlich. Er drehte sich auf den Bauch und sah sie grinsend an. »Ist das deine versteckte Art, mich über meine Exfrauen auszufragen?«

Vanessa spürte die Hitze, die ihr in die Wangen stieg. Er hatte sie durchschaut, also war es nun auch egal, wenn sie ihn direkt darauf ansprach. Sie entschied sich für Humor.

»Oje. Exfrauen? Worauf muss ich mich denn einrichten? Keifende Weiber, die dir irgendwo auflauern und dir, wenn wir im Restaurant sitzen, ihren Rotwein ins Gesicht kippen? Kinder, die am Wochenende zu Besuch kommen?«

Lachend beugte sich Trevor über sie und gab ihr einen Kuss auf die Nasenspitze.

»Nein, du neugieriges kleines Etwas. Keine Kinder, keine Haustiere und eine Exfreundin.«

»Du hattest nur eine Freundin?«

Vanessa sah Trevor skeptisch an und strich ihm die Locken beiseite, die ihm immer wieder vors Gesicht fielen.

»Na ja, eine, die zählt.« Er machte eine kurze Pause, ließ sich wieder auf den Rücken fallen und schob die Hände unter den Kopf. »Ist schon 'ne Weile her, und das Ende war übel. Vermutlich ähnlich wie das, was du mit diesem Idioten Josh erlebt hast. Blöd, wie ich damals war, dachte ich, wahre Liebe übersteht alles.«

Vanessa drehte sich zur Seite und sah ihn an. »Hat sie nicht?«

Trevor schüttelte den Kopf, gab aber keine Antwort mehr, und Vanessa hatte auch nicht vor, in dieser Wunde zu bohren.

Sie dachte einen Augenblick daran, wie viele Tausend Kilometer zwischen ihnen beiden liegen würden, wenn sie erst wieder in Winnipeg war, schluckte und schob den Gedanken beiseite. Jetzt war sie hier, und er war neben ihr. Sie hatten noch über zwei Wochen, und sie würde jede Sekunde mit diesem Mann auskosten, der ihr innerhalb weniger Tage so den Kopf verdreht hatte.

»Der Anruf kam von meinem Vater«, unterbrach Trevor ihre Gedanken. »Er besteht darauf, dass ich Heiligabend und den ersten Weihnachtsfeiertag bei ihm verbringe.«

Genervt verzog er sein Gesicht, und Vanessa beschloss, ihn endlich nach seinen Eltern zu fragen.

»Was ist denn zwischen dir und deinem Vater?«

Trevors Miene verfinsterte sich. Er zog seine Augenbrauen zusammen und presste die Lippen fest aufeinander.

»Ich meine, du musst nicht drüber reden, wenn du nicht willst«, wandte sie sofort ein.

»Schon gut. Ist kein Geheimnis, dass wir Schwierigkeiten miteinander haben.«

»Weil er zu sehr Upperclass ist, worauf du keine Lust hast?«

»Damit würde ich klarkommen, auch wenn ich es lächerlich finde, denn ich weiß ja, in welchen Verhältnissen er selbst groß geworden ist. Nein. Es hat mit seinen Frauengeschichten zu tun. Er benimmt sich wie ein Idiot. In den letzten zehn Jahren war er vier Mal verheiratet, und von Mal zu Mal werden seine Schnepfen jünger.«

Trevor richtete sich auf, warf einen Blick auf die Uhr und sah dann aus dem Fenster.

»Was ist mit deiner Mutter?«, fragte Vanessa.

Trevor seufzte leise, und ein schmerzerfüllter Ausdruck trat in sein Gesicht. »Starb, als ich neun war. Sie hatte einen angeborenen Herzfehler, von dem wir dummerweise nichts wussten. Dad sieht das so: Er hatte seine eine, ganz große Liebesgeschichte mit Mum. Und so was gibt es in seinen Augen kein zweites Mal. Ich habe lange versucht, ihn davon zu überzeugen, dass auch er wieder glücklich sein könnte, wenn er es nur mal ernsthaft versuchen würde.«

Vanessa überlegte einen Augenblick, bevor sie antwortete. »Vielleicht will er es einfach nicht anders?«

»Wie meinst du das?«

»Ist nur so ein Gedanke, aber womöglich erträgt er die

Vorstellung einfach nicht, dass irgendeine andere Frau je an deine Mutter herankommt?«

Trevor riss überrascht die Augen auf und lächelte dann. »So habe ich das noch gar nicht gesehen. Vielleicht hast du sogar recht, und echte Gefühle lösen bei ihm ein schlechtes Gewissen aus. Wäre nicht verwunderlich, denn er hat nie um Mum getrauert, geschweige denn, ihren Tod verarbeitet. Dafür fuhr er mich monatelang zum Therapeuten. Wenn also jemand austherapiert ist, dann ich.« Er lachte kurz und trocken auf.

Wieder warf Trevor einen Blick auf die Uhr und sah durch eins der Bullaugen hinaus.

»Erwartest du noch jemanden?«

»Den Bus.« Er deutete aus dem Fenster, doch Vanessa sah nichts als weißes Schneetreiben. »Der sollte eigentlich alle halbe Stunde fahren, aber ich habe, seit wir hier sind, noch keinen einzigen gesehen. Mein sorgfältig ausgeklügelter Plan für heute sah vor, dass wir den letzten Bus nach Hause nehmen, aber ich schätze mal, bei dem Schnee bricht der gesamte Verkehr zusammen. Weiße Flocken in großen Mengen verkraften wir hier auf der Insel nicht sonderlich gut.«

Vanessa stand auf, wickelte sich die Bettdecke um die Schultern und lief zum Fenster. Das Haltestellenschild unweit des Stegs war inzwischen ziemlich eingeschneit, und sie schätzte, dass in den letzten drei Stunden mindestens zehn Zentimeter Schnee gefallen sein dürften.

»Du meinst, wir kommen hier heute nicht wieder weg?« Vermutlich sollte sie sich Sorgen machen, aber dafür gefiel ihr die Vorstellung, mit Trevor für eine Weile festzusitzen, viel zu gut.

Der nickte jetzt, sprang aus dem Bett und schlüpfte in sein Shirt.

»Wenn ich nicht gleich was zu essen kriege, vernasche ich dich«, rief er ihr zu, verschwand in die kleine Küche, und während Vanessa sich ebenfalls anzog, hörte sie ihn mit Töpfen klappern.

Wenig später saßen sie vor dampfenden Tellern mit Chili con Carne, und Trevor wartete gespannt darauf, dass sie zu essen begann. Vanessa schob sich den ersten Löffel in den Mund. Im nächsten Augenblick schossen ihr die Tränen in die Augen. Krampfhaft starrte sie auf ihren Teller, während ihr der Schweiß auf die Oberlippe trat. Sie hatte nur noch einen einzigen Gedanken: Wie konnte sie dieses Essen loswerden, ohne Trevor damit zu verletzen? Sie schluckte und griff nach ihrem Teebecher, der inzwischen glücklicherweise so abgekühlt war, dass sie ihn hinunterstürzen konnte.

»Und?«

Mehr als ein Nicken brachte Vanessa nicht zustande. Trevor lächelte und schob sich ebenfalls einen Löffel in den Mund. Er war allerdings weit weniger vornehm als sie und spuckte das Chili im hohen Bogen wieder aus.

»Ach du Scheiße«, fluchte er und begann zu husten.

Dann hechelte er wie ein Hund, der einen Marathon hinter sich gebracht hatte, wobei er die Zunge aus dem Mund hängen ließ.

Beide sahen sich an und begannen erst zu prusten und dann zu lachen. Vanessa liefen Tränen und Nase gleichzeitig. Sie kramte Taschentücher hervor und reichte Trevor ebenfalls eins.

Es dauerte fast zehn Minuten, bis sich Geschmacksnerven und Schleimhäute wieder beruhigt hatten und sie sprechen konnte.

»Ich würde ja sagen, es ist lecker«, presste sie hervor. »Aber ich fürchte, meine Geschmacksnerven sind für immer verätzt.«

Trevor nickte, griff nach dem Topf, lief hinaus aufs Deck und kippte den Inhalt beherzt über Bord.

»Das war genau so geplant. Quasi deine Feuertaufe«, sagte er, als er hereinkam. »Du hast leider nicht bestanden.«

»Du noch weniger«, gab Vanessa zurück. »Ich habe wenigstens einen Löffel runtergewürgt.«

»Stimmt. Wenn ich jetzt ein Streichholz an deinen Atem halte, spuckst du vermutlich Feuer, kleiner Smaug-Junior.«

»Und was nun?«

»Bleiben noch die restlichen Sandwiches. Nicht warm, nicht mehr viel, aber auf jeden Fall genießbarer als DAS da!« Er deutete über die Reling und schüttelte den Kopf. »Ich hätte doch noch mal probieren sollen.«

Sie teilten sich die letzten Sandwichreste, und da das nicht unbedingt die Essensration war, die einen Mann satt machte, erklärte Trevor auch sofort, dass ihm so nun leider keine Wahl mehr blieb, als sie, wie schon angekündigt, doch noch zu vernaschen.

»Aber das muss nicht gleich sein«, ergänzte er und setzte ein gönnerhaftes Lächeln auf.

»Zu gütig, du großartigster aller Chefköche!«, grinste Vanessa.

»Willst du vielleicht deiner Grandma Bescheid geben, wo wir sind? Nur damit sie sich keine Sorgen macht«, holte er sie abrupt in die Realität zurück.

»Gute Idee.«

Vanessa zückte ihr Handy und schrieb Katrina eine Nachricht. »Wir schaffen es doch rechtzeitig zurück, oder? Mein Bruder kommt morgen Nachmittag gegen vier am Bahnhof Cambridge an«, sagte Vanessa, während sie die Nachricht an ihre Grandma mit passenden winterlichen Emojis versah.

»Das schaffen wir. Gibt es eigentlich Neuigkeiten in Sachen Edward?«

Vanessa nickte. Die letzten Stunden waren so aufregend gewesen, dass sie völlig vergessen hatte, Trevor zu erzählen, was sie von Georgina erfahren hatte. Das holte sie nun nach.

»Und es gibt noch etwas«, fügte sie hinzu, nachdem er auf dem neuesten Stand war. Sie griff nach ihrem Rucksack, holte das Tagebuch hervor und drückte es Trevor in die Hand.

»Ist es das, wofür ich es halte?«, fragte er, und seine Stimme klang fast schon ehrfürchtig, als er nach dem ledernen Buch griff.

»Ja. Georgina hat es mir mit dem Hinweis, dass ich es lesen sollte, gegeben. Sie meinte, es ginge mich auch etwas an.«

»Und? Geht es dich etwas an?«

»Keine Ahnung. Ich habe noch nicht reingesehen.«

Trevor sah sie verständnislos an. »Ist das dein Ernst?«

»Ja. Ich meine, als ich heimkam, habe ich mich umgezogen und bin sofort rüber zu Marc. Ich wollte dich nicht warten lassen.«

»Dann machst du das jetzt, während ich uns noch mal Tee koche. Und alles, was du mir von den Erlebnissen deiner Grandma anvertrauen möchtest, erzählst du mir dann. Einverstanden?«

Vanessa nickte, und eine warme Woge durchströmte ihren Körper. Er hatte nicht einfach gesagt: Lass es uns gemeinsam lesen. Er hatte genug Einfühlungsvermögen, um zu erkennen, dass er diese Geschichte erst mal ihr überlassen sollte. Andererseits spürte Vanessa, dass sie nichts mehr wollte, als die Seiten mit ihm zusammen zu lesen. Sie verstand selbst nicht genau, warum sie ihm so sehr vertraute. Vielleicht war es ja die Tatsache, dass er die Details ohnehin wissen musste, wenn er ihr bei der Suche nach Edward Stringer helfen sollte. Oder aber Trevor Rutherford hatte sie schlicht und einfach mit Haut und Haaren im Sturm erobert, und sie hatte längst alle Bedenken über Bord gekippt, so wie er gerade das viel zu scharfe Chili.

Vanessa las und las und vergaß irgendwann alles um sich herum. Sie tauchte ein in die Geschichte ihrer Grandma und legte das Tagebuch erst wieder beiseite, nachdem sie erfahren hatte, wie Katrina und Edward sich kennengelernt hatten.

Sie erzählte Trevor von der Fahrstuhlfahrt, bei der Edward ihre Grandma offenbar hatte stehen lassen, nur um sie genüsslich ansehen zu können.

»Ganz schön gerissen«, kommentierte Trevor. »Diese Szene hat was von Marilyn Monroe, die in ihrem weißen Kleid auf dem Gitter steht und deren Beine durch einen Luftzug von unten freigelegt werden. Edwards Fahrstuhlfahrt – quasi an Katrinas Beinen herunter – hatte sicher einen ähnlichen Effekt.«

Vanessa legte den Kopf schief und sah Trevor eine Weile schweigend an. Ihr wollte einfach nicht in den Kopf, dass sie solches Glück hatte. Trevor war der romantischste Mann, den sie je kennengelernt hatte. Er war nicht nur kreativ, wenn es um spontane Aktionen ging, oder hatte einen Musikgeschmack, der genau ihren traf. Daneben kannte er ganz offensichtlich auch noch die alten Filmklassiker – ein sicherer Weg, um Vanessa zu beeindrucken. Sie hätte gern weitergelesen, doch Trevor nahm ihren verträumten Blick zum Anlass, sich Gedanken um ihre Beine zu machen.

»Ich sehe ja ein«, sinnierte er, nachdem er ihr immerhin fast eine Stunde Lesezeit gegeben und geschwiegen hatte, »dass Hosen im Winter sinnvoll sind. Aber bedauerlich ist es trotzdem.«

Vanessa ahnte, worauf er hinauswollte.

»Ich meine«, fuhr er fort, »wenn du jetzt ein Kleid tragen

würdest, müsste ich dich jetzt nicht umständlich aus deiner Jeans pellen.«

»Musst du ja nicht.«

»Doch. Muss ich. Die Sache mit dem Chili richtet sonst ernsthaften Schaden an. Mein Körper könnte aushungern und einfach in sich zusammenklappen.« Er hob seine Hände, als wären sie aufrecht stehende Karten eines Kartenhauses, und ließ sie dann ruckartig übereinander zusammenfallen.

»So, verstehst du? Ich brauche was Süßes, sonst bin ich innerhalb von zehn Minuten völlig unterzuckert.«

»Und das wollen wir ja nicht.« Vanessa schlug das Tagebuch ihrer Grandma zu und erhob sich. Wortlos ging sie in Richtung Schlafzimmer und ließ dabei ein Kleidungsstück nach dem anderen fallen.

»Ich LIEBE das heutige Menü«, feixte Trevor und folgte ihr.

Die Nacht mit Trevor war traumhaft, auch wenn sie nicht viel Schlaf und noch weniger zu essen hatten. Als sie am nächsten Tag völlig übermüdet Ordnung auf dem Boot machten, bedauerte Vanessa, dass sie schon gehen mussten.

Andererseits war auch sie inzwischen so hungrig, dass sie es keinen weiteren Tag mehr ohne etwas Vernünftiges zu essen aushalten würde.

Der Schnee hatte über Nacht etwas nachgelassen, trotzdem war sich Trevor nicht sicher, ob die Busse wieder fahren würden. Am Ende brachten sie nicht genug Geduld auf, um es herauszufinden, sondern riefen ein Taxi.

»Was hältst du von Chinesisch?«, fragte Trevor, als sie nach fast fünfundvierzig Minuten Wartezeit endlich im Taxi saßen.

»Ich liebe es. Aber sollten wir nicht erst mal irgendwo frühstücken?«

Er zog seinen Jackenärmel hoch und sah auf seine Uhr. Dann schüttelte er den Kopf. »Frühstück wird völlig überbewertet. Es ist kurz nach elf, genau die richtige Zeit für Ente süß-sauer.«

Vanessas kurzes Nicken reichte ihm. Noch im Taxi gab er seine Bestellung am Handy durch und bestellte Portionen, die vermutlich auch für eine ganze Woche reichen würden.

Kapitel 14

Vanessa, Mittwoch, 20. Dezember, Gegenwart

Es wunderte Vanessa kein bisschen, dass Vigo und Trevor sich auf Anhieb verstanden.

Trevor hatte sich nicht aufdrängen wollen und es deswegen Vanessa und ihrer Grandma überlassen, Vigo vom Busbahnhof abzuholen. Zu dritt hatten sie erst im *The Punter* etwas gegessen und dann beschlossen, dass Vigo eine Nacht bei Vanessa bleiben würde, bevor er sich für die restlichen Feiertage bei Georgina einquartierte.

Nach dem Essen hatte Vanessa ihrem Bruder ihre Unterkunft gezeigt und ihm Trevor vorgestellt. Sie waren ins Plaudern gekommen. Inzwischen war es kurz nach neun, und Grandma war längst zu Georgina zurückgefahren.

Vanessa saß am Küchentisch und kam sich reichlich überflüssig vor, denn Trevor und ihr Bruder palaverten nun schon seit fast anderthalb Stunden.

Dabei kamen sie vom Hundertsten ins Tausendste, und immer dann, wenn Vanessa dachte, ihnen würde der Gesprächsstoff ausgehen, fanden sie etwas Neues, worüber sie reden konnten: die besten Serien aller Zeiten, der großartigste James Bond oder Reiseziele, die man bis Ende zwanzig auf jeden Fall gesehen haben sollte.

Als sie bei ihren Hobbys angelangt waren und sich gegenseitig vom Fotografieren und Zeichnen erzählten, knallte Vanessa hörbar den Kopf auf die Tischplatte, als würde sie in einen tiefen Dornröschenschlaf fallen, und riss ihn gleich danach wieder hoch.

Der Wums hatte die erhoffte Wirkung. Trevor und Vig schienen irgendwie aufzuwachen und sahen sie erschrocken an.

»Alles in Ordnung, Käfer?«, fragte Vigo.

»Alles bestens«, stöhnte Vanessa und rieb sich die Stirn, denn der Aufprall ihres Kopfes war heftiger gewesen als beabsichtigt. »Habt ihr mal auf die Uhr gesehen? Ihr quasselt schon seit anderthalb Stunden ohne Punkt und Komma.«

»Oh, fühlt sich Madam nicht genug beachtet?«, fragte Vigo und grinste.

Vanessa gab ihm einen Klaps auf den Hinterkopf. »Sei nicht so frech, sonst stellt dich mein großer, starker Mitbewohner einfach vor die Tür. Das kann der nämlich.«

Vigo sah fragend zwischen ihr und Trevor hin und her, doch anstatt für sie Partei zu ergreifen, beschloss Trevor wohl gerade in dieser Sekunde, dass Männer auch einfach mal zusammenhalten müssten.

»Ich weiß nicht, Süße. Aber ich glaube, dein Bruder lässt sich nicht so leicht über die Schulter werfen wie du.« Dann wandte er sich wieder an Vigo. »Hast du welche von deinen Zeichnungen dabei?«

Vigo biss sich auf die Unterlippe. »Ja, schon«, sagte er zögernd. »Aber das sind nur ein paar grobe Entwürfe.«

»Glaub ihm kein Wort, Trevor. Seine Zeichnungen sind der Hammer.«

»Zeig doch mal«, bat Trevor.

Vigo wand sich auf seinem Stuhl, und Vanessa wusste genau, wie er sich fühlte. Sie kannte ihren Bruder gut genug. In den folgenden zehn Minuten würde er ununterbrochen darüber reden, warum er und seine Zeichnungen noch nicht so weit waren, um damit an die Öffentlichkeit zu treten.

»Lass gut sein«, schnitt sie Vigo deshalb das Wort ab, als der zu reden beginnen wollte. »Bleibt doch hier in den vier Wänden.«

Vigo seufzte, und zu Vanessas Überraschung stand er auf, ging zu seiner Tasche und holte seine Mappe hervor. Schon daran, wie sorgfältig er die einzelnen Blätter verpackt hatte, damit sie nicht verknitterten, erkannte sie, dass ihr Bruder sehr wohl wusste, dass ihm diesmal etwas Großartiges gelungen war.

Sie fragte sich allerdings ernsthaft, ob er jemals den Mut aufbringen würde, mit seinen Zeichnungen an die Öffentlichkeit zu gehen. Dass Vigo jetzt drei Blätter aus seiner Mappe nahm und sie auf den Küchentisch legte, war mehr, als sie je erwartet hätte.

Trevor rückte seinen Stuhl zurecht, griff nach dem ersten Blatt und sah zunächst auf die Rückseite.

»Deine E-Mail-Adresse?«, fragte er.

»Ja«, antwortete Vigo. »Falls ich eine der Zeichnungen verlieren sollte, findet sie so hoffentlich zurück zu mir.«

Trevor nickte und drehte das erste Blatt herum. Er nahm sich eine Seite nach der anderen vor und sagte minutenlang kein Wort. Mitte der zweiten Seite lachte er schallend, und als er, am Ende von Seite drei angekommen, ungläubig den Kopf schüttelte, lehnte sich Vanessa entspannt zurück und lächelte. Sie wusste in diesem Moment, dass Trevor genauso begeistert von dem Comic war wie sie selbst.

»Du solltest das unbedingt jemandem zeigen«, sagte Trevor schließlich. Er sah erst zu Vigo, dann blieb sein Blick an Vanessa hängen.

»Ernsthaft, Vanessa. Dein Bruder ist ein echter Könner.«

»Ich weiß«, gab sie ruhig zurück.

»Das ist doch nichts«, sagte Vigo, dem die Aufmerksamkeit offensichtlich zu viel wurde. Er schob die Bilder eilig in seine Mappe zurück und erklärte: »Ich muss da noch einiges dran machen. Außerdem habe ich noch nicht das passende Ende für meine Geschichte gefunden.«

Vanessa seufzte. Natürlich hatte er seinen *Clumsy Crumpet*-Comic noch nicht abgeschlossen. Er hatte ja auch noch nicht mit Malou abgeschlossen. Sie hoffte noch immer auf ein Happy End zwischen den beiden.

»Wärt ihr mir böse, wenn ich mich aufs Ohr haue?«, fragte Vigo. »Ich bin echt fertig, der Tag war lang.«

»Komm mit, ich zeig dir dein Zimmer«, sagte Trevor.

Vanessa lächelte in sich hinein. Von wegen »sein« Zimmer. Eigentlich war es das Zimmer, das sie in den letzten Tagen bewohnt hatte. Doch nach der gemeinsamen Nacht auf Petes Hausboot hatte Trevor heute nach ihrem chinesischen Frühstück spontan beschlossen, dass es wohl besser wäre, wenn ihr Bruder Finleys Zimmer bekäme und sie solange bei ihm schliefe. Also hatten sie gemeinsam Finleys Bett frisch bezogen und Vanessas Klamotten in Trevors Zimmer verfrachtet.

»Fühlt sich ein bisschen an, als würde ich bei dir einziehen«, hatte Vanessa nervös gekichert, doch Trevor hatte nur entspannt die Schultern gezuckt, als wäre es das Normalste der Welt.

Nachdem Vigo erst im Bad und dann im Bett verschwunden war, merkte auch Vanessa schnell, dass ihr etliche Stunden Schlaf fehlten.

»Was hältst du von kuscheln und fernglotzen?«, fragte Trevor.

»Kannst du Gedanken lesen? Genau daran habe ich auch gerade gedacht. Ich kann dir allerdings nicht versprechen, dass ich lange durchhalte«, gab Vanessa zu bedenken und gähnte herzhaft. »Irgendjemand hat mir in der letzten Nacht den Schlaf geraubt.«

Trevor zog sie vom Stuhl, wuschelte liebevoll durch ihre Haare und gab ihr einen Kuss. »Musst du nicht. Wenn dir danach ist, kannst du auch sofort in meinen Armen einschlafen.«

Vanessa seufzte leise. Fantastische Vorstellung. Es war kaum zu glauben, wie selbstverständlich Worte wie diese aus Trevors Mund klangen. Als wären die Dinge zwischen ihnen nie anders gewesen.

Am Donnerstag vor Weihnachten erwachte Vanessa mit einem Lächeln im Gesicht. Die letzten beiden Tage waren die mit Abstand besten Tage gewesen, die sie seit Langem erlebt hatte. Trevor und sie hatten sich aufeinander eingelassen, und alles daran fühlte sich richtig an. Außerdem war ihr Bruder gekommen, um Weihnachten mit ihnen zu feiern, und durch das Tagebuch ihrer Großmutter war sie dem Geheimnis um Edward Stringer ein ganzes Stück näher gekommen.

Vanessa tastete neben sich, doch das Bett war leer. Ob Trevor sie wieder mit einem Frühstück überraschte? Sie zog sich einen gemütlichen Jogginganzug an und ging in die Küche.

Trevor war nicht da, und der Tisch sah genauso aus, wie sie ihn gestern Abend verlassen hatten. Vanessa lauschte in die Wohnung, doch es war still. Sie ging zurück in den Flur und klopfte an die Badezimmertür.

»Trevor?«

Die Tür ging auf, doch statt Trevor schob Vigo seinen dunkelblonden Lockenkopf durch die Tür. »Der ist heute früh schon weg.«

»Was meinst du mit weg?«, fragte Vanessa. Ihre Hände waren plötzlich eiskalt, und sie zog fröstelnd den Reißverschluss ihrer Sweatshirtjacke zu.

»Er meinte, er müsste los. Irgendwas Familiäres.«

»Hat er gesagt, wann er wiederkommt?«

Vigo schüttelte den Kopf und verzog sich wieder ins Bad. Vanessa fühlte sich hundeelend, und ihr Herz raste. Sie hatte keine Ahnung, was das zu bedeuten hatte. Warum war er ohne eine Erklärung einfach gegangen?

Einen Augenblick stand sie unschlüssig im Flur und überlegte. Sie wusste, dass Trevors Vater gemeinsam mit ihm Weihnachten feiern wollte. Vielleicht hatte er ihn ja schon jetzt zu sich bestellt? Der Gedanke beruhigte sie, und ihr fiel ein, dass er ihr sicher eine Nachricht hinterlassen hatte.

Nach allem, was er vorgestern für sie auf die Beine gestellt hatte, würde er wohl kaum einfach so verschwinden – immerhin waren sie am Abend noch eng umschlungen eingeschlafen, und sie konnte sich beim besten Willen nicht vorstellen, was sich über Nacht hätte ändern sollen.

Sie lief zurück in die Küche, doch dort lag kein Zettel von Trevor. Also sah sie sich in seinem Zimmer um, ebenfalls ohne Erfolg.

Blieb nur noch das Handy. Vanessa schaltete es ein. Mit klopfendem Herzen starrte sie auf den Bildschirm. Trevor hatte sich nicht gemeldet.

Ihr wurde flau im Magen, und sie hatte plötzlich das Gefühl, als zöge ihr jemand den Boden unter den Füßen weg. Schwer ließ sie sich auf Trevors Bett fallen und rollte sich zusammen.

Was sollte das? Sie verstand es einfach nicht. Wie konnte

er nach dem gestrigen Tag ohne ein Wort gehen? War es möglich, dass er sie angelogen hatte? Dass es doch eine andere Frau in seinem Leben gab? In diesem Moment dachte sie an Edward und Katrina und daran, dass ihre Grandma auch von einem Tag auf den anderen verschwunden war und die Beziehung zwischen beiden für immer zerbrochen war.

Vanessa seufzte und versuchte sich einzureden, dass die Dinge hier ja ganz anders lagen. Immerhin war sie in seiner Wohnung – er musste wohl oder übel wiederauftauchen.

Und was, wenn nicht? Was, wenn er sich bei seinem Vater einquartierte und erst wiederkam, wenn sie zurück in Winnipeg war?

Vanessa richtete sich abrupt wieder auf. Unter keinen Umständen würde sie zulassen, dass das passierte! Sie griff nach ihrem Handy, wählte seine Nummer und wartete.

Ihr Herz begann zu rasen, als es klingelte. Sie war so nervös, dass sie sogar die Klingeltöne mitzählte.

Nach dem zwölften Klingeln drückte er sie weg.

Fassungslos starrte Vanessa auf ihr Handy. Sie wollte sich einreden, dass er womöglich gerade in einem Gespräch war oder in einem Funkloch. Es gab tausend Gründe, warum er gerade jetzt nicht reden konnte.

Doch es klappte nicht, sich etwas vorzumachen. Er war ohne ein Wort verschwunden. Er hatte ihr keine Nachricht hinterlassen, und nun drückte er ihren Anruf weg. Was auch immer sich über Nacht geändert hatte, das Ergebnis blieb das gleiche: Trevor Rutherford war auf Abstand gegangen.

Oder mehr als das. Womöglich gehörte er zu den Männern, die Grandma immer als *Jäger* bezeichnete: Sie jagten mit Hingabe, waren dabei charmant und kreativ. Aber sobald die Beute erlegt war, verloren sie jedes Interesse an ihr.

Vanessa schluckte. Sie wollte nicht glauben, dass all das, was zwischen ihnen passiert war, nichts weiter als ein Spiel für Trevor gewesen sein sollte. Sie beschloss, ihre negativen Gedanken beiseitezuschieben und nicht gleich vom Schlimmsten auszugehen. Als wäre nichts gewesen, schrieb sie ihm: *Hey, bist du aus dem Bett gefallen? Wo steckst du? Unterwegs in Sachen Frühstück?*

Sie drückte auf *Senden* und wartete. Kurz darauf zeigte ihre Statusleiste, dass Trevor online war und ihre Nachricht las. Doch er schrieb nicht zurück.

Kapitel 15

Katrina, 27. September 1967

Vier Tage gelang es Katrina, ihr Geheimnis für sich zu behalten. Als sie jedoch am Mittwoch nach ihrem Kinodate auf Georgie stieß, erkannte die sofort, dass zwischen ihr und Edward etwas vorgefallen sein musste.

Zwischen zwei Zigarettenzügen auf dem Hoteldach fragte sie Katrina aus. »Also habt ihr es endlich geschafft?«

»Wenn du damit meinst, ob wir zusammen sind, dann ist die Antwort Ja«, antwortete Katrina.

»Wie ist es passiert?«, bohrte Georgie weiter.

Katrina sah Georgie schweigend an und überlegte, wie sie auf diese Frage antworten sollte, ohne ihre neue Freundin zu kränken. Anders als diese gehörte Katrina nicht zu den Menschen, die ihr Gefühlsleben gern mit aller Welt teilten. Wenn sie ehrlich war, teilte sie es noch nicht einmal mit guten Freunden. Ihre Gefühle waren ihre Privatangelegenheit – das hatte sie schon immer so gehalten. Dabei ging es ihr nicht darum, dass sie Georgie nicht vertraute. Sie war in diesen Dingen einfach nur egoistisch. Sie wollte diese besonderen Momente für sich behalten, denn nur so blieben sie ihrer Meinung nach wertvoll, wie ein Schatz, den man fand und über den man besser nicht sprach, weil sich sonst alle Welt einmischte und teilhaben wollte.

»Du willst also nicht rausrücken mit der Sprache?«, unterbrach Georgie ihre Gedanken. »Auch recht. Ihr seid ein Paar, mehr muss ich fürs Erste nicht wissen. Hast du heute Abend schon irgendwelche Pläne?«

»Nein, warum fragst du?«

»Isaac und ein paar Leute haben etwas Wichtiges vor, und wir könnten noch Hilfe gebrauchen. Edward wird auch dabei sein. Um sechs vor dem Hotel?«

»Ich werde da sein«, antwortete Katrina. »Geht es um das Maskottchen, das die Naturwissenschaftler den Philosophen geklaut haben?«

»Bist ja bestens im Bilde«, antwortete Georgie. »Ja. Wir haben noch ein bisschen Arbeit vor uns, aber das erklären wir dir alles.«

Katrinas Eltern hatten an diesem Abend eigene Pläne, und als sie um fünf vor sechs die Suite verließ, musste sie nicht einmal Rapport abliefern, denn Sandrine und Leonard Vallée hatten das Hotel bereits am Nachmittag verlassen und würden vor Mitternacht nicht zurück sein.

Edwards blaugrauer Austin stand schon vor dem Hotel, und außer ihm saßen auch Georgie und Isaac im Wagen.

»Da bist du ja endlich«, begrüßte Georgie sie ungeduldig.

»Ins Wohnheim«, bat Isaac, und Edward startete den Wagen, nachdem er Katrina mit einem Kuss begrüßt hatte.

Ein Blick in seine Augen genügte Katrina, um zu erkennen, dass auch er sie in den vergangenen Tagen vermisst hatte, und anders als sie hatte er überhaupt kein Problem damit, seine Gefühle offen auszusprechen. »Solange am Ende der Nacht noch Zeit für mich und Kathy übrig bleibt, helfen wir gern.«

Katrinas Herzschlag beschleunigte sich, und sie sah lächelnd aus dem Seitenfenster. Liebend gern würde sie da weitermachen, wo Edward und sie im Autokino aufgehört hatten. Noch nie zuvor hatte sie einen festen Freund gehabt, mit ihren fast achtzehn Jahren war sie damit in Zeiten freier Liebe vermutlich ein absolutes Unikat. Natürlich hatte sie darüber nachgedacht, wie es wohl wäre, mit einem Jungen zu schlafen, doch diejenigen, die bisher Interesse an ihr gezeigt hatten, waren entweder überhebliche Idioten gewesen oder aber zu guten Freunden geworden.

Bei Edward war das etwas anderes. Seit er sie im Autokino geküsst hatte, war ihr Gefühlsleben ein einziges Chaos, und das lag nicht nur daran, dass ihr Magen rebellierte, wenn sie an ihn dachte, sondern auch daran, dass sie zum ersten Mal den Wunsch hatte, weiter zu gehen, als sie es bisher zugelassen hatte.

Katrina dachte daran, wie er behutsam ihr Gesicht und ihren Rücken gestreichelt hatte, und sofort wurden ihre Hände feucht. Sie presste die Handflächen gegen die Oberschenkel. Dann warf sie Edward einen Seitenblick zu, und als sie sah, dass er zufrieden vor sich hin grinste, beruhigte sich ihr Puls plötzlich wieder. Was auch immer diese Nacht bringen würde – er war im Moment genauso glücklich verknallt, wie sie es war.

Edward parkte den Wagen vor einem grau-grünen Betonklotz, der offenbar Isaacs Wohnheim war. Im dritten Stockwerk, in dem Isaacs Zimmer lag, ging es zu wie im Taubenschlag. Studenten beider Geschlechter rannten hin und her, trugen für Katrina noch völlig unverständliche Materialien wie Stroh in Säcken, Stoffe und Felle hin und her und trieben sich gegenseitig zur Eile an.

»Was ist denn hier los?«, wollte sie wissen.

»Folgt mir«, kommandierte Isaac. Er lief bis ans Ende des Flurs und bog nach links in eine große Gemeinschaftsküche, in der sechs junge Frauen an einem großen Tisch saßen und nähten. Außerdem bemerkte Katrina, dass an den Wänden große Kinoplakate hingen.

»Und, wer von euch ist Fan vom *Dschungelbuch*?«, fragte sie lachend, denn die Poster zeigten Mogli, Balu und Baghira – die Hauptcharaktere aus dem Film *Dschungelbuch*, der in den nächsten Wochen in die Kinos kommen würde und für den gerade sämtliche Werbetrommeln gerührt wurden.

»Im Moment wir alle«, antwortete Isaac geheimnisvoll. »Edward, dich brauchen wir unten an der Telefonzelle. Katrina, du und Georgina stopft die Figuren aus.«

Katrina sah Isaac verständnislos an und hob fragend beide Hände. »Geht's vielleicht weniger kryptisch?«

Ohne eine Antwort abzuwarten, schnappte Georgie ihre Hand und zog sie über den Flur zu den Gemeinschaftsduschen. Dort lagerten mehrere Säcke, die mit Heu gefüllt waren.

»Nimm du zwei«, bat Georgie, schnappte sich selbst ebenfalls zwei und lief voraus – zurück in Richtung Küche.

»Balu ist fertig«, sagte eines der nähenden Mädchen, stand auf und hielt eine riesige graue Stoffhülle vor den Körper.

»Den Kopf haben wir auch«, ergänzte eine andere Näherin. Dann sahen beide zu Katrina und Georgie. »Ihr könnt anfangen zu stopfen, danach nähen wir Kopf und Körper noch zusammen und machen mit Mogli und Baghira weiter.«

Katrina griff nach dem Körper, während Georgie begann, den Kopf mit Stroh zu füllen.

»Klärst du mich noch auf, was das werden soll?«, fragte Katrina irgendwann.

»Wirst du schon sehen«, grinste ein Mädchen, das gerade Baghiras Schwanz ausstopfte.

Obwohl es nach letzten Handgriffen aussah, dauerte es bis kurz nach elf, bis Balu, Mogli und Baghira fertig waren.

»Sind doch ganz gut geworden«, stellte Georgie fest.

»Nicht ganz wie die Originale, aber zumindest erkennt man sie«, stimmte eins der Mädchen zu. »Laden wir sie ins Auto. Danach haben wir Zeit zum Quatschen. Um zwei fahren wir.«

Katrina warf einen fragenden Blick zu Georgie, und die

erklärte: »Vorher ist noch zu viel los auf den Straßen. Wir wollen ja nicht erwischt werden.« Sie grinste, und dann schleppten sie die drei *Dschungelbuch*-Figuren gemeinsam aus dem Wohnheim und luden sie in einen verrosteten alten Kleintransporter.

Nachdem das erledigt war, zog Georgie ihre Zigaretten hervor und lehnte sich rauchend an den Wagen.

»Was machen Edward und Isaac gerade?«, fragte Katrina.

»Entweder Flaschenzug oder Telefonzelle vorbereiten«, antwortete sie.

Katrina überlegte, ob sie einen letzten Versuch wagen und fragen sollte, wie genau der Racheplan der Philosophen aussah, doch ein Blick in Georgies schelmisch grinsendes Gesicht genügte. Offenbar bereitete es ihr und Isaac einen Heidenspaß, sie und Edward im Ungewissen zu lassen, also beschloss sie, nicht weiter nachzuhaken.

Nachdem ihre Arbeit getan war, versammelten sich Katrina, Georgie und die anderen Mädchen wieder in der Küche. Edward, Isaac und fünf weitere Jungs gesellten sich kurz darauf zu ihnen.

Isaac holte Bier aus dem Kühlschrank, und dann stießen sie auf die gelungenen Vorbereitungen an.

Noch eine Weile versuchte Katrina mit Edwards Hilfe herauszufinden, was genau die Studenten mit der Telefonzelle und den überdimensionalen *Dschungelbuch*-Figuren vorhatten, doch niemand dachte daran, sie aufzuklären. Stattdessen drehten sich die Gespräche um das geklaute Maskottchen und darum, wie sie es in einer heimlichen Nacht-und-Nebel-Aktion zurückgeholt hatten.

Auf Katrinas Frage, warum sie es denn nicht bei der Rückholaktion belassen hätten, klärten Isaac und seine Freunde sie ausführlich darüber auf, wie Fakultätsfehden in Cambridge ausgetragen wurden und dass es selbstverständlich eine Sache der Ehre war, nicht nur den Schaden zu beheben, sondern auch angemessen darauf zu reagieren.

Gegen halb zwei wurden Isaac und seine Freunde unruhig, und nur wenige Minuten später mahnten sie zum Aufbruch. Vor dem Wohnheim sprachen sie ab, wer in welchem Auto mitfuhr, denn neben dem Kleintransporter, den Katrina gemeinsam mit den anderen Mädchen beladen hatte, stand ein weiteres Auto mit Anhänger bereit, auf dem besagte Telefonzelle liegend aufgeladen worden war. Die Jungs hatten sie mit alten Stoffplanen abgedeckt und mit Seilen festgebunden.

»Wir fahren rüber zu den Naturwissenschaftlern. Parkt hinter dem Gebäude, da gibt es kaum Beleuchtung«, sagte Isaac und drückte jedem eine schwarze Strickmütze in die Hand.

»Ist das nicht ein bisschen übertrieben?«, flüsterte Katrina Edward zu.

Der grinste, schlüpfte mit der Hand in den Stoff und schob Daumen und Finger durch die Löcher, die für Augen, Nase und Mund hineingeschnitten worden waren.

»Alles für die Show. Wenn wir bemerkt werden, geht zwar

die Aktion schief, aber vielleicht können wir dann wenigstens noch unerkannt abhauen.«

Katrinas Puls beschleunigte sich, obwohl sie im Moment nichts weiter taten, als ins Auto zu steigen. Edward fuhr dem Kleintransporter hinterher, und je näher sie in die Innenstadt kamen, desto nervöser wurde sie. Ihre Hände waren inzwischen eiskalt, und vor Aufregung hatte sie einen Schluckauf bekommen.

Was machte sie hier eigentlich? Wenn sie aufflog, würde ihr Vater ihr die Hölle heißmachen. Immerhin war er Gastprofessor, und eine Tochter, die sich an Streichen unter Studenten beteiligte, gab sicher eine großartige Grundlage für Universitätstratsch ab.

Andererseits schadeten sie niemandem, und soweit Katrina das verstand, hatten Streiche dieser Art eine lange Tradition – sicher nicht nur in Cambridge, sondern auch in anderen Universitätsstädten. Wenn sie es sich recht überlegte, bestand sogar die Möglichkeit, dass auch ihr Vater irgendwann einmal Teil einer solchen Aktion gewesen war, denn im Gegensatz zu ihrer stets überkorrekten Maman hatte er den Schalk im Nacken sitzen.

Edward parkte den Wagen abseits in einer Seitenstraße. Sie stiegen aus, und erst als die anderen ihre Skimützen aufsetzten, bemerkte Katrina, dass sie ihre vor lauter Aufregung im Wagen gelassen hatte.

»Scheiße«, fluchte sie leise. »Meine Mütze.«

Edward entblößte zwei Reihen strahlend weißer Zähne

unter der Mütze und warf seinen Kopf in den Nacken. »Du bist mir so eine Schwerstkriminelle. Vergisst glatt deine Tarnung!«

Er schloss sein Auto noch mal auf, holte die Mütze und zog sie Katrina vorsichtig über den Kopf. Er schob sie zurecht, bis Augen, Mund und Nase frei waren, und küsste sie. »Aufgeregt?«, fragte er.

»Und wie. Ich mache mir gleich in die Hose.«

»Rebecca, Anna, ihr stellt euch an die Hausecken.« Isaac deutete mit beiden Armen die Straße rauf und runter. »Wenn jemand kommt, gebt ihr Signal, damit wir gewarnt sind. Edward, Katrina, ihr müsst mir helfen, den Flaschenzug in Position zu bringen und den Anhänger mit der Telefonzelle näher an die Hauswand zu ziehen.«

»Und was …«, ein Hickser unterbrach Katrinas Frage. »Entschuldige. Und was dann?«

»Dann verzieht ihr euch so schnell wie möglich. Geht das nicht mehr, knutscht ihr oder macht irgendwas möglichst Unauffälliges. Ohne Maske, versteht sich.«

Isaacs Augen durchbohrten Katrina förmlich. Dann begann er plötzlich zu lachen. »Du solltest mal deine großen, ängstlichen Kulleraugen sehen. Entspann dich und genieß das Spektakel! Das hier wird ein Mordsspaß, wirst schon sehen!«

Isaac wartete, bis Anna und Rebecca Position bezogen hatten, und gab weitere Anweisungen: »Die Kletterer zuerst«, hörte Katrina ihn leise, aber bestimmt sagen, und in der nächsten Sekunde kletterten zwei schwarze Gestalten, von denen Katrina in dieser Sekunde nicht mal sagen konnte, ob sie Männlein oder Weiblein waren, mit Seilen bewaffnet die Fassade hinauf.

»Was zum Teufel machen die denn da?« Katrina konnte kaum hinsehen, so groß war ihre Angst, dass einer der beiden jeden Moment danebengreifen und abstürzen könnte.

»Keine Sorge. Die haben Übung«, beruhigte eine schwarze Gestalt, die sie anhand der Stimme als Georgie erkannte. »Die Fenster liegen genau so, dass sie mit einem kleinen Sprung das Fensterbrett im nächsten Stock erreichen können. Angeblich selbst für Ungeübte ein Kinderspiel.«

»Sagt wer?«, fragte Katrina atemlos zurück.

»Die können das. Schau einfach zu.«

In weniger als sieben Minuten erreichten die beiden Kletterer das Hausdach, von wo aus sie kurze Zeit später Seile hinabließen. Daran befestigten Isaac und Georgina den mitgebrachten Flaschenzug, der sofort hochgezogen wurde.

Als der Flaschenzug bis zur letzten Fensterreihe hochgezogen worden war, durchschnitt ein leiser Pfiff die Stille.

»Scheiße. In Deckung«, fluchte Isaac, schnappte Georgies Hand und rannte los. Edward zog sich zeitgleich mit Katrina die Strickmütze vom Kopf. Sie liefen in die Seitenstraße, in der ihr Auto stand, und stiegen ein. Katrinas Herz raste, gleichzeitig konnte sie nicht aufhören zu lachen.

»Und nun?«, fragte sie atemlos.

»Isaac hatte doch vorgeschlagen, dass wir ein bisschen

knutschen sollten. Ich finde, das ist eine hervorragende Idee, um keine Aufmerksamkeit zu erregen.«

Edward beugte sich zu ihr, strich ihr die durch die Mütze zerzausten Haare aus dem Gesicht und sah sie liebevoll an.

»Du bist das Beste, was mir in diesem Jahr passiert ist«, sagte er und küsste sie. Vorsichtig öffnete er ihre Lippen mit seiner Zungenspitze. Katrina genoss sein Spiel und seufzte leise. Sie schob ihre Hände unter seinen Pullover, um ihn zu streicheln, doch Edward japste nach Luft und hielt ihre Hände fest.

»Himmel, warum haben eigentlich alle Frauen kalte Hände?«

»Alle Frauen? Willst du etwa behaupten, du hast jede einzelne getestet?«, neckte sie ihn.

Anstelle einer Antwort griff er nach ihren Händen, blies seinen warmen Atem zwischen ihre Finger und schob ihre Hände wieder unter seinen Pullover.

»Besser. Jetzt darfst du gern weitermachen«, grinste er.

Ein Klopfen an der Autoscheibe ließ sie erschrocken auseinanderfahren.

Katrina beugte sich nach vorn und warf einen Blick durch das Fenster der Fahrertür. Vor dem Auto standen zwei Polizisten.

»Scheiße«, zischte sie, griff geistesgegenwärtig nach den schwarzen Strickmützen, die sie achtlos auf die Armatur geworfen hatten, und schob sie unter ihren Sitz.

»Ganz ruhig. Wir sind ein knutschendes Pärchen, mehr nicht«, sagte Edward leise und kurbelte die Scheibe herunter.

»Stehen wir im Halteverbot?«, fragte er.

Katrina hörte seine schuldbewusst klingende Stimme und musste sich zusammenreißen, um nicht loszuprusten.

»Was machen Sie hier um diese Uhrzeit?«, fragte einer der beiden, ohne Edwards Frage zu beantworten.

Einer Eingebung folgend, lehnte Katrina sich über Edward und sprach die Polizisten an. »Das ist meine Schuld. Ich dachte, hier in der Seitenstraße stören wir ja niemanden.«

Der jüngere Polizist legte den Kopf schief, um Katrina besser zu sehen. »Verstehe«, grinste er. »Wenn ihr mit euch beschäftigt wart, habt ihr sicher auch nichts Verdächtiges bemerkt, oder?«

Katrinas Puls beschleunigte sich, und sie griff nach Edwards Hand, der sie beruhigend drückte.

»Nein«, sagte er. »Ist irgendwas passiert?«

»Es gab einen Anruf von der alten Josie«, antwortete der ältere Polizist. »Die lebt gegenüber der Fakultät. Sie meinte, ihr Hund hätte angeschlagen, deswegen wäre sie ans Fenster und hätte schwarz gekleidete Personen um das Gebäude schleichen sehen.«

»Die Alte sieht auch grüne Männchen, wenn sie ein oder zwei Likörchen zu viel hat«, brummte der jüngere Polizist.

»Wir haben nichts gesehen«, zwitscherte Katrina betont fröhlich. »Aber wir waren zugegebenermaßen auch ein wenig abgelenkt.«

Sie zwinkerte den Polizisten zu, die beide entweder sehr viel Verständnis für junge Liebespaare hatten oder schlicht und einfach keine Lust mehr, auf Verbrecherjagd zu gehen.

»In zehn Minuten ist Schichtwechsel. Wir laufen noch mal ums Haus, dann fahren wir zurück in die Dienststelle«, entschied der Ältere. »Und Sie fahren Ihre Begleitung vielleicht besser nach Hause«, schlug er vor und murmelte einen kurzen Abschiedsgruß.

Edward kurbelte die Scheibe wieder hoch und drehte sich zu Katrina.

»Aber wir waren zugegebenermaßen auch ein wenig abgelenkt«, imitierte er Katrinas Stimme und klimperte theatralisch mit den Wimpern. »Der Jüngere hätte dir auch aus der Hand gefressen, wenn du ihn darum gebeten hättest.«

Katrina zog Edward lachend an sich, nahm sein Gesicht in beide Hände und küsste ihn. Es war eigentlich kein Kuss mehr, sie fiel regelrecht über ihn her. Einen Moment lang überlegte sie, ob es Edward, das Adrenalin oder der Zauber dieser verrückten Nacht war, der sie mutig werden ließ. Wahrscheinlich von allem etwas. Ohne das Küssen zu unterbrechen, schwang sie sich auf seinen Schoß.

Seine Hände wanderten unter ihre Jacke und suchten den Saum ihres Pullovers. Behutsam fuhr er darunter, und Katrina reckte sich ihm genüsslich entgegen.

»Ich wünschte, wir wären allein«, seufzte sie und holte ihn damit in die Realität zurück.

»Mist«, fluchte er leise und zog eine Schnute. »Wir sollten zurück und nach den anderen sehen.«

»Vergiss ja nicht, wo wir waren«, sagte sie, schob seine Hände zurück und rutschte wieder auf ihren Sitz.

»Der Polizist sagte was von Schichtwechsel in zehn Minuten. Perfektes Zeitfenster, was meinst du?« Katrina sah Edward abwartend an, und er nickte.

»Du hast recht. Suchen wir die anderen und bringen zu Ende, was wir angefangen haben. Und keine Sorge, ich vergesse ganz sicher nicht, wo wir stehen geblieben waren!«

Sie liefen wieder zur Rückseite des Gebäudes, und es dauerte einige Minuten, bis Isaac und Georgina mit den anderen im Schlepptau wiederauftauchten.

»Das waren tatsächlich Polizisten«, erklärte Katrina sofort. »Der Hund einer alten Dame hat angeschlagen, und sie hat uns gesehen und die Polizei gerufen. Die haben jetzt aber Schichtwechsel – zumindest sagten sie das, bevor sie uns in Ruhe ließen.«

»Haben die eure Personalien aufgenommen?«, fragte Isaac.

Edward schüttelte den Kopf. »Nein.«

»Dann los. In zehn Minuten ist diese Telefonzelle auf dem Dach«, kommandierte Isaac.

»Äh – das Ding soll aufs Dach?«, fragte Katrina.

»Na klar. Sobald sie steht, wird die vorbereitete Pappe daran festgemacht. Die Pappe haben unsere Mädels bemalt, sodass die beklebte Telefonzelle von der Straße aussehen wird wie ein ausgehöhlter Baum. Balu den Bären verfrachten wir hinein, Mogli darf irgendwo hängen, und Baghira steht dabei. Uns darf jetzt nur niemand mehr in die Quere kommen.«

Fassungslos sah Katrina zwischen Isaac und Georgie hin und her und begann schallend zu lachen. Edward stimmte ein und schüttelte irgendwann den Kopf. »Ihr habt sie echt nicht mehr alle«, kommentierte er das Unterfangen.

Es klappte tatsächlich. Kurz vor vier Uhr morgens hatten sie alles genau da platziert, wo sie es haben wollten.

Nachdem die Kletterer wieder heil vom Dach herunter waren, zogen sie ihre Mützen von den Gesichtern und bewunderten ihr Werk.

Georgie war die Erste, die nicht mehr an sich halten konnte. Erst war es nur ein leises Glucksen, das sie von sich gab. Doch das wurde irgendwann zu einem Kichern. Als sie dabei versehentlich einen lauten Grunzer von sich gab, konnten sich auch alle anderen nicht mehr zurückhalten. Sie standen vor dem Gebäude und lachten, bis ihnen die Puste wegblieb. Irgendwann mischte sich das Gebell eines Hundes unter das Gelächter, und Katrina erinnerte die anderen daran, dass Hundebesitzerin Josie sicher schon wieder die Polizei gerufen hatte. Innerhalb weniger Sekunden stoben alle in verschiedene Himmelsrichtungen auseinander, und Katrina stieg in Edwards Austin.

Kapitel 16

Vanessa, Donnerstag, 21. Dezember, Gegenwart

Vigo hatte den Frühstückstisch gedeckt, während Vanessa sich anzog und ihre Zähne putzte. Als sie kurz nach halb zehn wieder in die Küche kam, roch es nach frischem Kaffee und Toast, doch weder das eine noch das andere besserte Vanessas Laune. Im Gegenteil. Ihr Magen fühlte sich gerade so flau an, dass sie sich beim besten Willen nicht vorstellen konnte, wie sie auch nur einen einzigen Bissen hinunterbekommen sollte.

»Kommt Trevor noch zum Frühstück?«, fragte Vigo arglos.

»Keine Ahnung«, sagte Vanessa ehrlich und ließ sich auf einen Stuhl plumpsen. »Ich weiß nicht, wo er steckt oder wann er wiederkommt.«

Vigo, der gerade nach der Kaffeekanne gegriffen hatte, hielt mitten in der Bewegung inne und sah seine Schwester mit zusammengezogenen Augenbrauen an.

»Was ist denn los?«

Vanessa schluckte und starrte an ihm vorbei aus dem Fenster. Der Kloß in ihrem Hals war so dick, dass sie befürchtete, hier und jetzt in Tränen auszubrechen. Sie nahm ihm die Kaffeekanne ab und schenkte ein. Dabei starrte sie aufmerksam auf ihre eigene Hand, um ja jeden Blickkontakt zu vermeiden.

»Ich höre, Käfer?« Sie hätte wissen müssen, dass ihr Bruder sie damit nicht durchkommen lassen würde.

»Wenn ich es nur wüsste!«, gab sie mit zitternder Stimme zurück. »Wir hatten unglaubliche Tage zusammen.« Sie erzählte von seiner Überraschung mit Joseph, dem Punter, und ihrer Nacht auf dem Hausboot.

»Als wir gestern ins Bett sind, war alles in Ordnung. Dachte ich. Ich meine: Ich bin in seinen Armen eingeschlafen. Heute Morgen war er weg.«

»Mach kein Drama draus, sondern ruf ihn an.«

»Habe ich. Er hat mich weggedrückt.«

Vigo zog die Augenbrauen hoch und pfiff leise durch die Zähne. »So, wie er gestern mit dir umgegangen ist, kann ich mir einfach nicht vorstellen, dass er es sich über Nacht anders überlegt hat. Es gibt sicher eine Erklärung.«

Vanessa nickte und schwieg. Sie hoffte es. Sie wünschte es sich. Doch irgendetwas in ihrem Innern war davon überzeugt, dass es nicht so war. Schon während den Stunden mit Trevor hatte sie Bedenken gehabt, ob es eine gute Idee war, sich auf ihn einzulassen. Doch sie hatte diese immer wieder weggeschoben.

»Sprecht euch einfach aus, wenn er wieder da ist«, sagte Vigo und biss in sein Toast.

Vanessa schlürfte ihren Kaffee und überlegte, was sie mit

dem heutigen Tag anstellen sollte. Sie hatte eigentlich gehofft, mit Trevors Hilfe eine Bildersuche starten zu können, um endlich das Gebäude auf der Postkarte zu finden.

Vielleicht war das etwas, das Trevor dazu brachte, sich bei ihr zu melden? Vanessa stand auf, lief zum Küchenfenster und sah schweigend hinaus. Es hatte etwas Armseliges, fast Verzweifeltes, sich unter einem solchen Vorwand bei ihm zu melden.

Andererseits hatte er versprochen, ihr bei der Suche zu helfen, und Vanessa hatte keine Idee, wie sie das Gebäude ohne ihn finden sollte.

Gemeinsam mit Vigo räumte sie die Küche wieder auf. Er verabschiedete sich von Vanessa, nachdem sie ihm die Busverbindung zu Georgina aufgeschrieben hatte.

»Hast du alles?«, fragte sie ihn, während er sich seine Schuhe anzog.

»Ja. Nein. Mist. Meine Zeichnungen liegen noch in der Küche.«

Vanessa nickte kurz, holte seine Mappe und gab sie ihm.

»Da fällt mir was ein«, sagte Vigo und strahlte plötzlich über das ganze Gesicht. »In der Mappe ist auch was für dich. Kam letzte Woche per Post. Hab es extra mitgebracht, weil ich weiß, wie sehr du darauf gewartet hast.«

Er legte die Mappe auf der Flurkommode ab und ging seine Zeichnungen durch. »Mist, hier ist ja alles durcheinander«, schimpfte er leise, während er die Blätter in die richtige Reihenfolge brachte. »Das kommt davon, dass ich mich von euch beiden habe breitschlagen lassen, meinen Comic zu zeigen.«

Das letzte Blatt in der Mappe war offenbar das, was er gesucht hatte. »Da ist es ja!«, rief er und drückte seiner Schwester einen Brief in die Hand.

Vanessa überflog die Zeilen, und weil sie genau wusste, auf welche Reaktion ihr Bruder wartete, lächelte sie tapfer.

»Das ist ja der Hammer«, sagte sie, doch der Blick ihres Bruders verriet ihr, dass er sie längst durchschaut hatte.

»Doofes Timing, jetzt, wo du so verknallt bist, was?«, fragte er behutsam.

»Keine Ahnung. Vielleicht. Vielleicht auch nicht. Gestern hätte ich Ja gesagt. Heute weiß ich nicht, wo Trevor und ich stehen. Was soll's. Bis vor Kurzem kannte ich ihn noch gar nicht. Er sollte also nicht der Grund sein, alle meine Pläne über den Haufen zu werfen, was?«

Vanessa lachte müde auf, doch es gelang ihr einfach nicht, sich zu freuen. Sie hielt hier das in Händen, worauf sie den gesamten Herbst gewartet hatte: die Zusage der Universität Winnipeg für ihr Literaturstudium.

Im Frühjahr würde sie an die Uni gehen, die sie sich immer erträumt hatte. Doch anstatt sich zu freuen, war ihr zum Heulen zumute.

Nachdem Vigo weg war, setzte Vanessa sich Teewasser auf und vertiefte sich in das Tagebuch ihrer Grandma. Womit hätte sie sich auch sonst die Zeit vertreiben sollen?

Schon nach wenigen Zeilen hatte Katrinas Geschichte sie wieder völlig gefangen genommen, und Vanessa blätterte sich beinahe atemlos von Seite zu Seite. Obwohl es nur ein Tagebuch war, hatte der Schreibstil ihrer Grandma etwas Magisches. Vanessa hatte das Gefühl, mit ihrer verliebten Grandma im Autokino zu sitzen, und der Eintrag, in dem Katrina schilderte, wie die Philosophen den Naturwissenschaftlern diesen absurden Streich spielten, brachte Vanessa sogar zum Lachen.

Vanessa ließ das Tagebuch auf den Küchentisch sinken und nippte an ihrem Tee, den sie neuerdings ebenfalls mit Sahne und Kandiszucker trank.

Sie stellte sich ihre Grandma mit dieser durchlöcherten Strickmütze vor und wie sie mit Edward zurück ins Auto flüchtete, als sie fast aufflogen.

Und in diesem Moment wusste Vanessa genau, was sie zu tun hatte. Sie musste sich damit abfinden, dass Trevor ihr womöglich nur etwas vorgemacht hatte, um sie rumzukriegen. Sie würde sich auch damit abfinden müssen, dass er keine Beziehung zu ihr wollte, auch wenn sie seinen plötzlichen Sinneswandel nicht verstand und er ihn ihr vielleicht nie erklären würde.

Aber auf keinen Fall würde sie sich damit abfinden, dass er in Sachen Postkarte einen Rückzieher machte. Sie straffte die Schultern und griff nach ihrem Handy. Sie hatte nicht mehr vor, sein seltsames Verhalten zu ignorieren und so zu tun, als wäre alles in bester Ordnung. Stattdessen schrieb sie ihm in aller Deutlichkeit, was sie von ihm wollte.

Ich weiß nicht, was plötzlich los ist mit dir. Du willst mir offenbar auch nichts erklären. Schön. Aber ich weiß, was du mir in Sachen Postkarte versprochen hast. Wenn du auch da einen Rückzieher machst …

Vanessa hatte keine Idee, wie sie diesen Satz beenden sollte, also ließ sie ihn genau so stehen. Es klang fast wie eine Drohung, aber sie wusste – wie Trevor sicher auch –, dass sie ihn nicht dazu zwingen konnte, ihr zu helfen. Sie konnte nur hoffen, dass er in dieser Sache nicht auch zum Arsch mutierte.

Verrückt. Gestern war er in ihren Augen noch der romantischste Mann unter der Sonne gewesen. Heute, mit einiger Wut im Bauch, titulierte sie ihn in ihren Gedanken schon als Arsch.

Ihr Handy gab ein leises *Ping* von sich. Sie öffnete ihre Nachrichten, und als sie erkannte, dass er tatsächlich geantwortet hatte, begann ihr Herz zu rasen.

Keine Sorge. Ich helfe dir wie abgemacht. Bin heute Abend noch mal zu Hause und hole ein paar Sachen. T.

Vanessa starrte auf das T. und hatte plötzlich das Gefühl, keine Luft mehr zu kriegen. Sie schnappte ihre Jacke, zog ihre Schuhe an und griff nach dem Hausschlüssel. Dann verließ sie das Haus und lief ziellos durch die Stadt.

Ihre Gedanken fuhren Karussell. Er wollte seine Sachen holen? Wozu? Hatte er wirklich vor, sie ohne jede Erklärung abzuservieren? Das Wissen, dass er tatsächlich vor ihr flüchtete, versetzte ihr einen solchen Stich, dass sie ihre Tränen nicht mehr zurückhalten konnte. Ihre Schritte wurden schneller, bis sie schließlich rannte. Es war befreiend, obwohl ihre Lungen aufgrund der kalten Winterluft zu schmerzen begannen.

Als sie irgendwann erschöpft anhielt, bemerkte sie, dass sie sich heillos verlaufen hatte. Ihr Handy lag auf dem Küchentisch, sie würde sich also durchfragen müssen, um zurückzufinden. Sie atmete durch, und mit jedem Atemzug, den sie machte, wurde sie wütender.

Von wegen, Trevor würde ein paar Sachen holen! Sie würde ihm zuvorkommen! Es kam überhaupt nicht infrage, dass sie wie ein Häufchen Elend in der Küche sitzen und auf ihn warten würde. Wenn er das nächste Mal seine Wohnung betrat, würde sie nicht mehr da sein. Alles, was er über das Haus oder Edward Stringer herausfand, konnte er ihr genauso gut am Telefon mitteilen.

Vanessas Tränen versiegten. Sie putzte sich die Nase und fragte den nächstbesten Passanten nach dem Weg. Zurück in Trevors Wohnung, schrieb sie ihrer Grandma, dass es nun wohl doch eng werden würde bei Georgina und dass sie demnächst ebenfalls bei ihnen wäre. Dann packte sie ihre Sachen und räumte Finleys Zimmer genau so auf, wie sie es vorgefunden hatte. Sie holte das Bettzeug, das sie noch gestern in Trevors Zimmer getragen hatte, wieder zurück, zog Bettdecke und Kissen ab und stopfte die Bezüge in die Wäschekiste im Bad. Dann klappte sie das Ausziehsofa zusammen und räumte Kissen und Decke wieder in den Bettkasten.

Sie stellte ihren gepackten Koffer in den Flur und lief ein letztes Mal durch Trevors WG, um sicher zu sein, dass nichts mehr daran erinnerte, dass sie je hier gewesen war. Nun würde sich zeigen, ob Trevor wirklich so hart war, wie er sich im Moment gab.

Er war erst mal nur für einen Tag verschwunden, doch das würde sie toppen. So schrecklich es sich in diesem Moment auch anfühlte, das zu denken, aber das konnte sie auch. Und sie würde nicht nur für einen Tag verschwinden, sondern auf Nimmerwiedersehen.

Bei dem Gedanken schossen Vanessa zum zweiten Mal an diesem Tag die Tränen in die Augen. Und doch wusste sie, dass es der einzig richtige Schritt war. Sie hatte Josh und die Trennung nach zweijähriger Beziehung überlebt. Sie würde auch die Trennung von Trevor überleben – er ließ ihr schließlich keine andere Wahl.

Die mitleidigen Blicke von ihrer Grandma und Georgina waren mehr als deutlich. Offenbar hatte Vigo erzählt, was zwischen ihr und Trevor vorgefallen war.

Vanessa seufzte und schleifte mit zusammengekniffenen Lippen ihren schweren Koffer durch das Gartentor.

»Wie gut, dass unser Haus so riesig ist«, plapperte Georgina munter drauflos, und obwohl Vanessa wusste, dass ihre Fröhlichkeit in diesem Moment aufgesetzt war, war sie ihr dafür dankbar. Weder sie noch Vigo oder Grandma sprachen an, warum sie gekommen war.

Grandma zeigte Vanessa ihr Zimmer, das sie bereits mit Georgina zusammen hergerichtet hatte.

»Du kannst das ja einfach als deine Basisstation sehen, Nessie. Du bist alt genug. Wenn du mal eine Nacht nicht nach Hause kommen willst, dann sei es dir gegönnt.«

Sie wusste genau, was Katrina damit andeuten wollte. Sie war offensichtlich der Meinung, dass die Sache zwischen Trevor und ihr noch nicht ausgestanden war.

»Soll ich dir beim Auspacken helfen?«, fragte sie und griff ausgerechnet nach dem Rucksack, den Vanessa aufs Bett gestellt hatte.

»Nein!«, rief sie hastig und riss Katrina den Rucksack aus der Hand. »Ich mach das schon, danke«, schob sie eilig hinterher, als sie das erstaunte Gesicht ihrer Grandma bemerkte.

Als Katrina das Zimmer verlassen hatte, suchte Vanessa nach einem Ort, an dem sie das Tagebuch, das ihre Grandma um ein Haar entdeckt hätte, verstecken konnte.

Da es in dem Gästezimmer jedoch nur einen schlichten Schreibtisch ohne Schubladen und offene Regale an den Wänden gab, blieb ihr nichts weiter übrig, als das Tagebuch wie Katrina vor fünfzig Jahren unter ihrer Matratze zu verstecken. Außerdem nahm sie sich vor, es mitzunehmen, sobald sie das Haus verließ.

Den Rest des Tages verbrachte Vanessa mit den anderen im Wohnzimmer, und obwohl sie sich unentwegt unterhielten, konnte sie am Abend nicht mehr wirklich sagen, worum sich die Gespräche eigentlich gedreht hatten. Erst als Georgina den Weihnachtsbaum erwähnte, den sie am nächsten Tag schmücken wollte, erwachten Vanessas Lebensgeister wieder.

»Isaac ist ja der Meinung, dass der Baum erst am 24. geschmückt werden sollte. Aber ich finde es einfach schade um diesen wunderschönen Baum. So steht er noch ein paar Tage länger.«

»Kann ich dir beim Schmücken helfen?«, fragte Vanessa.

Georgina klatschte erfreut in die Hände. »Großartige Idee. Lass uns morgen gleich nach dem Frühstück beginnen. Kugeln und Lichterkette sind in der Kammer, ebenso die Strümpfe für den Kamin und der Mistelzweig.«

Beim Wort Mistelzweig dachte Vanessa sofort wieder an Trevor und seine seltsame Eifersuchtsattacke im *The Ivy*. Sie schloss kurz ihre Augen und schluckte den Kloß herunter, der ihr gerade die Kehle zuschnüren wollte. Selbst hier war es nicht möglich, ihn aus ihren Gedanken zu verbannen.

Glücklicherweise bemerkte Georgina vor lauter Geplapper nichts von ihrem Gefühlschaos.

Als sie sich gegen neun auf ihr Zimmer verzog, um, wie sie vorgab, noch etwas an ihrem Blogartikel zu arbeiten, holte sie zuallererst ihr Handy hervor.

Sie hatte drei Anrufe in Abwesenheit und zwei Nachrichten, sie waren allesamt von Trevor. Der letzte Anruf war vor zwanzig Minuten gewesen, doch die Mailbox war leer.

Vanessa öffnete ihre Nachrichten. Auch hier war Trevor

nicht sonderlich mitteilsam gewesen. Er bat lediglich darum, dass sie ihn zurückrufen sollte, und erwähnte in einer zweiten Nachricht, dass es wirklich wichtig wäre.

Vanessa lief eine Weile im Zimmer auf und ab und versuchte, ihren Puls wenigstens halbwegs unter Kontrolle zu bringen. Sie kämpfte gegen die Hoffnung an, die sich in ihr breitmachen wollte, denn ganz sicher hatte er sich nicht bei ihr gemeldet, um sie zurückzuholen.

Sie wählte seine Nummer und blieb mit klopfendem Herzen mitten im Zimmer stehen.

»Hi«, sagte er.

»Hallo«, antwortete sie, dann herrschte unerträgliches Schweigen zwischen ihnen. Vanessa gab sich einen Ruck und fragte so ruhig wie möglich, warum sie zurückrufen sollte.

»Es gibt Neuigkeiten zu dem Haus«, antwortete Trevor, und seine Stimme klang seltsam gehetzt. »Ich hatte während des Studiums ein Praktikum bei einer lokalen Zeitung, die auch einen wöchentlichen Immobilienteil herausbringt. Aus dieser Zeit kenne ich noch einige Immobilienmakler. Da ist einer dabei, der uns – dir – möglicherweise helfen könnte.«

»In Ordnung. Schick mir einfach die Adresse, den Rest schaffe ich dann schon«, antwortete sie kühl.

»Nein«, sagte er.

»Was?«

»Nein. Ich habe ihm gesagt, dass wir beide kommen. Wie sieht es denn jetzt aus, wenn du da allein auftauchst?«

Vanessa atmete einige Male tief durch und versuchte, sich zusammenzureißen. Es gelang ihr nicht.

»Hättest du dir vielleicht überlegen sollen, bevor du einfach aus dem Bett, deiner Wohnung und meinem Leben verschwindest«, fauchte sie. In der nächsten Sekunde bereute sie ihren Ausbruch, denn damit zeigte sie ihm überdeutlich, wie sehr er sie verletzt hatte.

»Es tut mir leid«, flüsterte er, und Vanessa horchte auf. Sie spürte, wie ihre Wut sich in Trauer verwandelte. Es fehlte nicht viel, und sie würde am Telefon in Tränen ausbrechen.

Sie ließ das Handy einen Moment sinken und schloss die Augen. Auf keinen Fall durfte sie jetzt die Fassung verlieren. Es ging nur noch um Edward und ihre Grandma. Das zwischen ihr und Trevor war zerstört, daran änderte auch die Tatsache nichts, dass es ihm jetzt leidtat.

»Bist du noch da?«, fragte er.

»Ja. Dann sag mir, wie es sonst laufen soll.«

»Ich hole dich morgen Nachmittag ab, wenn du mir sagst, wo du bist.«

Am liebsten hätte sie ihm entgegengeschleudert, dass ihn das einen Scheißdreck anging, doch sie biss sich auf die Zunge. Wenn sie erst wusste, wo sie das Haus finden konnte, würde sie Bewohner oder Nachbarn befragen. Das schaffte sie auch ohne Trevors Hilfe. Sie musste nur diesen einen Tag noch überstehen.

»Ich bin bei Georgina. Die Adresse schicke ich dir nachher. Wann?«

»Um zwei?«

»In Ordnung.« Ohne ein weiteres Wort legte Vanessa auf. Sie schleuderte ihr Handy aufs Bett, warf sich daneben und weinte hemmungslos.

Nach diesem Gespräch verstand sie noch weniger, was eigentlich los war. Er hatte gesagt, dass es ihm leidtat. Er bestand darauf, sie zu begleiten, obwohl sie das Treffen mit dem Immobilienmakler auch gut selbst bewerkstelligen könnte. Wie sie es auch drehte und wendete, sie kam einfach nicht dahinter, was in Trevor vorging.

Kapitel 17

Vanessa, Freitag, 22. Dezember, Gegenwart

Dank der »Operation Weihnachtsdeko« verging der letzte Freitagvormittag vor Weihnachten schneller als erwartet. Während sich Vigo schon nach dem Frühstück verabschiedet hatte, um noch ein paar letzte Weihnachtseinkäufe zu machen, half Vanessa ihrer Grandma und Georgina beim Schmücken.

Gemeinsam hängten sie die Strümpfe an den Kaminsims, stellten bunt blinkende Rentiere im Vorgarten auf und schmückten einen Tannenbaum, der so groß war, dass sie sogar ein Stück der Baumspitze abschneiden mussten.

Den Mistelzweig, den Georgina frisch gekauft und extra bereitgelegt hatte, hätte Vanessa gern übersehen, doch das kam für die Hausherrin nicht infrage.

»Der muss sein, auch wenn du das gerade anders siehst, Nessie«, erklärte sie. »Weihnachten geht es bei uns manchmal zu wie im Taubenschlag, und unter all den Gästen, denen wir die Tür öffnen wollen oder müssen, ist auch so manch einer dabei, dem ein Kuss unter dem Mistelzweig zur Abwechslung mal ganz guttäte.«

Vanessa lächelte gequält. Sie konnte sich fast bildlich

vorstellen, wie Georgina insgeheim ausheckte, welcher ihrer ledigen Freunde zu welcher Freundin passen und wie sie die beiden dazu bringen könnte, zur gleichen Zeit unter dem Türrahmen zu stehen.

Nachdem das Haus wortwörtlich wie eine Christbaumkugel glitzerte, stellte sich Vanessa unter die Dusche und überlegte lange, was sie anziehen sollte. Auf keinen Fall wollte sie den Eindruck erwecken, sich extra für Trevor in Schale geworfen zu haben. Andererseits sollte er natürlich sehen, was er sich entgehen ließ.

Entnervt drehte Vanessa das Wasser ab, rubbelte sich trocken und wickelte sich einen Handtuchturban um den Kopf. Wem wollte sie hier eigentlich etwas vormachen? Was auch immer sie sich einzureden versuchte – sie wusste genau, dass ihr galoppierender Herzschlag nur eins bedeutete: Sie machte sich Hoffnungen. Nur worauf? Selbst wenn Trevor eine Erklärung für sein Verhalten hätte, würde das noch lange nichts entschuldigen. Und wie sollte sie je wieder darauf vertrauen, dass er so eine Nummer nicht noch mal abzog?

Vanessa nahm das Handtuch ab und schüttelte den Kopf, als könnte sie damit ihre quälenden Gedanken loswerden. Sie musste aufhören, sich einzureden, dass womöglich doch noch alles gut werden würde, und stattdessen dafür sorgen, dass sie ihm gegenübertreten konnte, ohne die Fassung zu verlieren.

Sie entschied sich für eine schwarze Jeans, einen dunkelblauen Oversize-Strickpulli und schwarze Stiefel. Da sie wusste, dass er auf ihre verstrubbelten Haare stand, band sie sich aus purem Trotz einen strengen Pferdeschwanz, der aufgrund ihrer kürzeren Haare eher einem kleinen Stummelschwänzchen glich. Sie tuschte ihre Wimpern kräftig, doch anstelle eines Lippenstiftes benutzte sie farblosen Pflegebalsam.

Kritisch betrachtete sie ihr Spiegelbild und stellte fest, dass ihr gefiel, was sie sah. Es war nicht zu viel, sah nicht danach aus, als hätte sie sich extra für Trevor herausgeputzt. Trotzdem hatte sie betont, was es in ihrem Gesicht hervorzuheben gab.

Die Uhr zeigte kurz nach eins, genug Zeit also, um noch einen Tee zu trinken und durchzuatmen, bevor Trevor sie abholen würde. Vanessa lief in die Küche und setzte Wasser auf, während Grandma und Georgina im Wohnzimmer saßen und über ihrer Einkaufsliste brüteten.

Morgen war Samstag, der letzte Tag vor Heiligabend, und sicher würden die Einkäufe da zur Tortur werden. Trotzdem waren die beiden Frauen gut gelaunt und freuten sich auf einen völlig chaotischen Shoppingtag.

»Brauchst du noch was, Nessie?«, rief Grandma ihr aus dem Wohnzimmer zu.

»Nein, danke«, gab sie zurück.

Sie griff nach ihrem Teebecher und wollte sich gerade zu ihnen setzen, als es an der Tür klingelte.

»Kannst du aufmachen, bitte?«, rief Georgina, die mit Katrina diskutierte, ob sie auch wirklich genug Eierpunsch im Haus hätten.

Da Vanessa mit Vigo rechnete, öffnete sie arglos die Tür. Doch es war nicht ihr Bruder, der da im Vorgarten stand, sondern Trevor.

Vanessas Herz schien für einen Moment auszusetzen, und ihre Hand zitterte so sehr, dass sie die Teetasse, die sie noch immer hielt, auf der Flurkommode abstellen musste.

»Ich bin zu früh«, sagte Trevor.

Vanessa fiel nichts Schlaueres ein, als auf die Uhr zu sehen und »Stimmt« zu knurren.

»Stopp! Nicht rühren!«, rief Georgina plötzlich aus dem Wohnzimmer.

Überrascht wandte Vanessa den Kopf in ihre Richtung. Die Freundin ihrer Mutter sprang von ihrem Blümchensofa auf, kam in den Flur und deutete mit dem Zeigefinger zur Decke hinauf.

»Ihr wisst, was das heißt«, sagte sie und grinste anzüglich. Dabei war es ihr völlig egal, dass Vanessa sie mit ihren Blicken durchbohrte. Sie hätte Georgina gern etwas entgegnet, doch in diesem Moment spürte sie schon Trevors Hände an ihrer Taille.

»Tradition ist Tradition«, murmelte er und sah sie verlegen an.

»Nimm sofort deine Hände weg«, zischte Vanessa und trat einen Schritt zurück.

»Vanessa!«, rief Georgina. »Du willst doch nicht dein Leben lang unverheiratet bleiben?«

Vanessa verschränkte die Arme vor der Brust und kniff

ihre Augen zusammen. Georgina sah in ihr Gesicht und schien zu begreifen, dass sie zu weit gegangen war. Begütigend hob sie beide Hände.

»Schon gut«, murmelte sie. »Dann eben nicht.«

»Die Nummer mit dem Mistelzweig hat er schon beim ersten Mal vergeigt«, erklärte Vanessa gehässig. »Das müssen wir nicht wiederholen.«

Sie griff nach Mütze, Schal und Mantel und stapfte an Trevor vorbei nach draußen.

»Ich bin mit Marcs Auto da«, erklärte Trevor, als sie das Gartentor erreicht hatten, und deutete auf einen dunkelgrauen Ford. »Stevens Maklerbüro liegt ein bisschen außerhalb«, fügte er fast entschuldigend hinzu.

Vanessa schluckte. Die Vorstellung, neben Trevor im Auto sitzen zu müssen, ohne ihn zu berühren oder zu küssen, war der blanke Horror. Wie sollte sie diesen Tag nur überstehen? In den ersten drei Minuten sprachen sie kein Wort. Vanessa hatte das Gefühl, als hätte sie einen Knoten im Magen. Sie wusste beim besten Willen nicht, wie man mit jemandem sprach, mit dem man erst fast schon unerträglich romantische Stunden erlebt hatte und der einen dann zurückließ wie ein ausgedientes Möbelstück.

»Was genau hast du herausgefunden?«, fragte sie endlich in die Stille hinein.

Trevor ließ die angespannten Schultern fallen und atmete aus. »Ich habe deine Postkarte abfotografiert und Steven geschickt, zusammen mit allen Informationen, die wir über das

Hotel *Royal Inn* und die Zeit, in der sich Edward und deine Grandma kennenlernten, haben. Er hat nicht viel dazu gesagt, außer, dass er uns weiterhelfen könnte.«

Wieder herrschte Schweigen zwischen ihnen, doch diesmal beließ sie es dabei und sah aus dem Seitenfenster. Nach zwanzig schier endlosen Minuten bog Trevor in eine Nebenstraße und hielt vor einem fünfstöckigen Gebäude.

»Wir sind da«, sagte er.

Vanessa stieg aus und lief voran. Sie betraten einen kalt wirkenden Eingangsbereich. Chromgeländer, Glasfronten und schwarze Ledersofas nahmen der Halle jede Freundlichkeit.

»Wir müssen ganz nach oben«, sagte Trevor und zeigte auf die Fahrstühle am anderen Ende der Eingangshalle.

Das flaue Gefühl in Vanessas Magen verstärkte sich, doch nun lag es nicht mehr nur an der unerträglichen Situation zwischen ihr und Trevor. Sie war auch nervös, was ihr dieser Steven wohl erzählen würde.

Sie stiegen in den Lift, und als sie gleichzeitig die Hand hoben, um auf den Etagenknopf zu drücken, berührten sich ihre Finger. Erschrocken zog Vanessa ihre Hand zurück, machte einen Schritt rückwärts und spürte in der nächsten Sekunde die Fahrstuhlwand im Rücken.

»Es tut mir leid«, sagte Trevor plötzlich. In dem engen Fahrstuhl machte er einen Schritt auf sie zu, stützte sich mit den flachen Handflächen links und rechts neben ihrem Kopf ab und starrte sie an. Sein Blick hatte etwas Verzweifeltes.

Seine Nähe und die traurigen Augen, aus denen er sie ansah, verwirrten Vanessa. Was sollte das alles? Warum wies er sie ab, wenn es ihm nun leidtat? Sie unterdrückte jeden Anflug von Mitgefühl. Die Situation, in der sie steckten, hatte er fabriziert. Auf keinen Fall durfte sie sich jetzt von ihm einlullen lassen. Er hatte sie eiskalt abserviert, hatte es nicht einmal für nötig gehalten, ihr irgendeine Erklärung zu liefern. Nach so einer Nummer durfte sie nicht weich werden, nur weil er ihr jetzt ein wachsweiches *Sorry* ins Ohr hauchte.

»Spar dir deine Entschuldigung«, sagte sie zuckersüß. »Ich bin ja selbst schuld. Du sagtest gestern, dass du von Anfang an wusstest, dass wir beide nie befreundet sein könnten. Mein Fehler, dass ich mir eingeredet habe, es läge daran, dass du mehr für mich empfindest als Freundschaft. Ich blödes Naivchen hätte einfach nur darauf kommen müssen, dass du zu der Sorte Kerl gehörst, die jedes Interesse verlieren, wenn sie erst mal bekommen haben, was sie wollen.«

Sekundenlang starrten sie sich an. Dann hielt Vanessa es nicht mehr aus, tauchte unter seinem Arm hindurch und brachte wieder Abstand zwischen sich und ihn. Trevor schlug mit der flachen Hand gegen die Wand des Fahrstuhls, und für einen kurzen Moment hatte Vanessa das Gefühl, als wollte er noch etwas sagen.

Das leise *Ping* der sich öffnenden Fahrstuhltür zerstörte den Moment, und Trevors Miene war wieder undurchdringlich. Dann eben nicht, dachte Vanessa, und Wut kochte in ihr hoch. »Sobald wir den Termin hier hinter uns gebracht haben, bist du mich los. Du musst mich nie mehr wiedersehen, und, was noch besser ist, du musst mir nichts von all dem erklären. Nach den Feiertagen trennen uns ganze Ozeane. Es könnte für dich also kaum besser laufen.«

Ohne eine Antwort abzuwarten, lief Vanessa den Flur entlang. Das Büro des Immobilienmaklers war dank eines überdimensionalen Firmenschildes nicht zu übersehen.

Steven, ein hagerer, glatzköpfiger Mann in den Vierzigern, begrüßte sie mit einem festen Handschlag.

»Dann kommt mal rein«, sagte er. Die piepsige Stimme wollte nicht so recht zu der imposanten Erscheinung des Immobilienmaklers passen, doch das freundliche Lächeln machte diesen Makel schnell wieder wett.

Sie nahmen an einem ovalen Holztisch Platz, und Steven kramte einige Unterlagen aus einer Mappe.

»Trevor hat mir gesagt, dass du nach jemandem suchst und ein Foto für mich hast, das eventuell weiterhelfen kann?«, begann er.

Vanessa nickte und zog die alte Postkarte hervor. »Ich würde gern wissen, was das für ein Haus ist und ob es noch steht. Ich bin auf der Suche nach einem Edward Stringer und hoffe, dass mich dieses Haus zu ihm führt.«

Steven warf einen Blick auf das Postkartenmotiv. Er drehte die Karte nicht um, sondern legte sie vor sich auf den Tisch. Dann zog er ein Foto hervor, das unverkennbar das gleiche Anwesen zeigte. Stevens Bild war eindeutig jüngeren

Datums, das Haus inzwischen renoviert und die davorliegenden Gärten neu angelegt.

»Das Herrenhaus, das du hier und auf deiner Postkarte siehst, heißt *Greystone Manor* und liegt außerhalb des Stadtteils Newnham. Ursprünglich war es der Landsitz einer unserer unzähligen Adelsfamilien. Im 17. Jahrhundert wurde es als Wohnsitz für den in Cambridge studierenden Nachwuchs gekauft. Der Sprössling war dem Studium allerdings nicht halb so zugeneigt wie Alkohol und illegalen Spieltischen. Er verzockte, was es zu verzocken gab, und die Familie musste den Landsitz verkaufen. Nach mehreren wechselnden Besitzern ist *Greystone Manor* nun seit etwas über 150 Jahren ein gut gehendes, luxuriöses Landhotel.«

Steven machte eine Pause, griff nach der Postkarte und sah Vanessa fragend an. »Darf ich?«

Sie nickte. Der Immobilienmakler drehte die Karte zwischen den Fingern und las die Zeilen auf der Rückseite. Ein kleines Lächeln huschte über sein Gesicht.

»Und was weißt du über diesen Edward?«, fragte er.

»Nur, dass er Ende der 60er-Jahre in einem Hotel namens *Royal Inn* als Liftboy arbeitete. Danach verliert sich seine Spur.«

»Verstehe. Die Adresse des *Greystone Manor* gebe ich dir. Vielleicht kannst du dich da weiter umhören. Das Hotel *Royal Inn* existiert allerdings nicht mehr. Ein Kollege war vor Jahren mit dem Verkauf des Hotels beauftragt. Lass mich kurz mit ihm telefonieren, vielleicht kennt er noch jemanden, der dort arbeitete.«

Steven verschwand für einen Moment aus dem Zimmer. Vanessa knetete aufgeregt ihre Hände und wich angestrengt Trevors Blick aus. Sie spürte, dass er sie anstarrte, doch sie schaffte es einfach nicht, seinen Blick zu erwidern. Was sollte das auch bringen? Im schlimmsten Fall würde sie hier, vor diesem fremden Mann, die Fassung verlieren. Vanessa ließ ihre Finger knacken und starrte auf die Tür in der Hoffnung, dass Steven schnellstmöglich zurückkam.

»Du bist aufgeregt«, stellte Trevor fest, und seine Stimme hatte einen so zärtlichen Unterton, dass Vanessa sofort einen Kloß im Hals hatte. Sie atmete tief ein und aus und brachte nicht mehr als ein Nicken zustande. Bevor Trevor weitersprechen konnte, ging die Tür auf.

»Na also«, sagte Steven fröhlich, als er den Raum wieder betrat. »Mein Kollege hatte eine Nummer für dich.« Er wedelte mit einem Notizzettel. »Er meinte, Milton Wright könnte dir sicher weiterhelfen.« Steven griff noch einmal nach der Postkarte und las die wenigen Zeilen.

»Ist nur eine Vermutung, aber es wäre doch möglich, dass dieser Edward ein Fan von *Greystone Manor* gewesen sein könnte. Vielleicht wollte er dieser Kathy imponieren, indem er ihr mit der Karte sagte, dass er irgendwann einmal genug Geld haben würde, um mit ihr dort abzusteigen?«

Steven griff nach dem Kuli, der auf dem Tisch lag, und

notierte die Adresse des Anwesens auf dem Notizzettel unter Namen und Telefonnummer von Milton Wright.

»Wie ich gerade erfahren habe, war Milton über ein halbes Jahrhundert Küchenchef im *Royal Inn*. Er ist inzwischen Ende achtzig, doch sein Gedächtnis funktioniert im Gegensatz zu seinen Beinen wohl noch tadellos. Er wohnt in Trumpington. Und mein Kollege hat mich gewarnt. Mr Wright wird dir telefonisch keine Auskunft geben. Er wird vielmehr darauf bestehen, dich zur *Tea Time* zu empfangen. Nimm dir ein wenig Zeit für den alten Herrn. Er kommt kaum noch vor die Tür, und dein Besuch wird vermutlich das Highlight des Monats für ihn sein.«

»Verstehe«, sagte Vanessa und griff nach dem Zettel. »Vielen Dank, Steven.«

»Gern geschehen. Trevors Freunde sind auch meine Freunde«, sagte er lächelnd.

Vanessa lachte kurz und trocken auf. Steven hielt offenbar viel von Trevor, was nicht verwunderlich war. Für diejenigen, die sich nicht Hals über Kopf in ihn verliebten, war er sicher ein ganz zauberhafter Zeitgenosse.

Nachdem sie sich verabschiedet hatten, verließen sie schweigend das Büro. Einen Augenblick lang hoffte Vanessa noch darauf, dass Trevor irgendetwas sagte, doch nichts dergleichen geschah.

Noch bevor sie das Auto wieder erreichten, hatte Vanessa einen endgültigen Entschluss gefasst.

»Danke, Trevor«, sagte sie mit bemüht fester Stimme. »Ab hier schaffe ich es allein.«

»Das ist doch Quatsch. Selbstverständlich fahre ich dich zu diesem Milton.«

Trevor griff nach Vanessas Handgelenk, und sie hatte das Gefühl, als würden Tausende kleine Stromschläge durch ihren Körper gejagt.

»Lass mich los.«

»Nein«, sagte er bestimmt, und sein Griff wurde noch fester. »Ich fahre dich zu diesem Herrn. Wer weiß, was das für einer ist. Du kannst nicht einfach so in die Wohnung eines fremden Mannes spazieren.«

Zorn stieg in Vanessa auf, und sie spürte, dass ihre Wangen heiß wurden. »Ach, jetzt sorgst du dich also wieder um mich? Trevor Rutherford, du bist ein verlogener Mistkerl! Du bist schlimmer als alle Männer, die vor dir durch mein Leben gerauscht sind. Was soll dieses Samariter-Getue? Erst ein traumhaftes Date wie in einer dämlichen Seifenoper, dann ein Tritt in den Hintern. Was glaubst du eigentlich, wer du bist? Warum tust du mir so etwas an? Mag ja sein, dass ich nicht mehr als ein kleines Abenteuer für dich war, aber das gibt dir noch lange nicht das Recht, mich erst auf Händen zu tragen, dann wie ein Stück Dreck zu behandeln, nur um kurz darauf wieder den fürsorglichen Gentleman zu spielen.«

Trevor zog seine Augenbrauen zusammen und sah plötzlich todtraurig aus »Es geht nicht anders. Ich kann es dir nicht erklären. Ich wünschte, es gäbe einen anderen Weg, aber den gibt es nicht. Ich will dir bei deiner Suche nach Katrinas Edward helfen, eben weil ich kein Arschloch bin. Ich komme mit zu diesem Milton, und basta. Wenn du nicht ins Auto steigst, auch gut. Dann fahre ich dir eben hinterher. Mir ist es gleich.«

Vanessa zog mit einem Ruck ihre Hand zurück und seufzte. Sie redete sich ein, dass sie diese paar Stunden auch noch überstehen würde. Dann lief sie wortlos zum Auto und wartete darauf, dass er aufschloss.

Im Auto zog Vanessa ihr Handy hervor und schrieb ihrer Grandma, dass sie nicht vor dem Abendessen zurück sein würde. Anschließend wählte sie Miltons Nummer und kündigte ihren Besuch an.

Steven behielt recht. Der ehemalige Küchenchef des *Royal Inn* war hocherfreut über ihren Anruf und machte keinen Hehl daraus, dass er ihr alle nötigen Informationen geben wollte – allerdings nur, wenn sie sich die Zeit für Tee und Scones nahm.

Die warme Stimme und der Schalk, der Milton offenbar im Nacken saß, vertrieb Vanessas dunkle Gedanken für einen Moment, und sie freute sich auf das Gespräch mit ihm. Alles, was sie von der verfahrenen Situation zwischen sich und Trevor ablenken würde, war ihr mehr als willkommen.

Milton Wright lebte in einem kleinen Häuschen, das seine besten Jahre längst hinter sich hatte. Trotz der Schneedecke war erkennbar, dass sich lange niemand mehr um den winzigen Vorgarten gekümmert hatte.

Noch bevor Vanessa die Klinke des Gartentürchens hinunterdrücken konnte, öffnete sich die Haustür, und eine runde Frau mit kurzen grauen Locken trat auf die Türschwelle.

»Du bist sicher Vanessa.«

»Ja, hallo. Das ist Trevor«, stellte sie ihren Begleiter widerwillig vor.

»Freut mich. Ich bin Sophia und gerade auf dem Sprung. Mein Vater erwartet euch schon.«

Sophia nickte ihnen freundlich zu, ließ sie eintreten und rief ihrem Vater durch den Hausflur zu, dass seine Gäste da wären. Dann verabschiedete sie sich und verschwand.

»Geradeaus in die Wohnstube«, rief eine männliche Stimme, die Vanessa als diejenige ausmachte, die sie gerade erst am Telefon gehört hatte.

»Wir sind sofort bei Ihnen«, rief Vanessa und zog Jacke und Stiefel aus. Trevor tat es ihr gleich.

Das Innere des Hauses passte so gar nicht zu dem heruntergekommenen Äußeren. Die Wände waren in hellen Pastelltönen gehalten, und sämtliche Türen, die vom Korridor aus in andere Räume führten, waren offen, sodass der Flur in hellem Tageslicht lag.

Neugierig warf Vanessa im Vorbeigehen einen schnellen Blick in die einzelnen Räume. Bad, Küche, Arbeitszimmer und Schlafzimmer waren modern und zurückhaltend möbliert. Nichts wies darauf hin, dass hier ein alter Mann lebte.

Milton empfing sie am Fenster sitzend. Neben dem Lehnstuhl, auf dem er es sich gemütlich gemacht hatte, standen zwei Gehstöcke. Der Tisch vor ihm war gedeckt: Tee dampfte aus kitschigen Tassen mit Goldrand, und in der Mitte stapelten sich Scones.

»Meine Tochter hat ein bisschen übertrieben«, lachte Milton. »Sie wohnt gleich nebenan, und nach deinem Anruf habe ich sie gebeten, schnell ein paar Scones vorbeizubringen und Teewasser aufzusetzen. Ich bin leider nicht mehr so gut zu Fuß, und bei mir hätte das alles sehr viel länger gedauert.«

»Danke, Mr. Wright«, antwortete Vanessa höflich, trat auf den Herrn zu und schüttelte ihm die Hand. »Der Aufwand wäre wirklich nicht nötig gewesen.«

»Quatsch mit Soße«, polterte Milton. »Nichts macht einen Plauschnachmittag gemütlicher als die Scones meiner Tochter. Ich war immer ein großartiger Koch, aber das Backen war nichts für mich. Mein erster selbst gebackener Käsekuchen war dermaßen widerlich, dass Sophia sich lieber selbst in die Küche stellte. Und du bist …?«, fragte er an Trevor gewandt.

»Trevor Rutherford. Sehr erfreut. Ich habe Vanessa hergefahren, Mr. Wright.«

»Bitte – ich bin Milton, kein Mensch nennt mich Mr. Wright.«

Vanessa nickte lächelnd und nahm auf einem gemütlichen Sessel Platz. Auch die Wohnstube war modern und in dezenten Grau- und warmen Rottönen gehalten.

»Das habe ich auch meiner Sophie zu verdanken«, sagte Milton, der offenbar bemerkte, dass sie seine Einrichtung begutachtete. »Nach dem Tod meiner Frau hat sie kurzerhand beschlossen, dass die alten, dunklen Möbel Gift für meine

Seele wären und mich nur depressiv machen würden. Ich wollte protestieren, aber das war bei meiner Sophia schon immer zwecklos. Ist ganz nett geworden, nicht? Der ganze alte Muff ist aus dem Haus verschwunden.«

Er griff nach einem Teller, legte einen Scone darauf und reichte ihn Vanessa, zusammen mit je einem Schälchen Clotted Cream und Marmelade. In der gleichen Reihenfolge übergab er auch Trevor Teller und Schälchen.

Vanessa beobachtete, wie er seinen Scone wie ein Brötchen aufschnitt, die beiden Hälften mit Cream und Marmelade bestrich, und tat es ihm gleich.

»So, Herzchen, nun erzähl doch mal, weswegen du hier bist«, sagte er und scherte sich nicht im Geringsten darum, dass er mit vollem Mund sprach.

Vanessa holte die Postkarte aus ihrer Tasche und reichte sie Milton. »Ich bin auf der Suche nach Edward Stringer«, antwortete sie. »Inzwischen habe ich einiges über ihn herausgefunden, doch er bleibt wie vom Erdboden verschluckt.«

»Edward Stringer«, grübelte Milton laut und nickte bedächtig. »Ich erinnere mich an ihn. Das muss in den Sechzigern gewesen sein, richtig?«

Vanessas Wangen begannen zu glühen. »Genau!«, rief sie. »Sie erinnern sich an ihn?«

»Tja, verrückt, nicht? Ich weiß zwar nicht mehr, was es gestern zum Mittag gab, doch an die Angestellten im *Royal Inn* erinnere ich mich so gut, als wären sie Teil meiner Familie.«

Milton nippte geräuschvoll an seinem Tee. »Schmeckt's euch?«, fragte er, nachdem Vanessa und Trevor die ersten Bissen der Scones probiert hatten.

Vanessa nickte mit vollem Mund und brachte ein undeutliches »Sehr lecker« hervor.

»Ich erinnere mich gut an ihn, war ein hübscher Bursche. Er war gut mit diesem kiffenden Zimmermädchen befreundet. Wie hieß sie noch gleich?«

»Georgina!«, antwortete Vanessa und verkniff sich ein Lachen. Dass Georgina in ihrer Jugend gekifft hatte, passte wie die Faust aufs Auge zu der Person, die sie als Freundin ihrer Grandma kennengelernt hatte. »Woran Sie sich alles erinnern, Milton.«

»Solche pikanten Details erfuhr ich von meiner Frau Lizzy«, lachte er. »Sie war Personalchefin im *Royal Inn* und erzählte mir, dass das Zimmermädchen Georgina sie für ziemlich dämlich halten müsste. Nach Feierabend trafen sich die jüngeren Mitarbeiter regelmäßig auf dem Dach des Hotels, und Georgina war wohl jemand, der gern bei einem Joint entspannte. Ich glaube, die hatten alle durch die Bank Angst vor meiner Lizzy. Dabei waren ihr die Gewohnheiten ihrer Mitarbeiter nach Feierabend völlig gleichgültig, solange sie nur ihre Arbeit ordentlich machten.« Milton lachte, biss in sein Scone und hatte anschließend einen weißen Cream-Bart, den er sich mit einer Serviette abtupfte.

»Und Sie wissen, was aus Edward geworden ist?«

Milton Wright nickte bedächtig. »Ja, das weiß ich«, sagte

er ruhig. »Es muss zu Beginn des Jahres ’68 gewesen sein, als Edward anders wurde. Ruhiger, trauriger. Das wurde von Tag zu Tag schlimmer. Ich habe den Liftboy irgendwann sogar dazu verdonnert, seine Mittagspause in meiner Küche zu verbringen, damit er überhaupt noch etwas Vernünftiges aß. Er war unglücklich verliebt, aber mehr bekam ich nicht aus ihm heraus.«

Vanessa trank einen Schluck Tee und beschloss in diesem Augenblick, Milton den Teil der Geschichte, den sie kannte, zu erzählen.

»Das stimmt. Er hatte sich in meine Großmutter Katrina verliebt. Ihre Familie und sie waren eine Zeit lang Gast im Hotel.«

»Oh, jetzt wird’s spannend, Herzchen«, sagte Milton, stellte seinen Kuchenteller auf den Tisch und beugte sich neugierig nach vorn.

Vanessa berichtete all die Details, die sie inzwischen von Georgina erfahren hatte, und auch, dass sie selbst im Moment bei dem ehemaligen Zimmermädchen wohnte. Das Gesicht des alten Mannes bekam einen verklärten Ausdruck, und Vanessa ahnte, dass er gerade in seine eigene Vergangenheit abtauchte.

»Georgina erzählte mir, dass Katrina noch vor Weihnachten ’67 plötzlich nach Kanada zurückmusste. Georgina und Edward dachten, es wäre nur vorübergehend, doch die Familie meiner Großmutter kehrte nicht mehr nach Cambridge zurück.«

»Und im Frühjahr 1968 verschwand Edward dann plötzlich. Ich weiß das so genau, weil meine Lizzy ganz schrecklich enttäuscht darüber war, dass er nicht einmal gekündigt, geschweige denn sich verabschiedet hatte. Dabei hatte sie über Wochen und Monate versucht, ihn aufzuheitern.«

»Und dann?«, fragte Vanessa atemlos, denn endlich waren sie an dem Punkt der Geschichte angelangt, an dem sie erfahren würde, was aus Edward geworden war.

»Nichts und dann. Ein Jahr später bin ich zufällig über seine Heiratsanzeige in der Zeitung gestolpert. Er hat in eine steinreiche Hoteliersfamilie eingeheiratet. Meine Lizzy war entsetzt, denn nachdem er vor Liebeskummer fast vor die Hunde gegangen wäre, verstand sie nicht, wie er so schnell danach eine andere heiraten konnte.«

Vanessa warf einen kurzen Blick auf Trevor. »Manchmal ändern sich Gefühle eben von heute auf morgen. Einfach so«, murmelte sie. Trevor schloss für einen kurzen Moment die Augen, und sie wusste, dass er die Anspielung verstanden hatte.

»Und nicht nur das, Herzchen. Er hat auch seinen Namen abgelegt. Die genauen Umstände kenne ich natürlich nicht, ich kann dir nur sagen, was meine Lizzy erzählt hat. Unser Liftboy hat den Nachnamen seiner Gattin angenommen. Es schien fast so, als hätte er endgültig und für immer mit seiner Vergangenheit abschließen wollen.«

Vanessa hielt es keine Sekunde länger in ihrem Sessel aus. Sie sprang auf und lief in Miltons Wohnzimmer auf und ab.

»Kein Wunder, dass wir ihn nicht gefunden haben! Einen Edward Stringer gibt es nicht mehr. Seltsam, dass ein Mann damals den Namen seiner Frau annahm, oder?«, sinnierte sie laut und blieb an ihrem Sessel gelehnt stehen.

»Das war es in der Tat, Herzchen. Allerdings war es in diesem Fall nun so, dass die Familie seiner Frau unendlich viel Geld hatte und er ein armer Niemand war. Ich könnte mir vorstellen, dass die Familie darauf bestanden hatte.«

»Und der Name?«, mischte sich Trevor in das Gespräch ein.

»Ich grüble schon die ganze Zeit darüber nach. Wie hießen diese Neureichen nur gleich?« Milton schüttelte seinen Kopf und tippte sich mit dem Zeigefinger gegen die Schläfe, als könnte er so seinem Gedächtnis auf die Sprünge helfen.

»Harmsworth, oder Hammersworth. Oder war es Hammersmith? So etwas in der Art muss es gewesen sein. Ich würde dir gern weiterhelfen, Herzchen. Aber in dem Sommer kam unsere Sophia zur Welt, und ab da waren wir mit unserer eigenen kleinen Familie beschäftigt. Wie es mit Edward und seiner reichen Frau weiterging, weiß ich leider nicht.«

Vanessa lächelte. »Verstehe.«

Warum hätten Milton und Lizzy das Leben von Edward auch weiter verfolgen sollen? Er war für sie nicht mehr als ein flüchtiger Bekannter, ein Kollege, der irgendwann seiner Wege gegangen war.

Vanessa tippte die Namen, die Milton ihr genannt hatte, in ihr Handy und bedankte sich für die Zeit, die der alte Mann sich für sie genommen hatte.

»Das habe ich gern getan, Herzchen. Vielleicht kannst du mir einen Gefallen tun?«

Vanessa sah ihn fragend an, und er fuhr fort: »Wenn du

irgendetwas über Edward herausfindest, lass es mich wissen. Es interessiert mich tatsächlich, was aus dem traurigen jungen Mann wurde.«

»Das mache ich gern«, versprach sie und verabschiedete sich.

Auf dem Weg zurück zum Auto schwiegen Vanessa und Trevor. Sie wartete darauf, dass er etwas sagte, vielleicht sogar doch noch ansprach, was er im Fahrstuhl nicht mehr hatte sagen können. Aber er schwieg beharrlich, und Vanessa begriff, dass der nächste Abschied endgültig sein würde.

Sie hatte alle Informationen, die sie brauchte. *Greystone Manor* würde sie auch ohne ihn finden, es gab keinen Grund mehr dafür, dass Trevor sie noch weiter bei der Suche begleitete. Vanessa zwang sich zu einem Lächeln.

»Danke, Trevor«, sagte sie und bemühte sich um einen ehrlichen Tonfall. »Steven und seine Kontakte waren Gold wert, mit den Infos komme ich bestimmt weiter. Heute ist es zu spät, aber nach den Feiertagen werde ich mit der Suche weitermachen.«

»Dann hole ich dich am 27. wieder gegen zwei ab?«, fragte er.

»Würdest du tun, hast es ja versprochen, richtig? Aber nein, danke«, entgegnete Vanessa.

Sie gab sich keine Mühe mehr, die Traurigkeit in ihrer Stimme zu unterdrücken. Er sollte ruhig wissen, dass er ihr Herz in tausend Teile zertrümmert hatte.

»Ich will das nicht, Trevor. Im Gegensatz zu dir ertrage ich es nicht mehr, dich um mich zu haben. Ich verstehe nicht, was ich falsch gemacht habe, und es sieht nicht danach aus, als wolltest du mir irgendwas erklären. Damit muss ich klarkommen. Aber ich bin nicht selbstzerstörerisch veranlagt. Ich werde meinen Kummer nicht noch schlimmer machen, indem ich weiter Zeit mit dir verbringe. Von hier aus nehme ich mir ein Taxi oder den Bus, den Rest der Geschichte decke ich entweder allein auf oder gar nicht. Du bist mich endlich los und musst mich nie wiedersehen. Mach's gut.«

Vanessa schluckte gegen die aufsteigenden Tränen an, doch sie hatte keine Chance. Noch bevor sie sich abwenden konnte, liefen sie über ihre Wangen. Ein letztes Mal sah sie ihn an und versuchte ein gequältes Lächeln. Dann wandte sie sich ab und lief los. Trevor hielt sie nicht zurück.

Kurz darauf saß Vanessa in einem Taxi und brach in Tränen aus. Sie hätte wissen müssen, dass sie niemand war, der ein unverfängliches Urlaubsabenteuer einfach so wegsteckte. Sie hatte sich in Trevor verliebt, und er hatte ihr Herz gebrochen. Genau das, was sie von Anfang an befürchtet, aber immer wieder verdrängt hatte, war eingetreten.

Kapitel 18

Katrina, 28. September 1967

Es war kurz nach fünf Uhr morgens, als Katrina die Tür zur Hotelsuite aufschloss. Sie war übermüdet, gleichzeitig aufgedreht und völlig aus dem Häuschen. Edward hatte sich eben vor dem Hoteleingang von ihr verabschiedet, sie konnte es kaum erwarten, ihn wiederzusehen.

Katrina gab sich alle Mühe, möglichst keine Geräusche zu machen. Leise schloss sie die Tür, lehnte sich von innen dagegen und lauschte in den Raum hinein, während sich ihre Augen langsam an die Dunkelheit gewöhnten.

Erleichtert stellte sie fest, dass ihre Eltern schliefen. Wenn es ihr jetzt noch gelang, unbemerkt ins Bett zu schlüpfen, schaffte sie es vielleicht tatsächlich, unbemerkt zu bleiben. Sie schlich in ihr Zimmer, zog ihre Kleider aus, krabbelte unter die Decke und schlief augenblicklich ein.

Als Katrina die Augen wieder aufschlug, war es kurz vor elf. Ihr Kopf schmerzte, und sie hatte längst noch nicht ausgeschlafen, trotzdem quälte sie sich aus dem Bett.

Katrinas Herz raste, sie war nervös und angespannt, denn nun kam der schwierige Teil – um nicht zu sagen: das dicke

Ende für die *dirty stop-out*, wie Georgie sie gestern genannt hatte. Lachend hatte sie ihr erklärt, dass eine Person, die nachts wegblieb und sich herumtrieb, so bezeichnet wurde, wobei Katrina nur bedingt in dieses Schema passte, denn immerhin waren sie und Edward halbwegs anständig geblieben.

Nun, jedenfalls würde sie erklären müssen, wo sie gewesen war, und ihr blieb nichts weiter übrig, als zu pokern, da sie keine Ahnung hatte, wann ihre Eltern selbst heimgekommen waren. Waren sie direkt ins Bett gegangen? Hatten sie nach ihr gesehen? War womöglich doch einer von beiden aufgewacht, als sie die Tür aufgeschlossen hatte, und wusste nun genau, dass sie das Hotel erst nach fünf Uhr wieder betreten hatte?

Katrinas Kehle war trocken, und nachdem sie ihre Zähne geputzt hatte, füllte sie ihren Zahnputzbecher mit Wasser und trank ihn gierig leer.

»Es hilft alles nichts«, sagte sie leise zu ihrem Spiegelbild. »Da musst du jetzt durch.«

Sie atmete tief ein und trat aus ihrem Zimmer. Zu ihrer großen Überraschung stellte sie fest, dass sie allein war. Auf dem großen Holztisch im Wohnraum, den sie als Esstisch nutzten, stand Frühstück für sie bereit. Außerdem hatte ihr Vater einen Zettel hinterlassen: Maman war mit einer Freundin in Sachen Wohnungssuche unterwegs, er hatte sich dazu entschlossen, einen kleinen Morgenspaziergang zu machen, und würde bald zurück sein.

Katrina schenkte sich Tee ein, trank jedoch zuerst den frisch gepressten Orangensaft leer. Dann frühstückte sie in Ruhe und wartete darauf, dass ihr Vater zurückkam. Sie hatte gerade ihr Ei aufgegessen, als die Tür aufging.

»Guten Morgen, ma petite«, sagte ihr Vater und winkte mit einer eingerollten Zeitung. »Endlich ausgeschlafen?«

»Hm«, knurrte Katrina und gähnte, um Zeit zu schinden. Sie beschloss, mit all ihren Aussagen erst einmal vage zu bleiben. Vielleicht wurde sie ja aus den Reaktionen ihres Vaters schlau und konnte dann entsprechend reagieren.

»Ist ein bisschen später geworden gestern.«

»Verstehe«, gab ihr Vater zurück, setzte sich zu ihr an den Tisch und sah sie abwartend an.

Ihr blieb nichts weiter übrig, als sich zu erklären. »Ich war mit Georgina im Wohnheim ihres Freundes. Wir haben wohl beim Basteln ein wenig die Zeit vergessen.«

»Basteln? Ist das dein Ernst?«

Katrina biss sich auf die Unterlippe und versuchte, den Tonfall ihres Vaters einzuschätzen, doch es gelang ihr nicht. Sie rechnete damit, dass jeden Moment ein Donnerwetter über sie hereinbrechen würde.

»Isaac, der Freund von Georgina, musste ein wichtiges Projekt für die Uni fertig kriegen. Da haben wir alle mit angepackt.«

Katrina wich dem Blick ihres Vaters aus. Kein Wort von dem, was sie gesagt hatte, war gelogen. Doch natürlich wusste sie, dass Leonard Vallée ihre Worte völlig anders verstehen würde.

Ihr Vater legte die Zeitung auf den Tisch, schlug sie auf

und sah Katrina mit hochgezogenen Augenbrauen an. Dann pendelte sein Blick zwischen ihr und der Zeitung hin und her. Es dauerte eine Weile, bis Katrina begriff, dass er sie auf eine Schlagzeile aufmerksam machen wollte. Sie griff nach der Zeitung und hatte plötzlich das Gefühl, keine Luft mehr zu bekommen.

Das Bild in der Zeitung zeigte das Gebäude der naturwissenschaftlichen Fakultät. Ein riesiger Pfeil deutete auf die Telefonzelle, die aufgrund des schummrigen Lichts, in dem das Foto aufgenommen worden war, nur als Silhouette erkennbar war. Der Titel dazu lautete: *Studentenfehde geht in die nächste Runde*.

Ruhig und mit schief gelegtem Kopf sah Katrinas Vater sie an und wartete. Hitze stieg ihr in die Wangen, und sie konnte nicht verhindern, dass sie knallrot anlief.

»Stell dir vor, ma petite, ich habe den heutigen Tag mit einem wunderschönen Morgenspaziergang begonnen. Siehst du das hier?« Er deutete auf das Foto in der Zeitung, und Katrina nickte mechanisch. »Das sieht live und in Farbe noch so viel besser aus! Heute Morgen haben sich Menschenmassen vor dem Gebäude versammelt, und soweit ich das sehen konnte, waren alle begeistert. Wer immer das ausgeheckt hat, muss sehr kreativ gewesen sein. Bessere Promotion hätte Disney sich gar nicht wünschen können: die *Dschungelbuch*-Figuren ausgerechnet auf dem Dach der naturwissenschaftlichen Fakultät – wenn das nicht ein gelungener Streich ist.«

Katrina saß noch immer wie versteinert vor ihrem Vater

und brachte kein Wort heraus. Und in diesem Moment geschah etwas, mit dem sie als Allerletztes gerechnet hätte: Ihr Papa brach in schallendes Gelächter aus. Er lachte, zeigte mit dem Finger auf ihr Gesicht, sah dann auf das Foto und lachte noch lauter.

»Du solltest mal dein Gesicht sehen, ma petite. Das entschädigt mich mehr als genug für die Sorgen, die ich mir heute Nacht gemacht habe. Nicht zu fassen, dass meine brave Tochter bei so einer Sache mitmacht. Ich bin stolz auf dich, Kleines! Natürlich nur, solange nicht herauskommt, dass du da mit drinsteckst. Sollte das je zur Sprache kommen, werde ich selbstverständlich empört sein und dich bestrafen. Aber …« Er schaffte es nicht, seinen Satz zu beenden, und dann konnte auch Katrina endlich befreit mitlachen.

»Maman weiß von nichts«, erklärte Leonard Vallée, nachdem er sich wieder beruhigt hatte. »Als wir gestern heimkamen, hatte ich so ein Gefühl, dass du noch nicht da bist. Ich warf einen Blick in dein leeres Zimmer und habe dich anschließend gedeckt und deiner Mutter erklärt, dass du tief und fest schläfst. Zum Glück bin ich nicht aufgeflogen, sonst hätte sie mir die Hölle heißgemacht. Ach, ma petite, du passt ganz hervorragend in so ein verrücktes Studentenleben. Ich liebe deine Mutter und erwarte selbstverständlich, dass du immer und überall auf sie hörst – ausgenommen beim Thema Studium. Du bist und bleibst eben ma petite! Und jetzt will ich jede winzige Kleinigkeit hören, und danach werden wir nie wieder auch nur ein Wort über diese Nacht verlieren!«

Kapitel 19

Katrina, November 1967

In den Wochen nach der gelungenen Racheaktion der Philosophen wurden Katrina und ihre Freunde zu einem fast unzertrennlichen Vierergespann. Sie gingen aus und feierten gemeinsam, unternahmen Ausflüge, um Katrina die Gegend zu zeigen, oder nahmen an Anti-Kriegs- und Frauenrechts-Demos teil.

Innerhalb kürzester Zeit war Katrina in ihrem neuen Leben in Cambridge angekommen, und nichts zog sie zurück nach Winnipeg.

Während Maman über ihre Aktivitäten nur verständnislos den Kopf schüttelte, platzte Papa fast vor Stolz, als er erfuhr, dass Katrina und ihre Freunde nicht nur auf Feiern aus waren, sondern auch Interesse an gesellschaftspolitischen Themen zeigten.

Irgendwann bestand Leonard Vallée schließlich darauf, das Trio kennenzulernen, weswegen er Edward, Georgina und Isaac zum Essen einlud.

Katrina sah einem gemeinsamen Abend mit gemischten Gefühlen entgegen. Einerseits freute sie sich darüber, dass ihr Vater ihre Freunde treffen wollte. Andererseits wussten ihre Eltern bis heute nichts von der Beziehung zwischen ihr und Edward, und sie befürchtete, dass ihr Papa durchschauen würde, wie verliebt sie in den Hotelpagen war.

Immer wieder gelang es Katrina, Ausreden zu erfinden, um das geplante Essen zu verschieben, doch Anfang November, Katrina brachte ihrem Vater gerade einen heißen Tee an den Schreibtisch, sprach er das Thema erneut an, und diesmal ließ er sich nicht mehr abwimmeln.

»Für Samstag habe ich einen Tisch reserviert, ma petite«, sagte er, und Katrina erkannte an seinem Tonfall, dass jeder Versuch, den Termin zu verschieben, zwecklos sein würde.

»Ich weiß noch nicht mal, ob Georgie, Isaac und Edward da Zeit haben«, protestierte sie.

»Das habe ich geklärt«, antwortete Papa und grinste selbstgefällig. »Nachdem du wochenlang den Termin vor dir hergeschoben hast, wurde mir klar, dass ich das in die Hand nehmen muss. Das habe ich getan, schließlich laufen auch wir Edward und Georgina hier im Hotel regelmäßig über den Weg.«

Katrina seufzte und ließ die Schultern hängen.

»Man könnte fast meinen, du schämst dich«, sagte Leonard und klang ein wenig enttäuscht.

»Weswegen sollte ich mich schämen?«, fragte Katrina.

»Na, entweder sind wir Eltern dir unangenehm, oder du schämst dich vor uns wegen deiner Freunde. Eins von beidem muss es ja sein. Warum sonst gehst du einem Treffen immer wieder aus dem Weg?«

Katrina brauchte einen Moment, um Worte zu finden, die ihren Papa nicht kränken würden.

»Quatsch«, sagte sie. »Ich schäme mich weder meiner Eltern noch meiner Freunde. Es ist nur irgendwie seltsam. Ihr wolltet bisher noch nie Freunde von mir kennenlernen«, antwortete sie ausweichend.

»Deine Schulfreundschaften waren auch etwas anderes, Katrina. Das, was du jetzt von euren Aktivitäten erzählst, hat für mich Gewicht. Ich möchte sehen, mit was für Menschen du dich umgibst. Immerhin wäre es ja möglich, dass wir doch noch ein wenig länger bleiben und du dein Studium hier beginnst.«

Katrina riss die Augen auf, starrte ihren Vater an, und ihr Puls schoss in die Höhe.

»Wie meinst du das?«

»So, wie ich es gesagt habe, ma petite. Ich fühle mich hier sehr wohl, und die Universität hat mir angeboten, meine Gastprofessur zu verlängern. Maman ist einverstanden und hat sich nun ernsthaft in die Wohnungssuche gestürzt. Nun sind wir beide der Meinung, es ist an der Zeit, deine Freunde kennenzulernen.«

Katrina hatte plötzlich einen dicken Kloß im Hals und musste sich zusammenreißen, um nicht in Tränen auszubrechen. Immer wieder hatte sie sich gefragt, wie sie es je aushalten sollte, ohne Edward nach Winnipeg zurückzukehren. Nun sah es ganz danach aus, als würde dieses Schreckensszenario in weite Ferne rücken.

»Was machst du denn für ein Gesicht?«, fragte Leonard Vallée erschrocken. »Willst du lieber nach Winnipeg zurück?«

Katrina schüttelte hektisch den Kopf, bekam aber immer noch keinen Ton heraus. Ihr Papa verstand sie auch so:

»Also ist das ein Freudenschock, dann ist ja gut«, sagte er grinsend und widmete sich wieder seiner Seminarvorbereitung.

Das gemeinsame Essen mit Freunden und Eltern verlief zu Katrinas Erleichterung großartig. Alle verstanden sich gut miteinander, wenn auch Maman immer wieder zu erkennen gab, dass all die Themen, die sie bei Tisch diskutierten, doch eigentlich nichts für Damen wären.

Glücklicherweise verwickelte Papa Isaac und Edward in eine Art »Männergespräch«, sodass niemandem aufzufallen schien, welche besondere Verbindung zwischen Katrina und Edward bestand.

Außerdem verstand Georgie es großartig, Katrinas Mutter in Gespräche zu verwickeln, bei der sie zum Leben erwachte. Vornehmlich ging es dabei um die Themen Wohnungssuche und Einrichtung.

Als sie beim Nachtisch angelangt waren, wandte sich Sandrine Vallée an ihre Tochter und flüsterte ihr »Deine Freunde sind wirklich ganz entzückend« zu.

Am Ende des Essens war Katrina erleichtert. Sie war sich sicher, dass sie nun keine Probleme mehr mit Ausgehzeiten bekommen würde. Selbst Übernachtungen dürften kein Problem mehr sein – sofern sie vorgab, bei Georgie zu schlafen.

Ihre Freunde bedankten sich bereits bei ihren Eltern für

die nette Einladung, als Leonard Vallée noch einmal das Wort ergriff.

»Ich habe noch eine Überraschung für euch«, sagte er und zog einen Umschlag aus seinem Jackett. Mit strahlenden Augen blickte er in die Runde, bevor er erklärte:

»Ich habe in Katrinas Zimmer eine Platte von Jimi Hendrix gesehen und daraus geschlossen, dass ihr ihn möglicherweise alle ganz gern hört.«

Katrina blickte zu Edward, der in diesem Augenblick zu erstarren schien. Auch ihr Herz raste. Hatte ihr Vater etwa durchschaut, dass die Platte von ihm war?

»Er gibt in zehn Tagen ein Konzert in der Royal Albert Hall, und ich habe mir erlaubt, euch vier Karten zu besorgen.«

Katrina blieb der Mund offen stehen, und sie brachte kein Wort heraus. Das war allerdings auch nicht nötig, denn ihre Freunde flippten völlig aus. Sie sprangen von ihren Stühlen auf und redeten so wild durcheinander, dass es eher nach zehn Leuten klang als nur nach dreien. Jeder Einzelne von ihnen schüttelte Katrinas Papa die Hand und bedankte sich anschließend auch bei ihrer Mutter für diese Überraschung.

In dem Tumult trat Edward plötzlich neben Katrina und drückte unauffällig ihre Hand.

»Ich fasse es nicht«, flüsterte er. »Ich gehe mit meiner Foxy Lady auf ein Konzert des Meisters.«

Katrina lächelte, ohne Edward anzusehen. Es war nicht zu überhören, wie ergriffen ihr Freund war, und ihn so zu erleben, machte sie für den Moment wunschlos glücklich.

Kapitel 20

Vanessa, Weihnachten, Gegenwart

Den Abend des 24. Dezember verbrachten Vanessa, Vigo und Katrina gemeinsam mit Georgina und Isaac vor dem Kamin.

Georgina hatte Weihnachtslieder aufgelegt, es duftete herrlich nach Plätzchen und Punsch, doch trotzdem wollte keine rechte Vorfreude aufkommen, was vor allem daran lag, dass sowohl Vanessa als auch ihr Bruder Vigo mit sich und ihrem Liebeskummer beschäftigt waren.

Vanessa war noch immer am Boden zerstört, und es fiel ihr schwer, ihren Kummer auszublenden. Sie vermisste Trevor und war gleichzeitig unendlich wütend auf ihn. Am schlimmsten war die Gewissheit, dass es völlig egal war, was sie fühlte, denn er war ein für alle Mal aus ihrem Leben verschwunden, und sie würde nie erfahren, warum.

Vigo war zwar körperlich anwesend, doch er hatte sich hinter Papier und Bleistift versteckt. Mit gebeugtem Rücken saß er über dem Zeichenbrett, das er sich auf den Schoß gelegt hatte, und kritzelte missmutig vor sich hin.

Vanessa überlegte, ob sie nicht auch ihren Laptop holen und an ihrem *In-my-parents'-shoes*-Artikel weiterarbeiten sollte. Georgina und Katrina versuchten immer wieder, sie aufzumuntern und zum Reden zu bewegen, und kamen dabei gefährlich nah an das Thema heran, das Vanessa tunlichst vermeiden wollte: Trevor.

Ihre Antworten wurden immer einsilbiger, bis irgendwann ausgerechnet Isaac Partei für sie ergriff.

»Mädels«, wandte er sich an Katrina und seine Frau, »merkt ihr nicht, dass Nessie nicht reden will? Jetzt gebt doch endlich Ruhe, die Arme weiß ja gar nicht mehr, wohin mit sich.«

Vanessa sah Isaac lächelnd an und flüsterte ihm leise »Danke« zu.

»Gut, dann machen wir was anderes«, rief Georgina, schlug sich mit den flachen Händen auf die Oberschenkel und erhob sich. Sie verließ den Raum, kam kurz darauf mit Zetteln und Stiften zurück und erklärte dann:

»Als unsere Kinder noch unter diesem Dach lebten, hatte das Tradition.«

Isaac grinste breit – er schien zu wissen, was Georgina plante, unterbrach sie jedoch nicht.

»Wenn ihr wollt, dass sich eure Wünsche erfüllen, müsst ihr sie erst aufschreiben und dann verbrennen.«

»Hä?«, fragte Vanessa, und auch Vigo sah von seinem Zeichenbrett auf.

»Der Weihnachtsmann …«, begann Georgie.

»Der Weihnachtsmann?«, unterbrach Vanessa ungläubig, doch Georgina brachte sie mit einer ungeduldigen Handbewegung zum Schweigen.

»Der WEIHNACHTSMANN«, wiederholte sie betont langsam, »kann schlecht in jedes Haus hineinschauen, richtig? Deswegen hat er sich zu einem hervorragenden Rauchleser entwickelt.«

»Bitte was?«, fragte Vigo.

»Rauchleser«, antwortete Isaac mit todernster Miene. »Beim Verbrennen von Wunschzetteln entsteht Rauch. Je nachdem, was auf dem Zettel steht, steigen unterschiedliche Rauchfahnen und Wölkchen aus dem Kamin auf. Die sieht der Weihnachtsmann, und so erfährt er von den Wünschen der Menschen.«

Georgina nickte nachdrücklich. »So ist es. Jeder schreibt seine Wünsche auf seinen Zettel, danach werfen wir sie einzeln ins Feuer. Auf geht's – schreiben!«

Katrina lachte. »Ihr spinnt doch«, kommentierte sie den seltsamen Arbeitsauftrag ihrer Freundin, griff dann allerdings nach Zettel und Stift und begann zu schreiben, ohne auch nur eine Sekunde lang nachdenken zu müssen.

Vanessa bemerkte, dass sich die gedrückte Stimmung plötzlich löste. Georgina teilte die restlichen Zettelchen aus und bedeutete ihr mit dem Kopf, dass auch sie loslegen sollte.

Seltsamerweise musste auch Vanessa nicht lange darüber nachdenken, was sie sich wünschte. Nachdem sie ihren ersten Impuls, *Trevor* auf das Zettelchen zu schreiben, beiseitegeschoben hatte, schrieb sie fein säuberlich *Happy End für Vigo und Malou* und *Edward finden* auf ihren Zettel und faltete ihn.

Einer nach dem anderen verbrannten sie ihre Wunschzettel, und am Ende grinste Georgina zufrieden in die Runde. »Na also«, sagte sie schließlich. »Jetzt habe ich wieder lachende Gesichter in diesem Haus – jetzt kann Weihnachten kommen. Dabei fällt mir ein: Ich hab etwas für euch.«

Vanessa zog fragend ihre Augenbrauen zusammen und sah zu Katrina, die jedoch nur mit den Schultern zuckte.

»Das lag heute im Briefkasten.«

Vanessa griff nach dem Umschlag, den Georgina ihr reichte, drehte ihn herum und las laut vor:

Für die Tremblays, weihnachtliche Grüße, Finley Chapman.

»Wer ist Finley Chapman?«, fragte Vigo.

»Der Mitbewohner von Trevor. Bei ihm habe ich damals die Zimmer gebucht«, antwortete Vanessa und riss den Umschlag mit klopfendem Herzen auf.

Sie konnte selbst nicht sagen, warum sie plötzlich so nervös war. Auf dem Umschlag stand schließlich nicht der Name Trevor, sondern Finley. Doch allein die Tatsache, dass sie eine Nachricht von jemandem, den Trevor kannte, in den Händen hielt, ließ ihren Puls wieder in die Höhe schnellen.

»Und weiter?«, bohrte Vigo.

Vanessa überflog die Zeilen erst still, dann las sie vor:

Mir ist zu Ohren gekommen, dass euer Urlaub alles andere als gut verlaufen ist. Offenbar hat sich mein Mitbewohner nicht gerade gentlemanlike verhalten, was inzwischen wohl sogar dazu führte, dass ihr vorzeitig ausgezogen seid. Das tut mir wirklich leid.

Ich möchte mich für diesen unfreundlichen Miesepeter entschuldigen und würde sein unmögliches Verhalten gern wiedergutmachen. Trevor sagte mir, wo ihr untergekommen und dass ihr inzwischen zu dritt seid, deswegen sende ich anbei drei Eintrittskarten für den legendärsten Silvesterball, den unser wunderschönes Cambridge zu bieten hat.

Ich komme nach Weihnachten zurück nach Cambridge, und es wäre mir eine Ehre, euch am 31. Dezember um Punkt acht Uhr persönlich abholen und zum Ball fahren zu dürfen.

Zerknirschte Grüße,
Finley Chapman

Vanessa musste zugeben, dass sie enttäuscht war. Kein persönliches Wort von Trevor, keine Andeutung, wie es ihm ging oder was er selbst zu dem Thema gesagt hatte. Und zu allem Überfluss kam die Entschuldigung, auf die Vanessa noch immer hoffte, nicht von Trevor, sondern von Finley.

Sie zog die Eintrittskarten aus dem Umschlag.

»Oh«, sagte sie und deutete auf den unteren Abschnitt der Karte. »Um elegante Abendkleidung wird gebeten«, las sie laut.

Katrina sah Vanessa eine Weile wortlos an. Dann lächelte sie vorsichtig. »Na, immerhin scheint Finley ein Gentleman zu sein«, sagte sie. »Nessie, ich weiß, dass du Kummer hast. Umso besser, dass wir nun zu dieser Party eingeladen sind. Wir könnten vorher noch einmal ausgiebig auf Shoppingtour gehen.«

Georgina nickte zustimmend. »Ich weiß zwar nicht, was

für eine Party das sein soll – dabei wohne ich schon mein ganzes Leben hier –, aber wenn ihr schon auf der legendärsten Silvesterparty von Cambridge aufschlagt, dann solltet ihr auch legendär aussehen.«

»Wie geschickt, dass es den Boxing Day gibt«, wandte Isaac grinsend ein, und als er in das verständnislose Gesicht von Vanessa sah, ergänzte er: »Der Boxing Day fällt auf den zweiten Weihnachtsfeiertag und ist traditionell der Tag, an dem Geschenkboxen mit Gutscheinen eingelöst werden. Die Geschäfte sind offen, ihr könnt in einen hemmungslosen Kaufrausch verfallen.«

»Könnte lustig werden, oder?«, fragte Katrina.

Vanessa wusste nicht recht, was sie von dieser Einladung und der Idee des nachweihnachtlichen Shoppens halten sollte. Weder auf das eine noch auf das andere hatte sie Lust. Wozu auf eine Party gehen und sich herausputzen? Ihr stand eher der Sinn nach Wohlfühlklamotten und im Zimmer verkriechen. Anstelle einer Antwort zuckte sie mit den Schultern und murmelte: »Keine Ahnung.«

Katrina sah zwischen ihr und Vigo hin und her.

»Die Ablenkung wird euch beiden guttun«, entschied sie. »Ich kann eure langen Gesichter nämlich nicht mehr sehen!«

Bereits gegen neun begab sich Vanessa unter dem Vorwand, dass sie noch Geschenke einpacken müsste, auf ihr Zimmer. Sie griff nach ihrem Handy, rief Trevors alte Nachrichten auf und sah, dass er erst vor wenigen Minuten online gewesen war. Die Vorstellung, dass er möglicherweise einer anderen geschrieben haben könnte, versetzte ihr einen schmerzhaften Stich.

Vanessa seufzte. Sie musste damit aufhören, sich den Kopf darüber zu zerbrechen, was Trevor tat und mit wem er seine Zeit verbrachte. In regelmäßigen Abständen seinen Status zu kontrollieren, brachte sie kein bisschen weiter. Im Gegenteil – es war jedes Mal aufs Neue schmerzhaft, zu sehen, dass sie nicht mehr zu den Personen gehörte, mit denen er Kontakt hielt.

In dieser Sekunde beschloss Vanessa, dass sie nicht mit Altlasten ins neue Jahr starten wollte. Es mochte ja sein, dass sie Trevor nicht so ohne Weiteres aus Kopf und Herz verbannen konnte, doch aus dem Handy konnte sie ihn sehr wohl löschen. Ohne lange darüber nachzudenken, ging sie in ihr Telefonbuch und entfernte seine Nummer.

Anschließend warf sie sich aufs Bett und zog das Tagebuch ihrer Grandma hervor. Wenn alles nach Plan verlief, würde Vanessa nach den Feiertagen endlich auf diesen Edward Stringer, oder wie immer er heute heißen mochte, treffen. Es war also allerhöchste Zeit, die restlichen Einträge ihrer Großmutter zu lesen.

Der nächste Eintrag war vom 15. November 1967. Katrinas Handschrift schien krakeliger als sonst, und als Vanessa las, dass sie in der Nacht zuvor mit Edward, Georgina und Isaac beim legendären Jimi-Hendrix-Konzert in der Royal Albert Hall in London gewesen war, verstand sie auch, warum: Sie musste beim Schreiben völlig übermüdet gewesen sein.

Die Momente waren so anschaulich geschildert, dass Vanessa beim Lesen fast schon hören konnte, wie Edward ihre Grandma liebevoll *Foxy Lady Katrina* nannte.

Katrinas Gefühle für Edward waren für Vanessa zum Greifen nah. November 1967 musste für ihre Grandma der Monat der ersten Male gewesen sein: Zum ersten Mal war sie bis über beide Ohren verliebt, zum ersten Mal bis in die Haarspitzen bekifft, und sie hatte offenbar nach ihrem ersten Konzert auch zum ersten Mal überhaupt in ihrem Leben mit einem Mann geschlafen.

Als Vanessa erkannte, dass sich die nächsten Seiten nur darum drehten, hörte sie auf zu lesen. Ihre Grandma hatte jedes Wort und jede noch so winzige Berührung Edwards aufgeschrieben. Doch diese intimen Details ihrer Liebe wollte Vanessa nicht lesen. Die gehörten einzig und allein Katrina und Edward.

Vanessa überblätterte einige Seiten und hielt inne, als ein neues Datum, der 10. Dezember 1967, einen neuen Abschnitt ankündigte.

Noch bevor Vanessa den ersten Satz lesen konnte, klopfte es an der Zimmertür. Eilig schob sie das Tagebuch unters Kopfkissen. »Ja?«, rief sie.

»Ich bin's, Käfer.«

»Komm rein, Vig.«

Er kam ihrer Aufforderung nach, schloss die Zimmertür

hinter sich wieder und setzte sich auf den Sessel, der zwischen Bett und Fenster stand.

»Malou hat sich gemeldet«, sagte er ohne Umschweife und sah Vanessa abwartend an.

»Und weiter?«

»Nichts weiter. Das Telefonat dauerte keine zwei Minuten, und es ging nicht um uns.«

Vigo senkte den Blick. Dafür, dass Malou sich nach wochenlanger Funkstille endlich gemeldet hatte, wirkte er nicht gerade glücklich.

»Worum ging es dann?«, fragte Vanessa.

»Sie wollte, dass ich meine E-Mails checke. Sie hatte mir doch vor drei Jahren zum Geburtstag eine Homepage erstellt, damit ich mit meinen Bildern vorankomme. Jedenfalls steht sie noch mit ihren Kontaktdaten im Impressum. Nun hat ihr irgendein Christian Soundso geschrieben, dass er Interesse an meinem Comic hätte. Seine Nachricht hat sie mir weitergeleitet.«

Vanessa setzte sich kerzengerade in ihrem Bett auf und wedelte mit den Händen, damit Vigo weitersprach.

»Ich habe Malou gefragt, wer das sein soll, da wurde sie schon wieder giftig. Woher zum Teufel sie das wissen solle, hat sie gefragt. Ich müsste doch wissen, wo ich mich mit meinen Bildern bewerbe. Aber ich habe mich nirgends beworben, Käfer. Ich meine, mein *Clumsy Crumpet*-Comic ist noch nicht einmal fertig.«

Vanessa dachte darüber nach, wie geheimnisvoll Vigo mit

seinem neuen Projekt umgegangen war. Hätte sie die Bilder nicht herumliegen sehen, würde sie vermutlich bis heute nicht wissen, dass er wieder zeichnete.

Vanessa wollte ihren Bruder gerade fragen, wem er seine Bilder sonst noch gezeigt hatte, als ihr der gemeinsame Abend mit Trevor wieder einfiel. Trevor war von den Zeichnungen begeistert gewesen. Doch das war noch nicht alles! Vanessa fiel ein, dass Trevor irgendwann einen Wettbewerb erwähnt hatte, bei dem ein Christian neue Talente suchte. Ihr Herz begann plötzlich zu rasen.

»Wie hieß der Kerl, der die E-Mail geschrieben hat?«

»Christian irgendwie. Den Nachnamen habe ich mir nicht gemerkt.«

»Das gibt es doch nicht!« Vanessa sprang aus dem Bett und lief die drei Schritte zwischen Tür und Bett auf und ab. »Ich glaube, ich weiß, wer das ist«, sagte sie. »Kurz vor deiner Ankunft hier erzählte mir Trevor, dass ein Freund seines Vaters einen Wettbewerb ausgeschrieben hätte. Ein Typ namens Christian war auf der Suche nach neuen Comichelden. Ich hätte es dir erzählt, aber Einsendeschluss bei der Ausschreibung war bereits Ende November.«

Vigo sah seine Schwester fragend. »Und was haben meine Zeichnungen damit zu tun?«

Vanessa überlegte einen Augenblick, bevor sie antwortete. »Sicher bin ich natürlich nicht«, lenkte sie ein. »War nur so ein Gedanke, dass Trevor diesem Christian womöglich von deinem Comic erzählt hat.«

Vigo zog die Augenbrauen zusammen und ließ sie dann in die Höhe schnellen. »Du meinst … warte!«

Er holte sein Handy aus der Hosentasche und tippte eilig darauf herum. »Eigentlich wollte ich die Feiertage ohne E-Mails-Checken verbringen. Ich habe die Benachrichtigungen extra abgestellt.«

Vanessa stellte sich neben ihren Bruder und sah dabei zu, wie er seine E-Mails aufrief.

»Da«, sagte er. Dann bewegte er tonlos die Lippen, als wäre er ein Schulanfänger, der gerade das Lesen gelernt hatte. »Ich glaub, ich spinne!«

»Was?«

»Dieser Christian schreibt, er hätte meine Bilder gesehen und wäre mehr als beeindruckt. Nicht nur von der Art, wie ich zeichne, sondern auch von der Originalität meiner Geschichte. Er schreibt«, Vigo machte eine kurze Pause und begann dann, Christians Worte vorzulesen:

»›*Ich möchte unbedingt wissen, ob Clumsy Crumpet und Mr. Schmo wieder zusammenkommen und ob sie den Schurken ausschalten kann, der als angeblicher Whistleblower mit Fake News die Konflikte der Welt anheizt. Ich könnte mir vorstellen, eine Comicreihe nach dem klassischen Muster zu produzieren, sprich, wöchentlich eine neue Ausgabe – wenn Sie denn genug Ideen hätten.*‹«

»Du hast dich Mr. Schmo genannt? Schmo wie Trottel?«, grinste Vanessa.

Vigo zuckte gelassen mit den Schultern. »War wohl sehr

offensichtlich, dass ein bisschen was von Malou und mir in diesem Comic steckt, was?«

»Ach, fast gar nicht«, lachte Vanessa.

»Ich habe mich ja auch benommen wie ein Trottel. Da läuft eine daher, schmeichelt mir, und ich setze alles aufs Spiel, was Malou und ich hatten. Dümmer geht es nicht.«

»*Clumsy Crumpet und Mr. Schmo* – ganz im Ernst, Vig, das klingt großartig! Wer braucht da noch die Avengers, Spiderman oder die Guardians of the Galaxy?«

»Du spinnst ja.«

Vigo schüttelte den Kopf, und Vanessa wusste genau, dass er noch immer nicht daran glaubte, dass er das Zeug dazu hatte, der nächste Stan Lee zu werden.

Aufgeregt griff sie nach Vigos Händen. »Es ist egal, was du glaubst. Dieser Christian weiß offenbar, wovon er spricht, und er ist begeistert. Du solltest dich mit ihm in Verbindung setzen, finde ich.«

»Bleibt die Frage, woher er meine Bilder kennt?«

Vanessa zuckte mit den Schultern, obwohl sie eine leise Ahnung hatte, wie Christian an die Bilder gekommen sein könnte.

In diesem Moment ging offenbar auch Vigo ein Licht auf.

»Trevor!«, rief er. »Meine Bilder waren durcheinander, weißt du noch? Das war er! Handy raus, Fotos gemacht – hat sicher nicht länger als ein paar Minuten gedauert.«

Vigos Augen verengten sich, und es sah ganz danach aus, als wäre er kurz davor, richtig sauer zu werden.

»Du hättest dich nie getraut«, ergriff Vanessa Partei für Trevor. »Und Trevor hätte nie einfach Bilder gemacht und verschickt, wenn er diesem Christian nicht hundertprozentig vertrauen würde.«

»Er hätte mich fragen müssen!«, entgegnete Vigo.

Vanessa wusste, dass ihr Bruder recht hatte. Trevor hätte so vieles müssen, dachte sie, doch er war eben niemand, der Dinge tat, weil sie getan werden mussten.

»Ohne einen Schubs in die richtige Richtung wirst du noch in 100 Jahren vor deinen Bildern sitzen, die niemand kennt, weil du sie daheim hortest, Vig. Versuch es doch einfach. Wenn es schiefgeht, ist nichts anders als vorher: Du zeichnest unfassbar gut, und niemand weiß davon. Aber wenn es gut geht …« Vanessa machte eine bedeutungsvolle Pause.

»Was?«

»Dann kannst du vielleicht irgendwann vom Zeichnen leben«, beendete sie ihren Satz.

»Also gut, ich werde ihm in den nächsten Wochen mal schreiben«, sagte Vigo vage, doch Vanessa dachte nicht daran, ihn damit durchkommen zu lassen.

»Nicht in den nächsten Wochen. Jetzt!«, sagte sie, holte ihren Laptop hervor und reichte ihn Vigo. »Einfach anmelden und antworten. Ist ganz einfach, großer Bruder.«

Sie drückte ihm den Laptop in die Hand und setzte sich demonstrativ auf die Armlehne des Sessels, auf dem er inzwischen saß. Sie schlug die Beine übereinander, wippte theatralisch mit dem Fuß und seufzte in regelmäßigen Abständen, um Vigo verständlich zu machen, dass sie wartete.

»Nervensäge«, murmelte er, rief jedoch tatsächlich seine E-Mails auf und schrieb, dass er sich zwar gerade im Weihnachtsurlaub in Cambridge befände, zu Beginn des neuen Jahres jedoch wieder erreichbar wäre und sich auf ein Telefonat freue. Er ergänzte Telefonnummer und Adresse und klickte auf *Senden*.

»Zufrieden?«, fragte Vigo an Vanessa gewandt, die nun nachdrücklich nickte. Vigo klappte den Rechner zu und erhob sich.

»Dann lass ich dich jetzt mal schlafen«, sagte er und lief Richtung Tür. In dieser Sekunde gab sein Handy ein leises *Ping* von sich. Er zog es aus der Tasche, las und strahlte plötzlich über das ganze Gesicht.

»Was?«, fragte Vanessa.

»Eine Nachricht von Christian. Auf das neue Jahr warten ist nicht nötig. Er würde sich freuen, wenn wir uns gleich nach den Feiertagen treffen könnten. Silvester verbringt er in New York, bis dahin ist er noch in Cambridge. Er hat ein Treffen am 28. Dezember vorgeschlagen, denn er möchte auf jeden Fall verhindern, dass mich irgendein Konkurrent vor ihm in die Finger kriegt.«

Vanessa konnte nicht anders. Sie hüpfte zu ihrem Bruder und schlang die Arme um ihn. »Ich habe es immer gewusst, Vig. Du bist ein großartiger Künstler. Wirst schon sehen: Irgendwann reißt sich Hollywood um deine Stoffe.«

»Das muss gar nicht sein. Aber mein Hobby zum Beruf zu machen – das wäre einfach großartig!«

Vigo grinste, und seine Augen schimmerten. Dann gab er Vanessa einen dicken Kuss auf die Wange und flüsterte ihr »Danke, kleiner Käfer« zu.

»Nichts zu danken, mein Herz«, sagte sie und schob ihn zur Tür hinaus, bevor ihr noch vor Rührung die Tränen kamen.

Kapitel 21

Vanessa, 1. Weihnachtsfeiertag, Gegenwart

Vanessa rief sich ihre bisher erlebten Weihnachten ins Gedächtnis zurück und musste feststellen, dass es noch nie zuvor so chaotisch gewesen war wie in diesem Jahr.

Am ersten Weihnachtsfeiertag wurde Georginas Zuhause zum Tollhaus. Vanessa verlor irgendwann den Überblick über all die Menschen, die kamen und wieder gingen. Manche brachten Geschenke und blieben auf einen Punsch, andere hatte Georgina offenbar zum Weihnachtsessen eingeladen.

Das Gute an dem Chaos war, dass Vanessa kaum Zeit hatte, über Trevor nachzudenken. Seit sie seine Nummer gelöscht hatte, konnte sie sein Profilbild ohnehin nicht mehr anstarren.

Nach einem üppigen und viel zu lauten Weihnachtsessen verdrückte sich Vanessa auf ihr Zimmer. Georgina fing sie im Flur ab.

»Ganz schön viel Trubel, was?«, fragte sie.

Vanessa wollte nicht unhöflich sein, immerhin war sie seit Tagen Gast in Georginas Haus. »Ach was, ich brauche nur eine kleine Verdauungspause«, antwortete sie.

In ihrem Zimmer holte sie noch einmal den Gutschein

hervor, den sie von Vigo und Grandma geschenkt bekommen hatte. Beide hatten für ein Geschenk zusammengelegt, das nun, da ihr Studium näher rückte, immer wichtiger wurde: ein neuer Laptop. Der alte war inzwischen langsam, stürzte immer öfter ab, und die Buchstaben der Tastatur waren zum Teil so abgegriffen, dass sie nicht mehr zu entziffern waren.

Lächelnd schob sie den Gutschein, den Vigo selbst gezeichnet hatte, in ein Buch, das sie eigentlich als Urlaubslektüre eingepackt, aber noch nicht ein einziges Mal aufgeschlagen hatte. Stattdessen holte sie Katrinas Tagebuch hervor und schlug den Eintrag vom 10. Dezember 1967 auf.

Es war durchaus möglich, dass sie aufgrund der Lautstärke im Haus das Klopfen ihrer Grandma überhört hatte. Vielleicht war sie aber auch ohne anzuklopfen eingetreten.

Fakt war, dass ihre Grandma ihr nun gegenüberstand und wortlos und mit bleichem Gesicht auf das Tagebuch starrte.

Vanessa schluckte schwer und wartete darauf, dass sie ausrastete. Die Spannung zwischen ihnen war greifbar, und Vanessa hatte plötzlich ein unglaublich schlechtes Gewissen.

»Ich …«, begann sie, doch sie hatte beim besten Willen keine Ahnung, was sie sagen sollte. Eine Entschuldigung wäre jetzt ebenso unpassend wie irgendeine gestammelte Erklärung. Also klappte Vanessa den Mund wieder zu und wartete auf das Donnerwetter.

Doch überraschenderweise blieb genau das aus. Stattdessen ließ sich Katrina schwer auf den Sessel plumpsen.

»Woher hast du das?«, fragte sie und streckte die Hand nach ihrem Tagebuch aus.

»Von Georgina«, antwortete Vanessa und reichte es ihr.

»Ich hatte gehofft, dass sie es findet«, murmelte ihre Grandma leise. Dann schüttelte sie den Kopf, als wollte sie einen Gedanken loswerden, der ihr gerade gekommen war. »Hast du alles gelesen?«

»Den Eintrag vom 10. Dezember '67 noch nicht«, antwortete Vanessa wahrheitsgetreu. Dann gab sie sich einen Ruck und begann zu erklären. »Als wir uns an meinem Geburtstag so schrecklich stritten, habe ich eine Postkarte von einem Edward Stringer in der Holztruhe gefunden. Ich war so neugierig, und als ich dann das Foto von dir, Georgina, Isaac und diesem jungen Mann hier im Flur hängen sah …«

»Hast du eins und eins zusammengezählt«, beendete Katrina ihren Satz.

»Na ja, ich habe es versucht.«

»Und? Ist dir das gelungen?«, fragte Katrina, und Vanessa hatte plötzlich das Gefühl, als würde ihre Grandma den Atem anhalten.

In dieser Sekunde beschloss sie, noch nicht alles von dem preiszugeben, was sie bisher herausgefunden hatte. »Ich habe mir eingebildet, dass ich ihn vielleicht finden könnte. Aber das hat bisher nicht geklappt.« Dass sie inzwischen eine Ahnung hatte, wo sie suchen musste, behielt Vanessa für sich, denn noch konnte sie nicht einschätzen, ob ihre Grandma überhaupt wollte, dass er gefunden wurde.

»Verstehe.« Katrinas Gesicht war seltsam angespannt, die Farbe war noch immer nicht in ihre Wangen zurückgekehrt. Dann stand sie plötzlich auf.

»Ich hole deinen Bruder. Das, was ich zu sagen habe, ist für euch beide von Bedeutung, und es ist nichts, was du aus meinem Tagebuch erfahren solltest. Ich hätte schon viel früher mit euch reden müssen.«

Vanessa verstand kein Wort, doch sie nickte. Kurz darauf kam Katrina mit Vigo im Schlepptau zurück.

»Setz dich neben deine Schwester«, bat Katrina.

»Warum macht ihr denn so ernste Gesichter?«, fragte Vigo.

Anstelle einer Antwort schob Katrina den Sessel so zurecht, dass sie Vanessa und Vigo, die es sich auf dem Bett bequem gemacht hatten, genau gegenübersaß.

»Weil es ernst ist«, antwortete Katrina und schloss für einen kurzen Moment die Augen. »Wie viel hast du deinem Bruder erzählt?«

»Er weiß von der Postkarte und davon, dass es irgendwann einmal diesen Edward in deinem Leben gab.«

»Richtig«, bestätigte Katrina. Sie sah an ihren Enkeln vorbei, während sie begann, zu erzählen.

»Edward war die Liebe meines Lebens – so viel ist sicher. Mein Vater hatte '67 eine Gastprofessur in Cambridge, und ich lernte Edward im Hotel, in dem wir wohnten, kennen. Wir verliebten uns ineinander, und ich war sicher, dass unsere Liebe für immer halten würde.«

Ein bitterer Zug legte sich um Grandmas Mund, und sie seufzte. »Leider bin ich in einer Zeit groß geworden, in der Aufklärung nicht unbedingt üblich war, freie Liebe aber schon.«

Vanessa riss ihre Augen auf und starrte sie an. Erst jetzt schoss ihr durch den Kopf, worum es in den nächsten Minuten gehen könnte. Warum nur war sie da nicht selbst drauf gekommen? Sie hätte einfach nur nachrechnen und die Monate zählen müssen!

»Ich war gerade siebzehn Jahre alt, als ich schwanger wurde. Doch anstatt eine Lösung für mich und den Vater meines ungeborenen Kindes zu finden, bestand Maman darauf, Cambridge umgehend zu verlassen. Völlig überstürzt brach Papa seine Gastprofessur ab, und wir flogen zurück nach Winnipeg. Die Kurzfassung: Ich wurde umgehend verheiratet, um zu verhindern, dass mein Kind unehelich geboren wird.«

»Du machst Witze!«, rief Vigo, dem in diesem Moment aufging, worauf Katrina hinauswollte.

»Nein. Mein altmodischer, herrschsüchtiger Ehemann, den ich etwa zwei Jahre nach Victorias Geburt wieder verließ, wie ihr wisst, ist nicht der Vater eurer Mutter, sondern Edward. Das heißt …«

»Edward Stringer ist unser Großvater«, beendete Vanessa den Satz ihrer Grandma. Die nickte jetzt und sagte nichts mehr.

Tausende Gedanken schossen Vanessa durch den Kopf,

doch sie schaffte es nicht, sie zu sortieren. Ganz anders Vigo, der sofort nachhakte. »Du hast deinen Ehemann in dem Glauben gelassen, Mama wäre seine Tochter?«

»Anfangs schon. Doch irgendwann habe ich die Lügen nicht mehr ausgehalten. Ich wusste, dass ich mich von diesem Mann trennen musste, und ich wollte auf keinen Fall, dass er für eine Tochter aufkommen muss, die nicht seine war. Ich habe es ihm vor der Scheidung gesagt und auf jegliche finanzielle Unterstützung verzichtet.«

»Und Edward?«, fragte Vigo weiter. »Weiß er, dass es Mama gab und uns gibt?«

»Nein«, sagte Katrina leise. »Es gab keinen Weg mehr zurück. Was hätte ich ihm sagen sollen: Schau her, das ist dein Kind, das ich nie erwähnt habe?«

»Du hättest nach der Scheidung nach ihm suchen können!«, rief Vanessa aufgebracht.

»Das habe ich versucht, aber es war zu spät. Er war wie vom Erdboden verschluckt. Ich weiß bis heute nicht, was aus ihm geworden ist. Victoria war drei Jahre alt, als ich nach Cambridge zurückkam. Ich habe Georgie und Isaac besucht, aber auch sie hatten nie wieder etwas von Edward gehört. Ich weiß nicht einmal, ob er noch lebt.«

Beim letzten Satz schossen ihrer Grandma Tränen in die Augen, und zum ersten Mal erkannte Vanessa, wie sehr sie gelitten haben musste. Ihre eigene Tochter hatte ihren Vater nie kennengelernt, und selbst wenn sie Edward nun noch finden würden, wäre es dafür zu spät.

»Deswegen hatte ich solche Angst davor, nach Cambridge zurückzukehren«, erklärte Katrina mit tränenerstickter Stimme. »Die Erinnerungen schmerzen auch heute noch. Ich hätte so vieles anders machen müssen. Ich hätte mit Edward durchbrennen können. Uns wäre sicher irgendetwas eingefallen. Stattdessen habe ich mich wie ein Lämmchen verhalten und bin völlig verängstigt mit meinen Eltern nach Kanada zurückgekehrt. Es gab zig Chancen, die ich hätte ergreifen können: Nein sagen zur Trauung beispielsweise, oder ein Flugticket kaufen und noch mit Kind im Bauch zurück nach Europa fliegen. Doch ich war feige. Und je länger mein Schweigen dauerte, desto mehr war ich davon überzeugt, dass Edward mir niemals verzeihen würde.«

Vanessas Herz raste, und obwohl ihrer Grandma noch immer die Tränen liefen, schaffte sie es nicht, ihren Groll zu unterdrücken. Wie konnte es sein, dass ausgerechnet ihre starke Grandma diese fatalen Entscheidungen getroffen hatte?

Überraschenderweise war es Vigo, der nun einen Schritt auf Grandma zuging und sie in den Arm nahm.

»Du verlangst ganz schön viel von deinem Teenager-Ich«, sagte er und setzte sich zu ihr auf die Sessellehne. »Du warst siebzehn, schwanger und in einem fremden Land. Heute hättest du so gehandelt, aber damals? Ich bitte dich! Dein Vater ein Professor, deine Mutter eine angesehene Frau der besseren Gesellschaft. Selbst wenn du es versucht hättest, Grandma, deine Eltern hätten es nicht zugelassen. Das waren einfach andere Zeiten damals.«

Katrina lächelte schief und sah zu ihrer Enkelin. Vanessa hätte gern irgendetwas gesagt, doch sie konnte es einfach nicht.

Sie wurde plötzlich wütend.

Sie und Vigo waren in dem Glauben aufgewachsen, der Exmann ihrer Grandma wäre ihr Großvater, der sie nie hatte sehen wollen. Sie hatten ihre Eltern bei einem schrecklichen Autounfall verloren – spätestens da wäre ein liebevoller Großvater mehr als willkommen gewesen. Doch in all diesen Jahren hatte Grandma geschwiegen, und Vanessa war sich nicht sicher, ob sie dieses Geheimnis nicht auch mit ins Grab genommen hätte, wenn sie sich ein anderes Reiseziel zum Geburtstag ausgesucht hätte. Die Vorstellung, dass irgendwo in dieser Gegend ein Mann lebte, der ihr leiblicher Großvater war und den sie all die Jahre nie hatte kennenlernen dürfen, war zu viel für sie.

»Es tut mir leid, aber ich muss hier raus«, brachte sie mühsam hervor und stürzte an Vigo und ihrer Grandma vorbei und aus dem Zimmer.

Unten griff sie nach ihrer Jacke, schlüpfte in die Stiefel und verließ wortlos das Haus. Wie von selbst fanden ihre Füße den Weg zum Fluss. Als wollte das Wetter sie verhöhnen, begann es in diesem Augenblick auch noch zu schneien. Böiger Wind peitschte ihr die kalten Schneeflocken ins Gesicht, und Vanessa zog ihren Schal über Mund und Nase.

Sie blieb erst stehen, als sie die Bootsanlegestelle erreichte, an der sie zum ersten Mal auf Joseph, den Punter, getroffen war.

Vanessa lehnte sich an der menschenleeren Anlegestelle gegen das Geländer und starrte auf die Cam. Alles, was sie von hier an großartigen Erinnerungen hatte mitnehmen wollen, hatte sich ins Gegenteil verkehrt. Das Abenteuer, mit dem sie sich von Josh ablenken wollte, und die Reise, auf der sie vor allem ihren Eltern näherkommen wollte, bescherte ihr den schlimmsten Liebeskummer ihres Lebens. Das Geheimnis ihrer Grandma entpuppte sich als eines, das auch sie betraf. In diesem Augenblick hatte Vanessa plötzlich das Gefühl, nicht mehr zu wissen, wer sie war.

Eine Berührung am Bein ließ sie zusammenzucken. Ein schwarz-braun-weißer Beagle schnüffelte an ihren Stiefeln und wedelte fröhlich mit dem Schwanz, als Vanessa sich zu ihm hinunterbeugte.

»Wer bist du denn?«, murmelte sie leise, während sie ihn hinter dem Ohr kraulte.

»Sir Mortimer! Wirst du wohl Ihre Einsamigkeit in Ruhe lassen?«

Noch bevor Vanessa aufblickte, wusste sie, wer das Herrchen von Sir Mortimer war. »Joseph«, rief sie und rang sich ein Lächeln ab.

»Was machst du denn hier so allein?«, fragte er zurück. »Ich hätte schwören können, Trevor lässt dich keine Sekunde mehr aus den Augen.«

Vanessa lachte bitter auf und schwieg. Joseph zog wissend seine Augenbrauen hoch und nahm seinen aufgekratzten Hund an die Leine.

»Gehen wir doch ein Stück«, schlug er vor.

Eine Weile liefen sie schweigend nebeneinanderher, und Vanessa starrte unentwegt auf Sir Mortimer, der es sich offenbar zur Aufgabe gemacht hatte, jede Schneeflocke einzeln zu fangen.

»Wie gut kennst du Trevor, Vanessa?«, fragte Joseph schließlich, und zum ersten Mal benutzte er ihren richtigen Namen.

»Gar nicht, denke ich«, gab sie ehrlich zurück. »Abgesehen davon, dass er sich nicht sonderlich gut mit seinem Vater versteht und dass er irgendwann mal eine Beziehung hatte, die gescheitert ist, weiß ich nichts über ihn.«

»Er wollte die Feiertage nicht mehr mit dir verbringen?«, fragte Joseph weiter, als würde er einen Fragenkatalog abarbeiten.

»Er will überhaupt keinen Tag mehr mit mir verbringen. Wir waren auf dem Hausboot. Es war wunderschön. Wir fuhren zurück in seine WG. Es war wunderschön. Er lernte meinen Bruder kennen, wir schliefen gemeinsam ein, und danach war er fort.«

»Und dann?«

»Nichts und dann. Er hat mir noch bei einer Sache geholfen, die er mir versprochen hatte, dann war es vorbei.«

»Aus welchem Grund?«

»Das weiß ich nicht«, seufzte Vanessa. »Am Abend war alles in bester Ordnung. Am Morgen war er weg. Er hat mir nie erklärt, was ich falsch gemacht habe.«

»Nichts«, antwortete Joseph schlicht.

»Dann wäre er noch da, oder?«, fragte Vanessa zurück.

»Der Kreis schließt sich. Das war der Grund für die Frage, wie gut du Trevor kennst.«

Joseph blieb stehen, griff in einen kleinen Brustbeutel und zog ein Leckerli für Sir Mortimer hervor.

»Als ich Trevor kennenlernte, war er in übler Verfassung. Damals hatte er gerade eine Beziehung hinter sich, und er hat gelitten wie ein Hund. Entschuldige, Sir Mortimer!« Joseph tätschelte seinen Beagle und sprach weiter.

»Besagte Dame, Ihre Treulosigkeit in Person, hatte ein Studium in Edinburgh begonnen, und Trevor war überzeugt gewesen, sie würden die Entfernung überstehen. Er wollte sie überraschen, setzte sich ins Auto und fuhr zu ihr. Er lief in ihr Wohnheim und rief sie vom Treppenhaus aus an. Sie erklärte ihm, dass sie ihn vermissen und sich auf das nächste gemeinsame Wochenende freuen würde. Er war unglaublich aufgeregt, denn er wusste ja, dass er sie in weniger als zwei Minuten sehen würde. Jedenfalls klopfte er an ihrer Tür, und sie sagte, dass es geklopft hätte. Wenn ich mich richtig an Trevors Worte erinnere«, fuhr Joseph langsam fort, »sagte er noch zu ihr: *Dann solltest du wohl die Tür öffnen*. Und das tat sie.«

Joseph schwieg plötzlich, und Vanessa blieb stehen. »Und weiter?«, fragte sie, obwohl sie längst ahnte, wie die Geschichte ausgehen würde. »Sie war nicht allein, oder?«

Joseph schüttelte den Kopf. »Nein. Sie stand mit offenem Mund in der Tür und begann zu stammeln. Hinter ihr stand ein angeblich guter Freund, nur mit Boxershorts bekleidet. Trevor hatte sie mit seinem Anruf geradewegs aus der Kiste geholt.«

Vanessa schluckte schwer und versuchte, das aufkommende Mitleid für Trevor zu unterdrücken. Sie erinnerte sich nur zu gut daran, wie verraten sie sich gefühlt hatte, als Vigo ihr seine Story auf Instagram gezeigt hatte, in der Josh mit diesem anderen Mädchen zu sehen war. Es hatte unendlich wehgetan, obwohl ihre Beziehung längst abgekühlt war. Wie musste es dann erst Trevor gegangen sein, der im Vertrauen darauf, seiner großen Liebe eine Freude zu machen, so hintergangen worden war?

»Das muss schrecklich gewesen sein«, sagte Vanessa.

»War es«, antwortete Joseph. »Ich habe ihn hier am Geländer aufgegabelt. Während ich mich um die Boote kümmerte, hatte er stundenlang aufs Wasser gestarrt, ohne sich zu rühren.«

Vanessa riss entsetzt die Augen auf, doch Joseph, der ihre Gedanken erriet, winkte kopfschüttelnd ab.

»Nein, etwas antun wollte er sich nicht. Keine Sorge, das gehört nicht zu Trevors Wesen. Aber er sah so beschissen aus, dass ich ihn gezwungen habe, einen Tee mit mir zu trinken. Wir haben uns über Belanglosigkeiten unterhalten, und dann ging er wieder. Von da an kam er öfter vorbei, und irgendwann vertraute er mir diese Geschichte an. Ich überredete ihn, ebenfalls als Punter zu arbeiten, was er auch eine Weile tat. Wir wurden Freunde – der Rest ist Geschichte.«

Vanessa blieb stehen und sah Joseph traurig an. »Es tut mir leid, dass er so etwas erleben musste. Aber ich bin nicht sie. Mich hat er nicht mit einem anderen im Bett erwischt. Er hat mich verlassen, ohne mir zu sagen, warum.«

»Du bist Kanadierin«, sagte Joseph, als würde dies als Erklärung ausreichen.

»Das wusste er von Anfang an, und er hat sich trotzdem auf uns eingelassen.«

Joseph nickte. »Das stimmt, Eure Weisheitigkeit.« Jetzt lachte er wieder, und ein verschmitztes Funkeln trat in seine Augen. »Du wirst wohl noch einmal mit ihm reden müssen.«

Vanessa schüttelte traurig den Kopf. »Das habe ich versucht, doch er ist mir ausgewichen. Mein Urlaub hier ist bald zu Ende, ich habe nicht vor, ihn noch einmal zu treffen.«

Joseph schüttelte den Kopf, als wäre er nicht überzeugt, sagte jedoch nichts mehr.

Wenig später verabschiedeten sie sich wieder, und Vanessa machte sich auf den Rückweg.

Das Gespräch mit dem Punter hatte ihr gutgetan. Zumindest hatte sie nun eine mögliche Erklärung dafür, warum Trevor vor einer Beziehung zurückgeschreckt war. Sie verstand ihn sogar irgendwie. Auch sie hatte Angst gehabt vor dem Moment, in dem ihr Urlaub hier vorüber sein würde. Doch Trevor hatte lange vor diesem Augenblick alles zerstört, was zwischen ihnen so besonders gewesen war.

Kapitel 22

Katrina, 1. Weihnachtsfeiertag, Gegenwart

Als Vanessa den Raum verließ, schloss Katrina sekundenlang die Augen und versuchte, sich vor Vigo, der im Gegensatz zu seiner Schwester Verständnis gezeigt hatte, nichts anmerken zu lassen.

Katrina war am Boden zerstört, doch in diesem Moment blieb ihr nichts weiter übrig, als abzuwarten und zu hoffen, dass Vanessa einen Schritt auf sie zugehen würde. Nur zu gut verstand sie, was in ihrer Enkelin vorging: Wut, Trauer, Fassungslosigkeit – vermutlich war es von allem etwas. Katrina hatte immer gewusst, dass dieser Tag kommen würde, doch sie hatte ihn vor sich hergeschoben.

In das Gefühl von Erleichterung darüber, dass ihre Enkel nun Bescheid wussten, mischte sich Angst. Was, wenn Vanessa ihr diese Lüge nicht verzieh? Vigo und Vanessa waren nach dem Tod ihrer Tochter für sie fast zu eigenen Kindern geworden. Sie hatte versucht, den beiden Kraft und Sicherheit zu geben, doch sie wusste ganz genau, dass das auch umgekehrt galt: Ohne Vanessa und Vigo hätte sie damals selbst jeden Halt verloren.

»Keine Sorge, Grandma«, unterbrach Vigo ihre Gedanken, »Nessie beruhigt sich auch wieder.«

Katrina sah ihn zweifelnd an. »Meinst du?«

»Ganz sicher. Das Einzige, womit du nun rechnen musst, ist, dass sie nicht eher ruhen wird, bis sie deinen Edward gefunden hat.«

»Er ist schon lange nicht mehr mein Edward«, seufzte Katrina. Sie dachte über Vigos Worte nach und spürte einen Anflug von Nervosität. Ihre Enkelin war ein aufgewecktes Mädchen, und sie traute ihr durchaus zu, dass sie sich auf die Suche nach Edward machte. Würde sie womöglich schaffen, was ihr selbst nicht gelungen war?

Katrina schob den Gedanken beiseite. Die Geschichte mit Edward war über ein halbes Jahrhundert her und heute nicht mehr von Bedeutung. Doch Vanessa bedeutete ihr alles, sie musste einen Weg finden, sich mit ihr auszusöhnen.

»Ich werde mal wieder nach unten gehen«, sagte Katrina. »Sobald es ruhiger im Haus wird, steht wohl auch noch ein Gespräch mit Georgie aus. Immerhin hat sie mein Tagebuch an sich genommen.«

»Bist du sauer auf sie?«, wollte Vigo wissen.

Katrina schüttelte nachdrücklich den Kopf. »Nein. Ich hatte es ja mit Absicht unter der Matratze liegen lassen. Ich hoffte, dass sie es lesen und Edward Bescheid geben würde, damit er wie ein Ritter in glänzender Rüstung kommen und mich retten würde.«

Vigo griff nach Katrinas Händen. »Grandma: Es tut mir leid, dass du das durchmachen musstest. Das muss hart gewesen sein.«

Katrina spürte die aufsteigenden Tränen und schluckte. »Es war, wie es eben war. Ich hoffe nur, deine Schwester verzeiht mir irgendwann.«

Kapitel 23

Vanessa, 2. Weihnachtsfeiertag, Gegenwart

Vanessa sah ihre Grandma erst beim Frühstück wieder. Sie hatte sich am Weihnachtsabend unbemerkt zurück ins Haus geschlichen. Als sie am Boxing Day Georginas geräumige Wohnküche betrat, saß Grandma bereits mit Georgina am Tisch und frühstückte.

»Morgen«, sagte Vanessa und griff nach der Kaffeekanne.

»Morgen, Liebes«, gab Georgina zurück und erhob sich, obwohl sie ihr Marmeladentoast nur angebissen hatte. »Mir fällt gerade ein, dass ich noch …« Sie beendete ihren Satz nicht, denn sie alle wussten, dass sie nicht das Geringste zu tun hatte, sondern Vanessa und Katrina nur Gelegenheit geben wollte, sich auszusprechen.

»Wie geht es dir?«, fragte Katrina vorsichtig.

»Besser. Ich brauchte einfach Zeit für mich. Erst die Geschichte mit Trevor, dann das. Ich musste mich sortieren, Grandma.«

»Ich wusste einfach nicht, wie ich euch das sagen sollte, Nessie. Welche Worte reichen schon aus, um meinen fast erwachsenen Enkeln zu erklären, dass ich ihnen ein Leben lang etwas vorgemacht habe? Ihr hattet eure Eltern verloren.

Wenn ich euch da von ihm erzählt hätte, wäre Hoffnung auf einen Großvater aufgekeimt, die sich womöglich nicht erfüllt hätte. Außerdem ist es nicht gerade einfach, eine solche Lebenslüge zu beichten. Es tut mir unendlich leid.«

»Es gibt nichts, wofür du dich entschuldigen müsstest, Grandma. Fünfzig Jahre später mit erhobenem Zeigefinger dazusitzen, ist nicht gerade fair. Was weiß ich schon von der Situation, in der du damals gesteckt hast?«

Ihre Grandma lächelte und schluckte, bevor sie antwortete.

»Ich vergesse immer wieder, wie großartig meine Enkel sind«, sagte sie leise.

In diesem Moment hatte Vanessa das unbändige Bedürfnis, ihrer Grandma Halt zu geben. Sie stand auf, zog Katrina von ihrem Stuhl und nahm sie in den Arm. »Ich hab dich lieb.«

Vanessa sah die Tränen, die ihrer Grandma in den Augen standen.

»Was ist denn jetzt mit unserer Shoppingtour?«, lenkte sie deshalb das Gespräch auf ein unverfänglicheres Thema.

»Machen wir, würde ich sagen«, antwortete Katrina. »Aber nicht, ohne vorher gefrühstückt zu haben.« Katrina wandte das Gesicht zur Küchentür und rief nach Georgina. »Kannst deinen Toast fertig essen, Georgie.«

»Wogen geglättet?«, brüllte Georgina zurück, die die Pause für eine Zigarette auf der Terrasse genutzt hatte.

»Alles in Butter«, brüllte Vanessa – mit dem Ergebnis, dass Isaac polternd die Treppe runterkam.

»Geht's noch, Ladys?«, brummte er. »Wie könnt ihr Hühner um diese Uhrzeit schon so einen Krach machen?«

Georgina wuschelte ihm durch seinen Bart, dann besprachen sie, wo sie wohl am besten mit ihrer Einkaufstour beginnen sollten.

Die Shoppingtour war anstrengender als erwartet. Vanessa stellte erstaunt fest, dass der Kundenandrang am Boxing Day fast noch schlimmer war als an den Tagen vor dem Fest. Der Anzug für Vigo war schnell gefunden, doch Grandma und sie selbst waren auch im dritten Geschäft noch nicht fündig geworden. Nach zweieinhalb Stunden verabschiedete sich Vigo entnervt mit den Worten, dass er sich noch auf das Treffen mit Christian vorbereiten wollte.

»Ich wusste gar nicht, dass Vigo hier Freunde hat«, sagte Katrina, während sie die vierte Boutique betraten.

»Hat er auch nicht. Dieser Christian ist in der Buch- oder Comicbranche. So genau weiß ich das gar nicht. Aber er interessiert sich für Vigos neuen Comic.«

In kurzen Worten brachte Vanessa ihre Grandma auf den neuesten Stand. Am Ende war sie so aufgeregt, als ginge es um ihre eigene berufliche Karriere.

»Das ist eine Wahnsinnschance!«

»Sehe ich auch so«, antwortete Vanessa. Dann rief sie plötzlich: »Da!«

Katrina folgte dem Finger ihrer Enkelin und sah, dass sie auf eine Schaufensterpuppe deutete, die ein dunkelgraues

Tüllkleid trug. Ein weit schwingender Rock ging bis über die Knie. Das Oberteil war schulterfrei und wurde nur von einem Band im Nacken gehalten. Katrina lief um die Puppe herum und gab einen leisen Pfiff von sich.

»Nessie, der Rückenausschnitt ist unglaublich! Das ist ganz klar DEIN Kleid.«

Ohne zu zögern bat Vanessa die nächste Verkäuferin, die richtige Größe herauszusuchen, und als sie in dem Kleid vor ihrer Grandma stand, klatschte diese begeistert in die Hände.

»Gekauft«, sagte Katrina. »Und ich bin auf der Suche nach einem hübschen Hosenanzug. Leger, aber chic, vielleicht was in Creme mit einem farbigen Oberteil?«, fragte Katrina die Verkäuferin, die sie nickend und quasselnd zu einem passenden Modell führte.

Nachdem sie ihre Einkäufe beendet hatten, liefen sie durch Parker's Piece, einen weitläufigen Park, zurück zur Bushaltestelle. Parker's Piece war im Sommer sicher wunderschön und voller Menschen, überlegte Vanessa. Um diese Jahreszeit lag er allerdings, abgesehen von einigen Fußgängern, wie ausgestorben vor ihr. Die tief stehende Sonne blendete Vanessa. Schützend hob sie sich die flache Hand über die Augen und sah sich um. In einiger Entfernung entdeckte sie ein Pärchen, das ihre Aufmerksamkeit erregte.

Vanessas Hände waren plötzlich eiskalt, und ihr wurde übel. Der Kerl, der da so liebevoll über den Rücken der Frau strich, sah aus wie Trevor! Die Größe, die Haare – selbst der Gang sah nach ihm aus.

Vanessa drehte sich zu ihrer Grandma, die das Pärchen jedoch nicht bemerkt hatte und gerade ihr Handy zückte. Kurz darauf plapperte sie aufgeregt mit Georgina.

In Vanessas Kopf drehte sich alles. Konnte das wirklich Trevor sein? Vielleicht war diese Frau ja doch die Anruferin im *The Ivy* gewesen, und er hatte sie einfach nur eiskalt angelogen? Wie konnte sie nur so dumm sein! Natürlich hatte ein Kerl, der so aussah und einen solchen Charme besaß, eine Freundin. Nach ihrer Nacht auf dem Hausboot hatte ihn vielleicht einfach nur das schlechte Gewissen gepackt.

Was Joseph ihr erzählt hatte, mochte ja stimmen. Aber vielleicht hatte genau diese alte Geschichte dazu geführt, dass er es heute mit der Treue nicht mehr so genau nahm?

Vanessa ertrug den Anblick der beiden, die jetzt auch noch stehen blieben und sich küssten, nicht mehr. Abrupt drehte sie sich um und hakte sich bei ihrer Grandma unter. Ihre gute Laune, die sie dank der Shoppingtour gerade erst wiedergefunden hatte, war auf einen Schlag verschwunden.

Aber immerhin hatte sie nun eine Erklärung für all das, was Trevor bisher gesagt oder getan hatte. Es war durchaus möglich, dass er sie mochte, dass ihm die Anziehung zwischen ihnen nicht entgangen war. Aber er war vergeben. Ihm blieb nichts weiter übrig, als sie abzuservieren, denn alles andere wäre niederträchtig. Nach wunderschönen zwei Tagen und Nächten hatte ihn die Realität eingeholt, und er hatte Vanessa von sich gestoßen, bevor sich mehr zwischen ihnen entwickeln konnte.

Vanessa hatte genug. Sie wollte nichts und niemanden mehr sehen, sich in ihrem Zimmer verkriechen, Netflix an- und ihre Gedanken abschalten. Eine legendäre Silvesterparty war jedenfalls das Allerletzte, wonach ihr im Moment der Sinn stand.

Kapitel 24

Vanessa, Silvester, Gegenwart

Die Tage nach Weihnachten verliefen wieder in ruhigeren Bahnen. Die Aussprache mit ihrer Grandma hatte Vanessa nur noch mehr darin bestärkt, Edward Stringer zu finden. Sie hatte einen Großvater – war das zu fassen? Grandma hatte immer nur abfällig von ihrem Exmann gesprochen. Vanessa hatte sich zwar einen Opa gewünscht, doch nach den wenig schmeichelhaften Beschreibungen ihrer Grandma war es ganz sicher nicht deren Exmann gewesen.

Sie dachte an die Informationen, die sie von Milton Wright und Steven bekommen hatte, und war sich sicher, dass sie kurz davor war, ihrem echten Opa gegenüberzutreten.

Ausgerechnet am Vormittag des letzten Tages im Jahr hielt sie es nicht mehr aus. Nach dem Frühstück verkroch sie sich in ihrem Zimmer, suchte die Telefonnummer von *Greystone Manor* heraus und rief dort an.

Während es klingelte, kam Vanessa der Gedanke, dass sie sich vielleicht vorher hätte überlegen sollen, was sie sagen wollte. Sollte sie einfach nach einem Edward fragen? Aber was, wenn mehrere Mitarbeiter so hießen? Und brachte es noch etwas, den alten Nachnamen zu erwähnen?

Genau in diesem Moment ging jemand ans Telefon.

»Willkommen in *Greystone Manor*«, sagte eine weibliche Stimme. Vanessa wollte gerade antworten, als ihr klar wurde, dass sie lediglich einen Anrufbeantworter an der Strippe hatte. Die freundliche Stimme erklärte ihr, dass das Hotel derzeit ausgebucht wäre und erst nach Neujahr neue Buchungen vorgenommen werden könnten.

Für den Moment blieb Vanessa also nichts weiter übrig, als sich bis zum 2. Januar zu gedulden.

Im Laufe des Tages nahm Vanessas Nervosität zu. Trotz ihres Kummers freute sie sich nun doch auf den Silvesterball und war gespannt darauf, Finley Chapman kennenzulernen.

Ob er mit ihr über Trevor sprechen würde? Vanessa schüttelte entnervt den Kopf, als ihr aufging, in welche Richtung ihre Gedanken schon wieder abdrifteten. Inzwischen hatte sie seit über einer Woche kein Wort von Trevor gehört. Er hatte sie längst aus seinem Leben gestrichen, während sie noch immer darauf hoffte, ihn vor ihrer Abreise in der nächsten Woche noch ein letztes Mal zu sehen – wohl wissend, dass das ihren Kummer nur verschlimmern würde. Als würde ein weiteres Treffen irgendetwas an seiner Entscheidung ändern.

Nach einem kleinen Mittagsschlaf nahm sich Vanessa ausgiebig Zeit, um sich für den Silvesterball vorzubereiten. Wenn sie schon mit gebrochenem Herzen ins neue Jahr rutschen musste, dann wollte sie dabei wenigstens so gut wie möglich aussehen.

Sie nahm ein heißes Bad und kleisterte ihren Kopf mit einer nach Vanille duftenden Kur von Georgina ein. Anschließend föhnte sie ihre Haare in Form und entschied währenddessen, dass sie diesmal nicht ihre Lippen, sondern ihre Augen betonen würde. Da sie in Sachen Make-up nicht sonderlich talentiert war, rief sie ein YouTube-Tutorial für Smokey Eyes auf und gab ihr Bestes – was sie geschlagene zwei Stunden kostete.

Am Ende gefiel ihr, was sie sah, und für einen winzigen Augenblick wünschte sie sich, Trevor könnte sie so sehen.

Finley Chapman war auf die Minute pünktlich. Als Vanessa die Treppe hinunterkam, standen Vigo und Katrina bereits abmarschbereit im Flur.

Finley sah zu ihr hoch, und Vanessa bemerkte, wie seine Augenbrauen in die Höhe schnellten. Er fing sich jedoch schnell wieder, gab Vanessa die Hand und stellte sich höflich vor.

»Ich bin Finley, freut mich, dich endlich zu treffen, Vanessa. Und gestatte mir den Satz: Trevor ist ein Idiot.«

Vanessa lächelte schief. »Danke.«

Am liebsten hätte sie ihn auf der Stelle über Trevor ausgequetscht, doch sie hielt sich zurück. Stattdessen versuchte sie, herauszufinden, was genau sie an diesem Abend erwarten würde.

Finley dachte allerdings nicht daran, ihr irgendetwas zu verraten. »Überraschung«, antwortete er geheimnisvoll. Dann hielt er Grandma und ihr galant die Tür zu seinem Auto auf, während Vigo auf der Beifahrerseite einstieg.

Sie fuhren fast dreißig Minuten, bis ein Schild an der Straße Vanessa aufschreckte.

Greystone Manor?

Das konnte doch unmöglich ein Zufall sein! Vanessas Herz begann zu rasen. Sie lehnte sich nach vorn und stupste Finley vorsichtig an.

»Wo genau ist der Ball, sagtest du?«, fragte sie ihn.

»Ich sagte gar nichts. Du wirst dich gedulden müssen.«

Im Rückspiegel grinste er sie breit an und zwinkerte ihr dann zu, als gäbe es eine geheime Abmachung zwischen ihnen.

Sie fuhren eine lange, kiesbedeckte Auffahrt hinauf, und Vanessa drückte sich die Nase an der Scheibe platt. Es war inzwischen längst dunkel und Weg und Gebäude nur von vereinzelten Laternen beleuchtet.

Verstohlen sah sie zu Katrina, die das Gebäude vor ihnen jedoch nicht als das auf ihrer alten Postkarte zu erkennen schien. Wie auch? Es lag im Halbdunkel und war inzwischen renoviert worden.

Sie stiegen aus, liefen die steinernen Stufen zum Eingang hinauf und betraten eine hell erleuchtete Halle. Vanessa lief voran. Sie gaben ihre Jacken ab und gingen auf eine geöffnete Flügeltür zu, aus der Musik und Stimmengewirr drang.

Vigo bemerkte sie als Erster.

»Was zum Teufel …«, sagte er leise, und als Vanessa ihn fragend ansah, deutete er nach links. Sie stand mit dem Rücken zu ihnen, doch ihr Lockenkopf war unverkennbar. Malou.

»Hier stimmt was nicht«, flüsterte Vanessa ihrem Bruder zu.

»Was du nicht sagst«, flüsterte er zurück. »Scheiße, jetzt ist mir kotzübel.«

»Was ist denn los?«, fragte Katrina, die Vigos letzten Satz gehört hatte.

»Malou ist los«, antwortete Vanessa und zeigte auf die Exfreundin ihres Bruders, die sich genau in diesem Moment umdrehte.

Vanessa sah zwischen ihrem Bruder und Malou hin und her, und als sie bemerkte, wie die Gesichter der beiden plötzlich zu leuchten begannen, wäre sie Malou am liebsten um den Hals gefallen.

Vanessa hatte keine Ahnung, wie die Exfreundin ihres Bruders hierhergekommen war, doch ihr Lächeln sprach Bände: Dieses Mädchen liebte ihren Bruder!

Vigo sah Vanessa völlig verdutzt an. In seiner Mimik spiegelten sich Tausende Fragen, doch auch sie konnte nicht viel mehr tun, als mit den Schultern zu zucken. Ohne ein weiteres Wort ließ er sie stehen, und keine drei Sekunden später lagen er und Malou sich in den Armen.

»Wir sollten Hallo sagen«, sagte Vanessa, die vor Neugier fast platzte.

»Nichts da!«, antwortete Katrina. »Das ist deren Moment. Du neugieriges Ding wirst dich schön gedulden!«

Finley, der das Auto inzwischen geparkt hatte, gesellte sich wieder zu ihnen. »Möchtet ihr was trinken?«, fragte er fröhlich und hakte sich bei Vanessa und ihrer Grandma unter.

»Ich würde viel lieber wissen, was hier los ist«, zischte Vanessa ihm ins Ohr, doch auch diesmal grinste er nur wissend, und anstelle einer Antwort deutete er mit dem Zeigefinger auf einen gut gekleideten Herrn, der in diesem Augenblick auf eine kleine Bühne und vor ein Mikrofon trat.

»Der Gastgeber«, sagte Finley, legte den Kopf schief und sah sie abwartend an.

Vanessa kniff die Augen zusammen, um das Gesicht des Mannes genauer sehen zu können, doch sie standen zu weit von der Bühne entfernt. Während der Herr das Mikrofon auf seine imposante Größe einstellte, nahm sich Vanessa vor, ihn höchstpersönlich noch im Laufe des Abends anzusprechen und über Edward Stringer auszufragen.

»Guten Abend, werte Herrschaften«, tönte plötzlich eine tiefe, warme Stimme durch den Saal. Katrina, die ihren Blick bis zu diesem Moment fest auf Vigo und Malou geheftet hatte, wandte sich plötzlich um. Vanessa bemerkte, wie die Farbe langsam aus dem Gesicht ihrer Grandma wich. Mit einem schnellen Satz war sie neben ihr.

»Alles in Ordnung, Grandma?«, fragte sie besorgt.

Doch Katrina antwortete nicht. Wortlos griff sie nach Vanessas Hand und drückte sie so fest, dass es wehtat.

»Mein Name ist Edward Harmsworth, und ich bin heute Abend Ihr Gastgeber. Ich wünsche uns allen ein rauschendes Fest! Mögen sich die Geister der Vergangenheit in die Träume unserer Zukunft verwandeln.«

Kapitel 25

Katrina, Silvester, Gegenwart

Das schmerzhafte »Autsch« ihrer Enkelin ließ Katrina wieder zu sich kommen. Sie lockerte ihren Griff und murmelte eine Entschuldigung, ohne den Mann auf der Bühne aus den Augen zu lassen.

Wie durch dicken Nebel hörte sie Vanessa, die ihren Fahrer Finley fragte, was hier los sei.

»Erst Malou, jetzt Edward. Das ist doch kein Zufall mehr.«

»Wohl kaum«, gab Finley ihr recht. Dann wandte er sich ab und verschwand in Richtung Bar. Vanessa und Katrina bahnten sich einen Weg durch die Menge und blieben schließlich wenige Meter vor der Bühne stehen.

»Er ist es«, flüsterte Katrina.

»Bist du dir ganz sicher?«, fragte Vanessa.

»Ja«, sagte sie ohne weitere Erklärungen.

Sie war sich mehr als sicher. Seine Stimme jagte durch ihren Körper, als würde sie unter Strom stehen. Sie konnte ihre Augen nicht von ihm abwenden und bemerkte, dass er sich suchend in der Menge umsah. Dann blieb sein Blick an Katrina hängen, und ein Lächeln huschte über sein Gesicht.

Sie wusste, dass auch er sie erkannt hatte. Und nicht nur das. Er hatte die Menge nach ihr abgesucht, was bedeutete, dass er gewusst haben musste, dass sie heute unter den Gästen sein würde.

Katrina wandte sich zu ihrer Enkelin um. »Warst du das?«, fragte sie, doch Vanessa schüttelte den Kopf.

»Ich schwöre dir, dass ich keine Ahnung habe, was hier los ist, Grandma.« Vanessas Augen sahen an Katrina vorbei. Dann flüsterte sie ihr zu: »Ich lass dich dann wohl mal allein«, und verdrückte sich.

Katrina stand regungslos da und wagte nicht, sich umzudrehen. Sie wusste genau, dass Edward auf dem Weg zu ihr war.

»Hey, Foxy Lady«, brummte seine sonore Stimme plötzlich neben ihr.

Sofort schossen Katrina Tränen in die Augen. Sie wandte sich ihm zu und schaffte es nicht, ihn zu begrüßen. Wortlos sahen sie sich an.

Seine Augen strahlten noch immer die gleiche Wärme aus, doch seine Züge hatten auch etwas Melancholisches. Falten lagen um seine Augen, und seine Haare waren inzwischen genauso grau wie ihre eigenen.

»Hast dir länger Zeit gelassen als gedacht.« Edwards Satz klang gelassen, doch der Schmerz, der plötzlich in seinem Gesicht lag, war nicht zu übersehen.

Sie war nicht mal eben einen Abend lang bei einer Freundin versackt. Zwischen ihrem letzten Treffen und heute lagen über fünfzig Jahre, und die hatten bei ihm genauso Spuren hinterlassen wie bei ihr.

Noch immer brachte Katrina kein Wort über die Lippen. Edward schien zu spüren, was in ihr vorging, denn er legte behutsam seine Hand auf ihre Wange. Katrina schmiegte sich in seine Handfläche und legte ihre Hand auf seine.

»Lass uns nach nebenan gehen«, schlug er vor. Katrina nickte und ließ zu, dass er sie an der Hand nahm und in einen Nebenraum führte, der offenbar als Büro genutzt wurde. Edward deutete auf ein dunkelrotes Ledersofa, und Katrina setzte sich. »Möchtest du was trinken?«, fragte er.

»Wasser bitte.«

Er nickte und griff nach einer Karaffe, die auf einem Beistelltisch stand. Katrina war noch immer damit beschäftigt, ihre Gedanken zu sortieren.

Er war es wirklich.

Er stand vor ihr und goss Wasser in ein Glas. Und das Erste, was sie nach all den Jahren zu ihm sagte, war »Wasser bitte«. Ihre Gedanken fuhren Karussell, und nichts, was sie sich an Worten in ihrem Kopf zurechtlegte, war passend genug, um laut ausgesprochen zu werden.

»Tut mir leid, dass dich das alles hier so aus der Fassung bringt. Aber ich hatte befürchtet, dass du nicht kommst, wenn du vorgewarnt worden wärst.«

»Ich verstehe gar nichts, Edward«, sagte Katrina leise.

»Verständlich. Ich bin auch aus allen Wolken gefallen, als ich erfuhr, dass du wieder in Cambridge bist.«

Katrina hatte plötzlich das Gefühl, keine Luft mehr zu kriegen. Sie musste loswerden, was sie all die Jahre mit sich herumgeschleppt hatte. Jetzt sofort!

»Vanessa und Vigo sind deine Enkel«, sagte sie ohne jede Einleitung. Zu ihrer Überraschung nickte Edward.

»Du weißt von ihnen?«

»Seit ein paar Tagen, ja.«

»Es tut mir so leid, Edward«, sagte sie schließlich und konnte nicht verhindern, dass ihr schon wieder Tränen in die Augen traten.

»Mir auch«, gab er zurück.

»Dir tut es leid?«, fragte Katrina. »Wie können dir meine Fehler leidtun? Ich habe dein Leben ruiniert und dich um deine Tochter gebracht. Ich werde nie wiedergutmachen können, was ich dir angetan habe.«

Edward sah Katrina abwartend an und schwieg.

»Ich hätte niemals gehen dürfen. Ich wusste, dass ich schwanger war, und hätte mich meinen Eltern widersetzen müssen. Wenn ich nur mit dir geredet hätte. Wir hätten eine Lösung gefunden, und alles wäre anders gekommen.«

Edward lief in seinem Büro auf und ab. »Wir haben beide Fehler gemacht. Ich habe ein Jahr nachdem du nach Winnipeg zurück bist geheiratet und den Namen meiner damaligen Frau angenommen, nur um sicherzugehen, dass du mich nie wiederfindest. Ich war ziemlich sorgfältig darin, mich unsichtbar zu machen.«

»Hast du Kinder?«, fragte Katrina unvermittelt.

»Nein. Meine Frau war stinkreich und – mit Verlaub – ein Flittchen. Irgendwann habe ich den Überblick über all ihre Seitensprünge verloren. So ist das wohl, wenn man mit dem goldenen Löffel im Mund geboren wird und sich niemals für irgendetwas verantworten muss. Als ich ihr sagte, dass ich mich scheiden lassen würde, haben ihre Eltern mich dafür bezahlt, den Mund zu halten. Sie waren sicher, dass die Boulevardpresse sofort anklingeln und nach schmutzigen Details fragen würde, und sie hatten recht. Die Familie meiner Exfrau gehörte zu einer Generation neureicher Engländer, die beim alteingesessenen Adel nicht sonderlich beliebt war. Die Zeitungen hätten sich auf die Geschichte gestürzt und sie sicher monatelang breitgetreten. Ich habe mich auf diesen Deal eingelassen, denn er führte dazu, dass ich dieses Anwesen kaufen und mir meinen Traum von einem eigenen Hotel erfüllen konnte.«

»Und du hast deinen Nachnamen nicht wieder angenommen?«, fragte Katrina.

»Das gehörte zum Deal dazu. Auf diese Art erweckten wir den Eindruck, dass wir uns einvernehmlich und im Guten getrennt hätten.«

»Verstehe«, seufzte Katrina. »Ich hatte keine Ahnung. Deine Tochter Victoria war zwei Jahre alt, als ich mich endlich zur Scheidung durchrang. Ich kam hierher zurück, um dich zu finden. Hätte ich nur gewusst, dass du zu dieser Zeit schon einen anderen Nachnamen trugst …«

Edward machte plötzlich einen Schritt auf Katrina zu

und zog sie vom Sofa hoch. Dann nahm er ihren Kopf zwischen seine Hände und sah sie fest an.

»Und nun?«, fragte er mit belegter Stimme.

Katrina hätte ihm gern gesagt, dass sie sich nichts mehr wünschte, als ab sofort jeden Tag mit ihm zu verbringen. Sie wollte, dass er seine Enkelkinder kennenlernte, wenn ihm schon die Tochter versagt geblieben war. Doch sie wusste, dass diese Wünsche egoistisch waren.

»Laut, Katrina. Du musst es aussprechen, wenn du willst, dass ich dich höre.«

Er lächelte, und in diesem Moment nahm Katrina all ihren Mut zusammen und sagte genau das, was sie im Moment fühlte.

»Du hast wundervolle Enkelkinder. Du solltest sie kennenlernen.«

»Das sollte ich«, stimmte er zu. »Nichts weiter?«

Edward sah ihr in die Augen, und in diesem Augenblick erkannte Katrina, dass er nur auf ein Zeichen von ihr wartete. Nach all den Jahren lag noch immer die gleiche Liebe in seinem Blick wie damals, als er sie nicht in den Fahrstuhl hatte steigen lassen.

Offenbar gab es Dinge, die sich nie ändern würden. Sicher, sie waren beide älter geworden. Doch noch immer war Edward jemand, der keinen Hehl aus seinen Gefühlen machte.

»Ich würde gern bleiben«, sagte Katrina leise.

»Dann bleib«, gab er zurück und legte seine Stirn an ihre.

»Vanessa wird in wenigen Wochen ihr Studium in Winnipeg beginnen. Ich kann sie nicht einfach allein lassen.«

In diesem Augenblick grinste Edward übers ganze Gesicht. »Ich denke«, sagte er und gab ihr einen winzigen Kuss auf die Wange, »die Pläne deiner Enkelin könnte ein gewisser Herr noch heute Nacht auf den Kopf stellen.«

Katrina verstand ihn sofort. »Du meinst …«

Edward ließ sie nicht aussprechen. Stattdessen verschloss er ihre Lippen mit einem sanften Kuss.

Kapitel 26

Vanessa, Silvester, Gegenwart

Vanessas Laune war inzwischen in den Keller gesackt. Vigo und Malou hatten sich verzogen, von Grandma fehlte jede Spur, und auch Finley schien sich auf dem Weg zur Bar verlaufen zu haben.

Sie stand allein zwischen all den lachenden Menschen und fühlte sich völlig fehl am Platz. Natürlich freute sie sich für Vig, und sie hoffte, dass Grandma und Edward sich nach all den Jahren aussprechen konnten. Außerdem konnte sie es kaum erwarten, ihren Großvater kennenzulernen. Doch warum musste sie nun allein hier herumstehen?

Als ein Kellner mit einem Tablett voller Sektgläser an ihr vorbeieilte, griff sie sich eins und stürzte es in einem Zug hinunter. Dann beschloss sie, ihren Mantel zu holen und für eine Weile nach draußen zu gehen.

Der Garten des Hotels lag unter einer dichten Schneedecke begraben und wurde von unterschiedlich großen Kugelleuchten, die am Wegrand und in den Beeten platziert waren, in ein fast schon märchenhaftes Licht getaucht.

Es würde sie nicht wundern, wenn sie Vigo und Malou

hier irgendwo knutschend antreffen würde, denn die Szenerie war traumhaft romantisch.

Sie lief durch eine Lücke zwischen im Kreis angelegten Hecken und stand auf einem runden Platz vor einem trockenen Springbrunnen, der angeleuchtet war und in dessen Mitte eine griechische Göttin aus Stein stand, die einen Krug ausleerte.

»Hallo.«

Vanessa zuckte zusammen und fuhr herum. Trevor!

»Da bist du ja. Ich hab dich schon überall gesucht.«

Vanessa starrte Trevor an, als wäre er von einem anderen Stern. Bei allem, was heute Abend passiert war, fehlte ihr das gerade noch.

»Du hast mich gefunden, und jetzt lass mich in Ruhe«, fauchte sie. Sie starrte ihn an und konnte trotz der Wut, die gerade in ihr hochkam, nicht verhindern, dass die Stimme in ihrem Kopf schon wieder viel zu laut darüber sinnierte, wie gut er aussah mit seiner grauen Beaniemütze und den dunklen Bartstoppeln. Ihr Puls schoss in die Höhe, und sie wusste beim besten Willen nicht, wie sie es schaffen sollte, sich gegen Kopf UND Herz durchzusetzen.

»Willst du gar nicht wissen, warum ich dich gesucht habe?«, fragte er.

Sie wusste, dass er die Antwort kannte. Natürlich wollte sie das wissen. Doch sie würde den Teufel tun, das vor ihm zuzugeben.

»Vigo und Malou, Edward und Grandma – war fast absehbar, dass du auch noch auftauchen musst. Hör zu, Trevor, was immer das hier soll: Das zwischen uns ist geklärt.«

»Ist es nicht«, sagte er, wischte den Schnee von einer der Steinbänke, setzte sich und bedeutete ihr, neben ihm Platz zu nehmen.

»Es ist arschkalt. Ich habe keine Lust, mich zu setzen. Ich wollte sowieso gerade wieder rein und herausfinden, warum zum Teufel Malou plötzlich da ist.«

Vanessa drehte sich um und wollte in Richtung Haus zurücklaufen.

»Malou ist hier, weil ich sie eingeladen habe«, sagte er.

Vanessa blieb abrupt stehen und drehte sich wieder um.

»Wie bitte?«

»Ich habe sie eingeladen. Genauso, wie ich dafür gesorgt habe, dass ihr heute Abend alle hier seid.«

Vanessa zog ihre Augenbrauen in die Höhe. Sie hätte gern entgegnet, dass sie ihm kein Wort glaubte, doch genau das stimmte nicht. Sie wusste, dass Trevor nicht log.

»Warum?«, fragte sie und schob ihre Hände, die inzwischen taub waren vor Kälte, in ihre Jackentaschen.

»Um dich wieder lächeln zu sehen«, sagte er leise. Dann stand er auf und trat einen Schritt auf sie zu. »Ich habe dich so vermisst, Nessie. Die letzte Woche war die schlimmste meines Lebens, und ich wusste, dass ich dich nicht zurückgewinnen würde, wenn ich mit einer einfachen Entschuldigung daherkomme. Ich habe mich so schäbig benommen.«

Vanessa hörte das Blut durch ihren Kopf rauschen. Hatte

Trevor gerade wirklich gesagt, dass er die schlimmste Woche seines Lebens hinter sich und sie vermisst hatte? Am liebsten wäre sie ihm sofort um den Hals gefallen, doch die letzten Tage und seine wortlose Abfuhr saßen ihr noch viel zu sehr in den Knochen.

»Was soll das, Trevor«, fragte sie matt. »Ich habe keine Kraft mehr für deine Spielchen.«

»Bitte, hör mir einfach zu, ja? Am Morgen nachdem dein Bruder ankam, beschloss ich beim Zähneputzen, dass ich ihm auf die Sprünge helfen wollte. Sein Comic ist unglaublich, ich war mir fast sicher, dass Christian begeistert sein würde. Also bin ich an seine Mappe gegangen, die noch in der Küche lag, habe die Bilder abfotografiert und sie Christian geschickt. Jedenfalls habe ich dabei etwas in die Finger bekommen, was mir schlagartig klarmachte, dass unsere Zeit schon bald vorbei und du nicht nur einfach weit weg, sondern auf einem ganz anderen Kontinent sein würdest. Das, was sich zwischen uns entwickelte, stand deiner Zukunft im Weg. ICH stand deiner Zukunft im Weg. Immerhin hast du genau den Studienplatz bekommen, den du dir so sehr gewünscht hast.«

Vanessa riss die Augen auf und verstand plötzlich. »Du hast meine Studienzulassung gefunden.«

Trevor nickte. »Ich habe dir nie von Samantha erzählt«, begann er, doch sie unterbrach ihn.

»Nicht nötig. Ich kenne die Geschichte.«

Trevor gab ein empörtes Schnauben von sich. »Finley, der Verräter.«

»Nein. Ich habe Joseph noch einmal getroffen.«

»Oh. Verstehe. Nun gut. Dann weißt du ja, dass meine Erfahrungen mit Fernbeziehungen nicht gerade die besten sind.«

»Ich bin nicht Samantha«, sagte Vanessa.

»Nein, bist du nicht. Nachdem wir Steven und Milton besucht hatten und du dich so unendlich traurig von mir verabschiedet hast, hat es mich fast zerrissen, und mir ist aufgegangen, was ich da eigentlich tue. Ich habe lange gebraucht, um meine Wut auf Samantha zu überwinden. Und nun habe ich der Frau, in die ich mich völlig kopflos verliebt habe, etwas viel Schlimmeres angetan.«

Seine Worte hallten in Vanessas Kopf wider. Kopflos verliebt. Verliebt. Vanessa wollte etwas sagen, doch Trevor schüttelte den Kopf. »Warte«, bat er. »Ich bin noch nicht fertig.« Er setzte sich wieder, und diesmal setzte sich Vanessa zu ihm.

»Ich habe mich noch am gleichen Tag ins Auto gesetzt, bin hierhergefahren und habe Edward quasi überfallen. Ich habe ihm von dir erzählt, von deiner Grandma, der Postkarte und einem Edward Stringer, den wir suchten. Er war sofort völlig aus dem Häuschen, als der Name Katrina fiel. Euch zum Silvesterball einzuladen, war seine Idee. Eigentlich sind die Karten schon seit Wochen ausverkauft. Jetzt musste ich nur noch einen Weg finden, um dich herzulocken.«

»Finley«, sagte Vanessa, und Trevor grinste schief.

»Und Malou?«, fragte Vanessa weiter.

»Christian erzählte mir, dass er nicht von Vigo, sondern von einer Malou Antwort auf seine E-Mail bekommen hätte. Ich dachte mir, wenn ich schon euer gesamtes Familienleben auf den Kopf stelle, könnte ich auch aufs Ganze gehen und versuchen, sie zum Herkommen zu überreden. Glücklicherweise sind Malou und Vigo nicht gerade Allerweltsnamen. Ihre Telefonnummer herauszufinden, war nicht besonders schwer. Ich habe Malou angerufen, von dem Comic erzählt und davon, dass er vor allem eine wunderschöne Liebesgeschichte ist, dessen Ende noch nicht feststeht. Malou ahnte sofort, dass Vigo ihre Geschichte irgendwie mit in den Comic gepackt haben musste. Ich brauchte nicht einmal zu fragen. Der Vorschlag, Silvester ebenfalls hier zu verbringen, kam von ihr.«

Vanessa schluckte. Sie konnte nicht fassen, was sie da zu hören bekam. Trevor Rutherford hatte ihr nicht nur gerade gestanden, dass er in sie verliebt war. Er hatte es auch irgendwie geschafft, innerhalb von einer Woche ihre gesamte Familie zusammenzubringen. Er hatte ihren Großvater gefunden – gut, das war dank ihrer gemeinsamen Vorarbeit nicht mehr sonderlich schwer gewesen. Aber er hatte es getan, obwohl es nicht um seine Familie ging. Er hatte dafür gesorgt, dass Malou und Vigo sich wieder versöhnten. Und als i-Tüpfelchen hatte er auch noch Kontakte spielen lassen, die nun womöglich dazu führen würden, dass Vigo seinen ersten echten Vertrag unterschrieb.

Vanessa spürte, dass Trevor sie von der Seite ansah und darauf wartete, dass sie irgendetwas sagte.

»Und du bist Single?«, fragte sie vorsichtig, denn das Pärchen, das sie im Park gesehen hatte, war noch nicht vergessen. »Im Parker's Piece war dieser Kerl. Er sah aus wie du – von Weitem jedenfalls –, und er hatte seine Freundin im Arm.«

»Ich war schon ewig nicht mehr im Park, Nessie. Wen immer du da gesehen hast – ich war es nicht.«

»Aber ich bin trotzdem noch immer Kanadierin«, sagte sie, als müsste sie ihn daran erinnern, dass ihr räumliches Problem noch längst nicht gelöst war.

»Ich weiß. Aber ich stehe kurz vor dem Abschluss, und soweit ich weiß, gibt es auch in Kanada Zeitungen, oder?«

»Vermutlich«, gab Vanessa zurück. »Außerdem hat sich meine Lage inzwischen geändert. Ich habe einen Großvater in Cambridge. Vielleicht beginne ich mein Studium auch einfach hier.«

Trevor griff nach ihrer Hand und drückte sie.

»Und das alles hast du getan, weil?«, hakte Vanessa nach.

»Weil ich dich liebe.«

Vanessa wandte den Kopf und sah Trevor nun direkt an. »Du liebst mich?«, fragte sie und hörte das Zittern in ihrer Stimme.

Anstelle einer Antwort stand er auf und zog sie ebenfalls hoch. Dann griff er hinter sich, wurschtelte seine Jacke am Rücken hoch und zog etwas aus dem Hosenbund. Als Vanessa erkannte, was es war, grinste sie über das ganze Gesicht.

»Ist das dein Ernst?«, fragte sie.

»Den Zweig habe ich aus Marcs Pub geklaut. Er wird es

mir sicher verzeihen«, erklärte er. Dann hob er den Mistelzweig, der eindeutig schon bessere Tage gesehen hatte, über seinen und Vanessas Kopf.

»Aller guten Dinge sind drei, Nessie«, sagte er.

Und dann küsste er sie so, wie es sich für verliebte Menschen gehörte, die unter einem Mistelzweig standen.